秦岭 作者简介

秦岭，一级作家，中国作协会员。著有文学、影视作品《皇粮钟》《透明的废墟》《幻想症》《不娶你娶谁》《相思树》等20余部。所著小说曾5次登上中国小说排行榜，曾获“《小说月报》百花奖”等10余种奖项。改编自“皇粮”系列小说的剧目获中宣部“五个一工程”奖，长篇纪实文学《走出“心震”带》被列入“中宣部2019年主题出版重点出版物”。有多部作品的版权输出海外。

庚子『安心』行动

秦岭 著

浙江教育出版社 · 杭州

疫情对人类造成的心灵之殇，自古有之。但是，“地球村”时代的新冠疫情带给人类的心理危机、精神困顿乃至自杀现象的规模之大，亘古未有。

——题记

“安心”不止于庚子

（自序）

秦　岭

说是“月亮代表我的心”，可月亮是有阴晴圆缺的。

一颗兵荒马乱的心，并不能证明中秋之月只属于中秋，一如疫情并不完全代表庚子，因为庚子年也是有圆月的。子鼠子鼠，庚子年是鼠年不假，可庚子年是否就是民间有些人总结出来的多事之秋，恐怕不能妄下定论，纵观历史上的种种大灾小难，它们从来不认天干地支十二生肖，只认死亡、伤残和心殇。可偏偏的，疫情和21世纪这个庚子年黏上了，飙上了，死磕上了。但是，如果你认为这本《庚子“安心”行动》只适宜于经历过庚子年的读者，那就错了。错在哪？你得问自己的心。

“人有悲欢离合”，因为人是有情感的动物，而情，发乎于心。

说什么心悬一线、人心惶惶，姑且不谈心，谈地球，人类共同拥有的这个庞然大物像极了一颗心，但人类真正的心却在肚子里。此刻——人类历史进入21世纪的第一个庚子年，从东半球到西半球，从北半球到南半球，全球77亿人的77亿颗心统统提到了嗓子眼儿，“怦怦”狂跳，游移不定。活着，是人类存在的基本形态，可科学界至今溯源未果的新冠肺炎疫情，以蛮横力量和冷血姿态突现武汉、贯通中国、横扫全世界，以剥夺人类生命和噬咬人类心灵的方式，无所顾忌地张开血盆大口……

扑面而来的疫情岂止扑“面”，它扑“身”，更扑“心”。

当庚子年被涂满病毒的死亡之索五花大绑，放眼世界，谁能安心？

除了战争和重大自然灾害，“地球村”时代的人类泣别尘世的样式，从未像庚子年的死亡规模、死亡数据、死亡信息、死亡样态那样显得惊心动魄，惨烈悲催，神秘莫测。

截至 2021 年 2 月 11 日 9 时 01 分，全球新冠肺炎确诊病例超过 1.07 亿例，死亡病例达到 263.3 万例。这一天，是中国农历庚子年腊月三十。这个除夕之夜，国人喜忧惨半，悲欢相向，节日的气氛和表情，不同以往。

因感染新冠而死亡的人数最多的 10 个国家依次是：美国、巴西、印度、墨西哥、英国、意大利、法国、俄罗斯、伊朗、西班牙。其中，美国累计确诊病例超过 4789 万例，累计死亡人数超过 48.3 万，累计确诊病例与死亡人数均排名第一。

《中华人民共和国 2020 年国民经济和社会发展统计公报》显示，中国全年累计报告新型冠状病毒肺炎确诊病例 87071 例，累计治愈出院病例 82067 例，累计死亡 4634 人。……此刻，尽管人类调动一切可以整合的力量与疫情进行殊死搏斗，但是，病毒仍在肆虐，死亡仍在继续，确诊人数仍在激增……

人类在苦苦寻找解开新冠病毒的密码，在苦苦研制关闭疫情死亡大门的金锁——疫苗。“这样的病毒如果放在史上科技落后时期，一些国家的人可能会消失。”一位人类学家对我说，“面对随时都有可能降临的死亡，如果谁能安心，他的心一定是半块砖头。”

紧张、焦虑、狂躁、抑郁、创伤后应激障碍（post-traumatic stress disorder，PTSD）……悲观、厌世、自杀……我在小说集《透明的废墟》中，把因灾而起的心理问题、心理疾病、精神疾病归结为两个字：心震。

“心震”不除，民众何安？社会何安？国家何安？民族何安？

哪有什么岁月静好，只是有人替我们负重前行。在中国，亿万民众切身感受到了从城市到乡村、从学校到厂矿、从社区到田间地头开展疫情防控大会战的惊世奇观，但是，疫情造成的次生灾难——“心震”到底有多么严重、多么普遍，人们却知之甚少，或者，主观上不敢坦然直视和面对。

有位学生家长对我感慨：“疫情期间，听说有个‘宅家’上网课的小学生跳楼了，吓得我几天睡不好觉。我们全家都不愿聊这个事儿。复课后，我每次接送孩子时都心惊肉跳，快有恐惧症了。”

这是典型的心理问题，可更多的人宁愿把如麻的心绪束之高阁，明知这是悬在生命之巅随时都可引爆的心理炸药包，可就是没有勇气为自己松绑、拆解。事实上，大多数民众并不懂得如何松绑和拆解。

心理炸药包，何时才能轻轻放下，并拆掉引信？

放下它，就是放下心。心，轻轻放下，便是放心。

人类社会发展到当下，最放不下的恰恰就是一颗心。根据世界卫生组织（WHO）的数据统计：全球目前有2亿～4亿人口正在饱受抑郁症的折磨。中国方面调查显示：全国14亿人口中有心理障碍者占总人口的10%左右，25%的城市居民存在显性或隐性心理问题；近年来，每年因心理问题自杀的人数已突破30万，1.5亿青少年中受情绪和压力困扰的就有3000万。多年前，专家曾预计，到2020年，中国神经精神疾病负担将上升至疾病总负担的四分之一。

2020年未约而至，新冠疫情趁机火上浇油。国人之心，雪上加霜。

中国科学院心理研究所研究员、“安心”行动专项行动执行委员会主任刘正奎对我说：“新冠是人类的屠夫，它更是人类心灵的连环杀手，它杀人是一个个，杀‘心’却是成群成片。”就在我和刘正奎对话的当天，有媒体报道：某地一名新冠确诊患者担心传染家人，索性服毒自杀。

杀人和杀“心”，某种程度上别无二致。古人云：“夫哀莫大于心死，而人死亦次之。”数据显示，突发公共灾难事件后，受灾人群中PTSD的发病率可达33.3%，抑郁症的发病率可达25%，这个比例远远高于受灾死亡率。两年前，我创作长篇纪实文学《走出“心震”带》时获知，发生在2008年的汶川地震造成死亡和失踪近10万人，而遭受严重心理创伤的人数超过了460万，当年仅媒体公开报道的自杀信息就数不胜数。“新冠疫情造成的心理创伤群体范围之广、数量之多、影响之远，真是触目惊心。”心理专家史占彪对我说。

可是，这种极具辐射性、覆盖性、发散性的心理“疫情”却因其个体性、私密性、隐蔽性、被动性特征，远不如新闻节目中实时报道的疫情感染、死亡、确诊、疑似病例数据那样醒目，那样刺眼，那样备受关注。无独有偶，有位心理专家应邀前往某社区讲授“疫情期间自杀案例分析及对策”，竟被一些居民认为有传递负能量之嫌，有人歇斯底里地抵触：“能不能讲点好听的？”

心理专家反应很快，故意换了个角度：“面对疫情的传播和死亡的逼近，大家心情平静，心态平和……”

“不！我心里乱透了。”那人说，“不好意思……您……还是按您的讲吧。”

最不该掩盖的，是心；最不容掩盖的，也是心。自我掩盖之于被动掩盖，比“天狗”吞月更可怕。当自己变成自己的“天狗”，岂不是聪明反被聪明误？

刘正奎对我说：“在现代文明社会，这是一种非常缺乏理性的社会心理和社会现象，有些文学作品、舞台剧、新闻报道反映疫情和抗疫工作时，干脆对社会各界人士、群体中客观存在的精神压力、焦虑情绪、紧张心情、心理危机避而不谈，生怕有碍人物形象的塑造，这种缺乏直面之勇气、不涉真诚和反思的表达，有违生命常识、有违心理反应、有违人性本能，片面轻飘，离‘心’离‘德’，怎能留给历史和未来？”

一句话，如一支洞穿时空的响箭，命中的岂止是创作者的价值观，它更像对创作的源泉——生活、现实与人性的叩问。

中国的心理学研究与心理科普本来就晚于西方发达国家，中国的灾后心理援助仅仅始于2008年的汶川地震，中国的心理科学应用于实践，仍然如履薄冰，任重道远。“苟利国家生死以，岂因祸福避趋之”——行动，紧急行动。2020 年 1 月 28 日，由中国心理学会主导主办，中国心理学会心理危机干预工作委员会、中科院心理所“全国心理援助联盟”等团体协办的“安心”行动在北京正式启动，第一个目标：武汉。并以武汉为中心，辐射全国。

这是中国历史上第一次针对疫情开展的心理援助大行动。

这是中国心理学界以心理科学、专业思想为主导，以科学援助、科普输送和社会资源联合发力的一次重要事件。

作为“安心”行动的特邀观察员，我见证了这支特殊队伍以线上、线下方式开展心理战“疫”的情况。刘正奎和他率领的团队中的心理专家，多是当年在汶川地震灾区创造“中国灾后心理援助元年”的具体参与者和实践者，也是拙著《走出“心震”带》中的重要主角。12 年前，他们面对的是地震灾难之后的“心震”，而今面对的是疫情期间的“心震”。两次“面对”，创造了中国心理学界的两个“第一”。他们和奔赴疫区的壮士一样铠甲加身，唯一不同的是，穿梭于医院、学校、企业、社区的他们，面对的是一颗颗月偏食、月全食、半影月食般的心。

“谁无暴风劲雨时，守得云开见月明。”武汉的一位居民对我说：“如果不是‘安心’行动，我就没有未来了。”她的父亲和丈夫均在疫情中罹难，生不如死的她刚刚摆脱抑郁症，找回了迷失的“心”。

庚子年，到底有多少人能够幸运地找回自己的“心”，我真的不知道，因为疫魔至今没有鸣金收兵的迹象，而艰苦卓绝的“安心”行动，仍在逆行。

唯愿，这本即将面世的《庚子“安心”行动》不再有续篇。我想不会了吧！子鼠后面是丑牛，丑牛后面还有寅虎呢。

如果你仰头叩问月亮：“你怎么会有阴晴圆缺呢？”

“我始终是圆的。”月亮也许会这样回答你。

2021 年 2 月 11 日于天津观海庐

目录

第一章

瘟疫，人类的头号杀手

认识瘟疫

新冠,庚子年冒出的所有“热词”中,最“占尽风头”的莫过于这个词。

中国民间习惯把新冠称作瘟疫。对了！它本身就是不折不扣的瘟疫。

“你害怕瘟疫吗？”换句话说，“面对瘟疫，你是否安心？”

似乎是小儿科的问题，清浅如水；又似乎是惊天叩问，神秘如渊。

当瘟疫以死神的名义递上青面獠牙的试题，无论你是自信满怀还是噤若寒蝉,无论你“害怕”或者“不害怕”,无论你“心安”或者“心不安”,其实你的心理已经起变化了。瘟疫是要死人的、伤人的、耗人的。一颗心，安与不安，那可是冰火两重天，它决定着你与瘟疫博弈中的胜出，或者落败。

什么叫心泛波澜？只要瘟疫是真的,任何人的心理改变就无法造假。瘟疫在人类心灵底片上的投影，一旦摇身一变，就有可能变成这样一些可怕的魔鬼：焦虑症、恐惧症、抑郁症、强迫症、PTSD、幻想症、精神分裂症、情绪障碍症……

“疫情带给人类的心理问题，远超其他灾难。”刘正奎告诉我，“如果不紧急实施‘安心’行动，很多人就会倒在心灵的废墟上。”

“远超”到底有多远？“远超”到底超了多少？心灵的废墟到底来自哪里？

瘟疫是出题者，而考官和答题者，却都是人类自己。如果不纵深地了解瘟疫，我们就无法懂自己的心，包括安心，与心安。

那么，瘟疫到底是什么？

瘟疫——一种传播速度非常快的急性传染病，主要由一些具有致病性的微生物引起，比如细菌，再比如，病毒。

瘟疫的种类很多，比如鼠疫、霍乱、天花、流感等，它们都是杀死过人类无数生命的“著名”瘟疫。

人们之所以谈“疫”色变，是因为它来势汹汹，远远超过洪水猛兽对人类的杀伤力，它也超过人类战争对人类自身的伤害。一颗子弹可以要一条命，可瘟疫的“武器”——那些人类肉眼看不见的细菌或病毒，其传播速度快如狂风暴雨，可以在最短的时间段内让几条，几十条，几万条，十几万条，几十万条，几百万条，几千万条生命灰飞烟灭，荡然无存。它毁灭一个村庄、吞噬一座城市、抹掉一个国家的威力，远远超过人类自己发明的原子弹、氢弹等杀伤性武器。我们无法想象史前人类遭受瘟疫肆虐的悲惨境况，但从最早的文字记载中，我们获知，在古代较为落后的医疗条件下，瘟疫往往导致大片大片曾经的人类聚居区域荒无人烟，城市和乡村成为长达几十年、几百年的空壳。

“在古代，每一次瘟疫的终结，同样意味着瘟疫感染区的人们生命的终结。”一位医学专家对我说。通俗地讲，感染区的人们如果不全部死光，瘟疫绝不会善罢甘休、鸣金收兵。

这是人类最可怕的死亡方式，在肉眼无法看到的病菌、病毒面前，人类的生命脆弱如屋檐上的尘埃，风过处，命已无。说什么“面前”，病菌和病毒不可能给你与它面对面的机会，你纵然八面玲珑，也斗不过它的“一手遮天”。

从某种意义上说，一部人类的文明史，就是一部人类与传染病做斗争的历史。

早在殷墟甲骨文中,就有“虫”“蛊”“疟疾”“疾年”等文字的记载。

面目可憎的“疠”字,也在《尚书》《山海经》《左传》中频频现身。

明代学者龚诩诗云:“疫疠饥荒相继作，乡民千万死无辜。浮尸暴骨处处有，束薪斗粟家家无。”其中有这样的关键词:“疫疠”“饥荒”“千万”“死无辜”“浮尸”“暴骨”“处处有”……

短短四句古诗，每一句都弥漫着浓重的死亡气息。

真的仅仅是谈“疫”色变吗？色变，只是容颜的变化，可打开古今中外典籍,你会发现各类疫情期间,“吓死、惧死、愁死、自死者比比皆是”。这已不是容颜之变，而是心灵之变，一变至死。

面对瘟疫，人类的一颗心，何其难安！所谓吓死、惧死、愁死、自杀死……其中到底有多少人死于焦虑症、恐惧症、抑郁症、强迫症、PTSD、幻想症、精神分裂症、情绪障碍症……即便叩问岁月，岁月怎能回答得了？

这世间，从来没有无缘无故的开始与发生。

瘟疫，到底是何方“神圣”？

我国神经重症医学学者孙世中告诉我，瘟疫产生的原因主要有两个:一个是自然因素，包括水灾、地震、旱灾、蝗灾等自然灾害。自然灾害往往是不可避免、无法精准预测、不以人的意志为转移的。特别是在科技手段相对落后的古代，每次自然灾害必然会造成大量人员、牲畜和其他动物的伤亡，如果不能对这些尸体进行妥善处理，它们就容易变成瘟疫的源头，导致瘟疫的大暴发。另一个是社会因素，主要包括战争或其他方式的人类屠杀。无论是国与国之间的战争或内战，都会导致大量人员伤亡。我们常常能从与战争有关的书籍中读到这样的字眼：血流成河、尸横遍野、曝尸街头、尸山血海、以泽量尸、死相枕藉……死者已矣，却是病菌、病毒兴风作浪的开始，如果不及时清理战场、处理尸体，就有可能引发瘟疫的流行。瘟疫一旦蔓延到城乡，人们只能离乡背井、流离失所，客观上又造成瘟疫的大面积传播和扩散，一传十，十传百，百传千……死亡人口与日俱增，空村、空乡、空城越来越多。

简而言之，任何一具未经妥善处理的尸体，都有可能成为可怕的传染源。

中国人讲求死者入土为安，客观上，最大的“安”，惠泽生者。

“安”的是死者之身，“安”的更是生者之心。

一般而言，绝大多数瘟疫率先击倒的是营养不足、体质不强、免疫力低下的人。更多时候，它欺软怕硬，如果你身体特别强壮，瘟疫只能伺机而行，等你的生理防线出现破绽，这才像无形的刀子一样，一点点割你、戳你、捋你、抹你，直到你根基尽失，轰然倒塌。而另有一些瘟疫，偏偏嗜好霸王硬上弓，径直朝身体强壮者下手。比如 1918 年西班牙大流感流行时，死亡偏爱健康的青壮年，而不是通常认为的儿童、老年人、虚弱的病人和免疫力低下者。受疫情影响，当时的美国 99％的死亡发生于 65 岁以下的群体，其中 20 ～ 40 岁的青壮年群体占据近半。

疫情和死亡一样，从来没有先来后到，它不讲任何规矩，说来就来。

如今，新冠——来了。

新冠在庚子早春的倾巢出动，可谓石破天惊，震动全球。

崭新的新，桂冠的冠，一个多么富有诗意、超凡脱俗的称谓，可它是带刺的鲜花、嗜血的巫婆、含毒的美女蛇。它的全称会让你浑身陡然泛起一层鸡皮疙瘩：新型冠状病毒肺炎。

高倍显微镜下的新冠病毒，像一个潜伏在海底的暗红色水雷，布满全身的触角不像爪，却张牙舞爪；不像目，却虎视眈眈；不像嘴，却血口大张；不像牙，却咬牙切齿；不像追命鬼，却在庚子年的春夏秋冬夺去了全球 200 多万人的生命。

2020 年 1 月 3 日官方通报，根据流行病学调查显示，部分病例为湖北省武汉市华南海鲜批发市场经营商户……

那里，立即成为全球关注的焦点。后来我专门去了一趟被防护设施严密合围的华南海鲜批发市场，昔日繁华的景象杳然无存。

早在 2019 年 12 月，武汉市陆续出现多起病毒性肺炎病例，均被诊断为病毒性肺炎或肺部感染。2020 年 1 月 7 日，专家组将该病毒性肺炎病例的病原体初步判定为新型冠状病毒。随着疫情持续发酵，中国各地相继启动重大突发公共卫生事件一级响应。由于新型冠状病毒具有潜伏期且传播速度极快，疫情迅速蔓延全球，给人类生命安全和身心健康带来巨大威胁，给国际社会带来巨大挑战。1 月 30 日，世界卫生组织宣布新型冠状病毒感染的肺炎疫情构成“国际关注的突发公共卫生事件”。

全球疫情的严峻形势，更加突显加强全球公共卫生安全治理的重要性和紧迫性。

2020 年 2 月 11 日，世界卫生组织宣布将新型冠状病毒正式命名为 COVID-19。

这场瘟疫，距离之前的那场瘟疫——非典型性肺炎（以下简称“非典”）的横行霸道，仅仅隔了 17 年。2003 年的那次“非典”，曾夺去了很多人的生命。

瘟疫从来都是神秘的，如果没有这种可怕的神秘性，瘟疫就不是瘟疫。迄今为止，人类依然无法得知，是一股怎样的力量以怎样的方式打开了潘多拉的盒子，释放出了世纪恶魔——新型冠状病毒。

虽然武汉是最早报告疫情的地区，但新冠病毒到底来自哪里，学界至今未有明确的定论。全球学界始终在追根溯源，而各种结论和猜测，让人眼花缭乱。

当地时间 2020 年 3 月 25 日，据意大利安莎社报道，在伦巴第大区卫生局的协调下，14 家研究中心的研究结果显示，新型冠状病毒早在 1 月 1 日就开始在伦巴第大区流行，直到 2 月 20 日意大利 1 号病人被确诊。也就是说，新冠病毒在被发现前，就已经在意大利潜伏扩散了将近两个月的时间。

法国巴斯德研究所 4 月 28 日发布新闻公告称，该所的一项“法国输入性与早期传播病毒的溯源分析”研究显示，法国的新冠肺炎疫情由一种在本地流传的来源未知的病毒毒株所引发。

俄新社 11 月 24 日报道称，俄罗斯消费者权益保护和公益监督局局长波波娃在人权事务代表协调委员会会议上表示，俄罗斯境内传播的新冠病毒毒株来自欧洲，而非中国。

在美国《科学》杂志网站相关报道中，美国斯克里普斯研究所生物学家克里斯蒂安·安德森推测说，新冠病毒进入华南海鲜批发市场有三种可能途径：由一名感染者、一只或一群动物带到该市场。

英国白金汉天体生物学中心教授钱德拉·维克拉马辛的分析结果，引起学界一片哗然。他认为，是 2019 年 10 月在中国上空爆炸的一颗流星，“释放”了新冠肺炎病毒。

研究与判断，众说纷纭；分析与猜测，扑朔迷离。

疫情在武汉暴发时，正值一年一度的“春运”这个人口大规模流动的时间窗口，而武汉又是长江经济带核心城市，地处长江黄金水道与京广铁路大动脉的十字交汇点，历来被称为“九省通衢”之地，是中国内陆最大的水陆空交通枢纽。“春运”客观上加速了疫情的迅速扩散，于是，一批批人被感染了，一批批人倒下了，一批批人……

网络上，到处都是武汉人的呼救、咨询、呐喊……

新冠疫情也是中华人民共和国成立以来，传播速度最快、感染范围最广、防控难度最大的重大突发公共卫生事件，对中国而言，是一次危机，也是一次大考。

庚子年，中国抗疫

如果说当年的“非典”杀气腾腾，那么，庚子年的新冠比杀气腾腾还要杀气腾腾。

面对前所未知、突如其来、来势汹汹的疫情，湖北省武汉市新型冠状病毒感染疫情防控指挥部于2020年1月23日10时发布1号通告，城市公交、地铁、轮渡、长途客运暂停运营，机场、火车站离汉通道暂时关闭,坚决防止疫情向其他地区扩散。1100万武汉人民移动轨迹暂停。同日，交通部发布紧急通知，要求全国暂停进入武汉道路水路客运发班。

繁荣昌盛的大武汉，仿佛被按下了“暂停键”。

这就是“著名”的武汉封城，和平时期的封城事件，亘古未有。

武汉封城，这是中华人民共和国成立以来，第一次对一个千万人口级别的城市采取最严厉的疫情防控措施。紧接着，全国各地医护人员火速驰援湖北，与病毒展开了一场惊天动地的大决战，为全球疫情防控赢得了时间，积累了经验。

武汉市新型冠状病毒感染的肺炎疫情防控指挥部先后发布1—5号通告。

其中2号通告称:“关闭离汉通道,是阻止疫情扩散的必要之举。……目前，武汉市大宗商品、食品、医疗防护用品等储备充分、供应顺畅。请广大市民不用恐慌，不必囤积，以免造成不必要的浪费。”

公告，更像警示，更像提醒，更像呼吁。

但不少市民已被恐慌情绪裹挟，纷纷前往超市抢购，不少超市货架上的货物被抢购一空。“面对这样的疫情，社会性的心理危机，难以避免。”中国科学院心理研究所教授、中国心理学会 EAP 工作委员会副主任委员史占彪对我说。

2 月 4 日 22 时开始，16 座方舱医院很快现身武汉。

其中包括雷神山医院和火神山医院。

医院因何冠以“雷神”“火神”，假如你深谙中国古老的传统文化，必然懂得其中的深意。方舱医院，但凡对当年的“非典”疫情有刻骨记忆的人，一定对这个特殊的名称记忆犹新。当年的方舱医院，曾在北京小汤山变戏法似的拔地而起，挽救了很多生命。方舱医院其实就是一个或一组可以活动的“房子”，一般由医疗功能单元、病房单元、技术保障单元等部分构成，是一种模块化卫生装备，具有紧急救治、外科处置、临床检验等多种功能。它由于机动性强、展开部署快速、环境适应性强等诸多优点而被用于突发的应急医学救援任务。武汉的方舱医院实际开放床位 1.3 万多张，累计收治患者 1.2 万余人，武汉每 4 名新冠肺炎患者中就有 1 人在方舱医院接受治疗。方舱医院实现了零感染、零死亡、零回头，是名副其实的“生命之舱”。

随着方舱医院的建立，从 2 月 5 日开始，治疗模式也做了重大调整。

对于疑似病患，先在社区筛查，再确定是在社区隔离还是转入相应的医院救治。

对于轻症病患，进入方舱医院进行隔离观察，隔离期能自愈即可出院，如果加重就转入 28 家定点医院治疗。

对于重症患者，集中在雷神山、火神山医院治疗。

对于危重患者，集中最好的医疗条件和资源予以治疗。

至此，武汉对于新冠肺炎的治疗渐渐走上了快车道。

截至 2020 年 2 月 4 日 24 时，武汉市设立了 132 个集中隔离点，12571 张床位，累计接收 5425 人。武汉近 30 所高校、职校投入抗疫隔离点任务中，共腾出房间 2 万多间。

一方有难，八方支援。自 1 月 24 日除夕至 3 月 8 日，全国共调集 346 支医疗队、4.26 万名医务人员、900 多名公共卫生人员驰援湖北。19 个省份以对口支援、以省包市的方式支援湖北省除武汉市以外的 16 个地市，各省在发生疫情、防控救治任务十分繁重的情况下，集中优质医疗资源支援湖北省，特别是武汉市。人民解放军派出 4000 多名医务人员支援湖北，承担火神山医院等 3 家医疗机构的医疗救治任务，空军出动运输机紧急运送医疗物资。各医疗队从接受指令到组建两小时内完成，24 小时内抵达，并自带 7 天防护物资，抵达后迅速开展救治。在全国紧急调配全自动测温仪、负压救护车、呼吸机、心电监护仪等重点医疗物资支援湖北省。从全国调集 4 万名建设者和几千台机械设备，仅用 10 天建成有 1000 张病床的火神山医院，仅用 12 天建成有 1600 张病床的雷神山医院。短短十几天建成 16 座方舱医院，共有 1.4 万余张床位。大规模、强有力的医疗支援行动，有力保障了湖北省的救治工作，极大缓解了重灾区医疗资源严重不足的压力。

3 月 10 日下午 3 点半，随着最后一批 49 名患者从洪山体育馆走出，运行了 35 天的武汉市首个方舱医院——武昌方舱医院正式休舱。

至此，武汉所有方舱医院均已休舱。

“休舱并不等于关舱，还将视疫情发展情况决定是否重启。”武昌方舱医院的一位院长对我说。

4 月 8 日，武汉解封，封城历时 76 天。

4 月 24 日，武汉新冠肺炎重症病例清零。

6 月 7 日，中国政府发布了《抗击新冠肺炎疫情的中国行动》白皮书（以下简称白皮书），白皮书把抗击疫情的艰辛历程分为五个阶段，第一阶段中有这样的描述：2019 年 12 月 27 日—2020 年 1 月 19 日，湖北省武汉市监测发现不明原因肺炎病例，中国第一时间报告疫情，迅速采取行动，开展病因学和流行病学调查……

白皮书同时称，截至 2020 年 5 月 31 日 24 时，31 个省、自治区、直辖市和新疆生产建设兵团累计报告确诊病例 83017 例，累计治愈出院病例 78307 例，累计死亡病例 4634 例，治愈率 94.3%，病亡率 5.6%。

——4634 例，这是人间怎样的死亡啊！

在接踵而来的大量死亡信息中，一则发布于 2 月 16 日的网帖再次引发了国人的关注，网帖称：湖北电影制片厂著名编导常凯一家四口相继染病去世，其中常凯的父亲、母亲分别于 2020 年 2 月 3 日、2 月 8 日相继去世，常凯和姐姐于 2 月 14 日同一天去世。

常凯在父母去世后，曾留下遗书，让人泪目。

而 2 月 7 日凌晨 2 时 58 分，武汉市中心医院的眼科医生李文亮，因感染病毒以身殉职。消息一出，更是备受关注。

疫情不仅造成大量民众伤亡，也造成抗击疫情一线许多医护人员感染去世，另外，疫情也导致奋战在疫情防控一线的警察、下沉社区干部、志愿者、村干部以及其他一些基层工作人员伤亡。据澎湃新闻不完全统计，截至 2020 年 4 月 4 日，全国至少有 59 名医务工作者以身殉职。其中湖北有 32 人，河南、江苏、云南、福建、安徽各 3 人，江西、湖南各 2 人，广东、广西、海南、辽宁、陕西、内蒙古、甘肃、贵州各 1 人。澎湃新闻统计发现，59 人中，有 12 名女性，年纪最大的 72 岁，至少有 20 人因感染新冠肺炎去世，至少有 53 人在抗疫一线牺牲。

4 月 2 日，湖北省人民政府评定王兵、冯效林、江学庆、刘智明、李文亮、张抗美、肖俊、吴涌、柳帆、夏思思、黄文军、梅仲明、彭银华、廖建军等 14 名牺牲在新冠肺炎疫情防控一线的人员为首批烈士。其中，武昌医院院长刘智明是疫情期间第一位染病去世的院长，他于 2020 年 2 月 18 日去世，享年仅 51 岁。

首批评定的 14 名烈士中，有的是直接参与一线救治工作的白衣战士，用生命守护生命，以大爱诠释医者仁心；有的是始终坚守在疫情防控一线的公安干警，以生命践行使命，用热血铸就警魂；有的是用真心真情帮助解决群众生活困难的社区工作者，用生命书写担当，用爱心守护家园。

“烈士”是党和国家授予为国家、社会和人民英勇献身的公民的最高荣誉性称号。

新华社北京 4 月 3 日电：为表达全国各族人民对抗击新冠肺炎疫情斗争牺牲烈士和逝世同胞的深切哀悼，国务院今天发布公告，决定 2020 年 4 月 4 日举行全国性哀悼活动。在此期间，全国和驻外使领馆下半旗志哀，全国停止公共娱乐活动。

在此次抗击新冠肺炎疫情中，全国疾控系统加强健康宣教，引导全社会、全方位群防群控，全国各地的疾控、医疗和基层医疗卫生机构的广大医务人员组织开展了大量科普宣传，引导公众正确认识新冠肺炎，做好必要的个人防护，推行了戴口罩、勤洗手、少聚会、多通风等日常防控措施，提升了公众主动防护的意识和能力。

这期间，除了北方边陲城市绥芬河自 3 月 21 日起，短短半个月时间突然陆续新增境外输入性病例 84 例、无症状感染者 127 例之外，全国大部分省市疫情基本趋于平稳。

2020 年 4 月 29 日之后，中国的疫情防控进入常态化。

但是，谁也没有想到，6 月 11 日的北京、7 月 22 日的大连、10 月中旬的青岛等地，疫情警报再度频频响起……

庚子年的冬季渐临时，偏好低温的新冠何去何从，像一个巨大的未知数。

天干地支，是中国古老的纪年之法。天干包括：甲、乙、丙、丁、戊、己、庚、辛、壬、癸，地支包括：子、丑、寅、卯、辰、巳、午、未、申、酉、戌、亥。从甲子到癸亥60年为一个大轮回，12年为一个小轮回。在中国历史上，民间对多事的庚子年总抱有某种特殊而复杂的心理，容易联想到该年内的一些灾难或事件，比如分别发生于1660年、1720年、1780年、1840年、1900年的江南水灾、河南洪涝、流民逃难、鸦片战争、八国联军侵华，等等。这些年份都是庚子年，当然也是鼠年。而这一切，无疑使一些人产生了由彼及此、杯弓蛇影的参照心理，加重了对2020年这个庚子年的恐惧和惊慌。话说回来，如果世事真有冥冥之中的注定，那么，你是否期望紧随庚子之后的辛丑、辛丑之后的壬寅、壬寅之后的癸卯……会柳暗花明？

可人间所有的答案，均与未来无关，哪怕是下一分，或下一秒。

人类，那些凋零的生命

病毒，没有国界；疫情，不分种族。

此刻，新型冠状病毒肺炎正在全球200多个国家和地区疯狂肆虐，每天新增的死亡病例以四位数叠加、攀升、增长……

这是一场在短时期内覆盖全人类的瘟疫。

4月下旬，一封“告别信”在全球很多网站受到关注，信的内容是这样的：

你们给了我不敢奢望的最好的生活。我很骄傲能成为你的丈夫，成为布雷登和佩内洛普的父亲。我爱你们！

请帮我告诉布雷登，他是我最好的朋友。布雷登做了很多了不起的事，以后也将继续如此，我为他感到骄傲。告诉佩内洛普，她永远是我心里的小公主，她可以得到她想要的世间一切。

凯蒂，你是我见过最美丽、最富有爱心的人，也是我见过的最好的母亲，能和你一同成为父母是我最美好的回忆。你的快乐、你的激情曾让我深深着迷，坠入爱河，望你往后余生能一如既往。

如果你能遇见一个新的人，一个爱你也爱孩子的人，我会祝福你的。无论发生什么，一定要开开心心的。

“告别信”是存在手机里的，作者是美国康涅狄格州丹伯里法院32岁的乔纳森·科埃略。凯蒂是他的妻子，布雷登是他们的两岁儿子，患有先天脑瘫及其他疾病，佩内洛普是刚满 10 个月的女儿。3 月 26 日，乔纳森被确诊新冠肺炎。4 月 23 日，在与病魔搏斗了 28 天后，他离开了这个世界。

这封“告别信”，深深刺痛了每一个人的心。

疫情给各国人民带来的苦难，中国人民感同身受，并尽己所能向国际社会提供人道主义援助，支持全球抗击疫情。

正如世界卫生组织总干事谭德塞所言，全球蔓延的新冠肺炎疫情已成为“我们这个时代具有决定性的全球卫生危机”。新型冠状病毒肺炎是近百年来人类遭遇的影响范围最广的全球性大流行病，对全世界是一次严重危机和严峻考验，人类健康和生命安全面临重大威胁。

谭德塞 9 月 17 日表示，全球新冠肺炎确诊患者中，医护人员感染比例约为 14%，而在一些国家，医护人员感染比例高达 35%。此外，医护人员还可能面临压力大、体力透支、污名化、暴力等威胁。对此，谭德塞呼吁通过在医院设立执法人员联络点、改善医护人员精神健康状况等方式保障医护人员安全，给予他们安全的工作环境、必要的培训和充分的尊重。

但是，国际疫情防控仍然不容乐观。截至 2020 年 9 月 9 日，全球新冠死亡人数超过了 100 万。

2021 年 1 月 16 日，死亡人数已超过 200 万，也就是说，全球死亡病例从 0 到 100 万例用了 263 天，但从 100 万到 200 万例仅用了 109 天。

国家卫生健康委网站2020年9月29日发布的消息称：9月28日0—24 时，中国 31 个省（自治区、直辖市）和新疆生产建设兵团报告新增确诊病例 12 例，均为境外输入病例（上海 5 例，四川 3 例，陕西 3 例，福建 1 例）；无新增死亡病例；新增疑似病例 1 例，为境外输入病例（在上海）。

每天变化的，不是数字，而是生命。

新冠疫情造成的巨大伤亡中，各类公众人物也不在少数，一些大家耳熟能详的国际政要和文体界名人相继染病。疫情不分国界，病毒不认贵贱，而全球越来越多的政要、名人确诊，足以说明疫情的严重性。

据《每日经济新闻》记者不完全统计，截至 2020 年 3 月 15 日，包括美国、英国、法国、意大利等在内的 17 个国家确诊政要人数总计 63 人，死亡人数达到 14 人，另有多人正在进行病毒检测或自我隔离。

《镜报》、凤凰网等媒体于 3 月 14 日以《多国数十位高级官员先后中招　新冠病毒深入世界“权力中心”》为题报道了国外政要感染新冠病毒的情况。报道称，随着新冠肺炎成为全球流行病，多国数十位高级官员也先后中招：伊朗副总统、法国文化部长、英国卫生部副大臣、澳大利亚内政部长……

巴西总统博索纳罗成为全球首位被确诊患新冠肺炎的国家首脑。

就在我落笔的这一刻——2020 年 10 月 2 日，一条引发全球关注的新闻占据了各大媒体的头条位置：美国总统特朗普和夫人双双感染疫情，正在接受隔离治疗……

娱乐圈、演艺界的“名人死亡效应”，更加引发了人类对疫情的恐惧。《山西晚报》报道，仅 2020 年 3 月，随着新冠肺炎疫情在世界各地的蔓延和暴发，不仅全球影视、音乐和演出行业在经济上遭受重创，许多影视、音乐、演艺明星和艺术家的人身健康也受到严重威胁，至少有 30 多位国外演艺界名人感染新冠肺炎，其中 17 位不幸去世。除了 3 月 31 日去世的英国演员安德鲁·杰克外，3 月 22 日，美国爵士乐传奇人物、歌手迈克·隆戈因同样的原因在纽约去世，享年 83 岁。3 月 27 日，英国著名乐队箭头乐队的主唱兼贝斯手艾伦·梅里尔逝世，享年 69 岁。

艾伦·梅里尔曾在1975年凭借一首《我爱摇滚乐》轰动乐坛，猫王、布兰妮等明星都翻唱过这首歌。3月29日，日本著名喜剧演员、被很多人称为“日本喜剧之王”的志村健病逝，享年70岁。感染新冠肺炎去世的还有：50岁的美国男星莫娜·福特、美国当代著名剧作家特伦斯·麦克纳利、曾出演《鳄鱼邓迪》《丛林中的莫扎特》的美国演员马克·布鲁姆、69岁的意大利著名男歌手塞尔吉奥·巴西、82岁的著名作曲家德托·马里亚诺、89岁的女演员露西娅·波塞、78岁的著名男低音歌唱家路易·罗尼、76岁的英国流行乐传奇歌手塞·塔克、66岁的巴西指挥大师奥利维拉、72岁的巴西画家丹尼尔·阿祖莱、日裔巴西指挥家宗永直美、86岁的喀麦隆传奇巨星——萨克斯演奏家玛努迪·班哥、67岁的刚果著名男歌手阿鲁斯·玛贝勒……

截至2020年4月3日上午，国外演艺圈共有68人确诊新冠肺炎，其中37人去世。

可以确定的是，这样一份谁也不愿目睹的名单，仍在每时、每刻、每分钟里迅速拉长、迅速延伸……

人类文明不断发展，科技进步突飞猛进，医疗手段日新月异，可仍未能改变截至当时为止100万地球同胞被新冠掳走的凄惨命运，未能复原几百万个家庭的碎裂，未能阻挡上千万个确诊、疑似病例的发生，发生，再发生……

当时有专家告诉我：“假如不是人类文明和现代科技的进步和支撑，面对新冠的疯狂袭击，目前疫情的死亡人数就不是100万了，有可能比10个、100个100万还要多。”

100个100万是多少？你自己算吧。

不敢算，也不忍算。

但我们必须相信，只要生命的尊严依然，只要活着就是为了活得安全，活得更好，只要国际社会团结协作、携手应对，同舟共济、守望相助，就一定能战胜疫情，维护人类的共同家园；就一定能走出人类历史上这段艰难时刻，迎来人类发展更加美好的明天。

尽管，各种令人惊惧的信息仍时不时出现，比如在不少国家，病毒在变异，在升级，充满可怕的变数以及种种可能性……

人类曾研制出很多攻克病毒的疫苗，可是这个新冠太“新”了，新得让人类措手不及，科学家要找到对付新病毒的方法，尚需要一定的时间。时间就是生命，可生命，有时候完全服从于期待。一位心理专家告诉我:“庚子年，人类最大的期待，就是找到治疗新型冠状肺炎的方法，以及发明相应的疫苗。”

为此，全人类望眼欲穿，期待奇迹的降临。我们期待，我们祝愿，我们为全人类祈福。

这是心的守候，心的念想，心的渴望。

好在，我国的疫苗研发水平始终处于全球第一方阵。2020 年 12 月 30 日，经国家药监局批准，国药中生北京公司新冠病毒灭活疫苗附条件上市。这是我国第一个附条件上市的疫苗。

一剂小小的疫苗，与其说是抗疫之需，毋宁说是“安心”之宝。心理专家推测，庚子年之后，全球可能会研发出更多的疫苗品种，2021 年极有可能成为疫苗“接种年”。

第二章

中外重大疫情大盘点

“天哪！我每天诚惶诚恐，快要吓死了。”

“新冠为什么早不来，迟不来，偏偏现在才来？”

“我已经被隔离，与其让瘟疫折磨，不如自杀吧。”

“第一次感觉地球如此之小，竟然没我的容身之处。”

……

这是新冠疫情期间不少人的心理反应，也是心理反映。

你为什么会被瘟疫吓死？你认为人类历史上就一个新冠瘟疫吗？你认为自杀是摆脱瘟疫纠缠的唯一方式吗？即便你离开地球，乔迁到火星、水星、天王星、月球或者其他星球上去，就会远离瘟疫吗？

差矣！无法安心，可以理解。但这些对瘟疫的认知，却暴露出思想的某种局限和心理世界的盲区。

事实是，瘟疫从来未曾离开过人类。

相对于新冠，自古以来瘟疫家族给人类造成灾难的那些“过去式”事件，仿佛作为另一种存在，像一块块悲催的墓碑，如此突兀地耸立在人类记忆的高处，俯瞰着我们的世界，与当下的新冠形成了可怕的遥相呼应。了解历史上那些“过去式”的疫情，也是了解新冠的另一种方式，因为，新冠和那些瘟疫一样，迟早也会成为“过去式”。当庚子年之后的某一天，新冠在全球范围内销声匿迹，人们对于新冠的了解和认识，也许会更加透彻。为此，让我们轻轻转身，朝历史和岁月回眸……

“安心”的关键，是解决对瘟疫的认知问题。

世界历史上的疫情

关于瘟疫的详尽记载，国外比中国要早1000多年。

2020年5月的一个午后，我应邀前往某高校参加我的报告文学新作《走出“心震”带》读书分享会，由于仍然处于疫情期间，组织者对那天分享会的布置可谓费尽心思，让我感动。那天报名参加分享会的读者大约有300多人，但实际能够进入现场的人数控制在100人左右。每人按照指定位置隔椅就座，相邻两人保持半米左右的距离。所有现场的读者都戴着口罩，有的还戴着护目镜。《走出“心震”带》是一部有关灾后心理援助的书，而那一刻，新冠的肆虐正在全社会引发前所未有的心理危机……

我问现场的读者：“毫无疑问，新冠是全球性的灾难，那么，大家了解瘟疫吗？”

有位读者举手发言，他念了一段文字：“人们像羊群一样地死亡着。病人裸着身体在街上游荡，寻找水喝直到倒地而死。由于吃了躺得到处都是的人尸，狗、乌鸦和大雕也死于此病。存活下来的人不是没了手指、脚趾、眼睛，就是丧失了记忆……”

这是古希腊史学家修昔底德留给后人的一段文字。

公元前431年，中国正处于战国时期，当时古希腊最大的两个城邦——斯巴达和雅典爆发了长达27年之久的战争，史称“伯罗奔尼撒战争”。战争刚刚结束，雅典就暴发了瘟疫，并且持续约3年之久，直接导致雅典四分之一的民众死亡，著名的古希腊文明从此由盛转衰，原本完整的社会体系，被疫情肢解得支离破碎，难以复原。

有位读者对我说：“如果没有这次新冠来袭，我根本不知道历史上发生过那么多瘟疫。”

那天的读书会，全然变成了对瘟疫的解读会，对瘟疫的声讨会。

于是我说：“那我们还是多聊聊瘟疫吧，因为，瘟疫和我们的心有关。”

大家讨论的第二个瘟疫，是“安东尼瘟疫”，这是人类历史上最可怕的瘟疫之一，更为可怕的是，它不是单个瘟疫的张狂，而是伤寒、天花、麻疹以及中毒性休克综合征等多种瘟疫一起赤膊上阵，抱团对人类发起群体性攻击。2 世纪中期，安东尼王朝统治下的罗马帝国暴发瘟疫。罗马史学家迪奥卡称，当时的罗马，一天就有约 2000 人染病而死，相当于被传染人数的四分之一。

最终，罗马总死亡人数超过 500 万，也就是说，一座城市三分之一的人口，没了。威震全球的古罗马帝国，从此风光不再。

王平是天津中医药大学第一附属医院骨伤科学科带头人、中华中医药学会骨伤科分会副主任委员，同时也是一位文化学者，对全球历史上的疫情情况有一定研究。他告诉我，在欧洲地区肆虐长达 300 年的黑死病，曾让欧洲消失了 2 亿人。因为被感染的患者皮肤上会出现许多黑斑，有时黑斑会连成一片，患者往往是在皮肤病变为黑色的状态下痛苦死去的，故称“黑死病”。这场席卷欧洲的大瘟疫，于 1347 年在西西里群岛暴发后，短短几年内横扫欧洲，并在 20 年间导致 2500 万～ 5000 万欧洲人死亡。随后的 300 年内，此疫反复无常，多次卷土重来，导致俄罗斯三分之一甚至一半的人口死亡，死亡的气息笼罩着整个欧洲大陆。

天花，一个多么好听的名字，可它是人类历史上发病率最高、致死者最多的传染病。感染天花病毒的患者在痊愈后脸上会留有麻子，“天花”

由此得名。

“种豆”，是我儿时最为深刻的记忆之一，我的右臂上至今留有20世纪70年代“种豆”留下的痕迹，记得当时的城乡居民间常有这样的对话：

“给娃‘种豆’了没有？”

“还没哩。”

“啊？赶紧种去，这事不能马虎。”

“嗯，马上，马上，马上。”

在我们赖以生存的地球上，种族屠杀并不鲜见，但人类历史上最大的一次种族屠杀不是靠枪炮弓箭实现的，而是天花。15世纪末，欧洲人踏上美洲大陆之前，这里居住着以印第安人为主的2000万～3000万原住民，但是，100年过后，原住民人口剩下不到百万人，也就是说，绝大多数的原住民人口不明不白地消失了。研究者认为，欧洲殖民者踏上美洲大陆后，把天花患者用过的毯子送给了当地的印第安人，这是原住民遭受后来被称为“美洲大瘟疫”灾难的开始，紧接着，由欧洲传来的腮腺炎、麻疹、霍乱、淋病和黄热病等病也接踵而至，广袤的美洲大陆，很快变成了人间地狱。

16—18世纪初，每年死于天花的人数，欧洲约为50万人，亚洲约为80万人，而整个18世纪，欧洲死于天花的总人数，超过1.5亿人。19—20世纪初，天花依然在四面八方横冲直撞，这种状况一直持续到20世纪下半叶。1796年，英国医生爱德华·琴纳发现了天花的克星——牛痘，不可一世的天花病毒，终于悄然落下灰色的帷幕。

天花，是到目前为止在世界范围被人类消灭的唯一一种传染病。

美国著名细菌学家、免疫学家威汉斯·辛瑟尔的专著《老鼠、虱子和历史：一部全新的人类命运史》中有这样一句话：“传染病对人类历史的塑造正是历史学家和社会学家几乎完全忽略的。”

此话，可谓振聋发聩。威汉斯·辛瑟尔用雄辩的事实证明，枪炮与钢铁对人类社会的影响，远不及传播病菌的老鼠和虱子：雅典瘟疫使雅典在伯罗奔尼撒战争中败于斯巴达；横扫罗马帝国的传染病加速了罗马帝国的灭亡；十字军东征所遇到的困难，与其说是阿拉伯人的军事力量，倒不如说是传染病；因为传染病，伟大的军事天才拿破仑未能在欧洲建立全面的霸权。

黄热病，是目前世界卫生组织唯一要求强制免疫的疾病。

也就是说，某人进入某感染国，或从某感染国出境去某非感染国，必须出示黄热病免疫接种证书。据史料载，1648 年，墨西哥的尤卡坦半岛首次暴发大规模的黄热病。此后的两个世纪里，黄热病在美洲、非洲及部分欧洲地区流行，又被称为“美洲瘟疫”。此病传播媒介为伊蚊，是出血症的重要起因，当时造成大量人口死亡以及社会活动彻底瘫痪。

哥伦比亚魔幻现实主义小说家加西亚·马尔克斯创作过一部名著《霍乱时期的爱情》。“霍乱”两个字，从此成为一个文学化的惨烈符号。

霍乱曾一度被认为是“19 世纪的世界病”。据载，霍乱共有 7 次全球性的大流行，第一次始于 1817 年，随后频频暴发，其中有 6 次发生于 19 世纪。霍乱曾在世界范围内造成大量人口消失,但限于当时的条件，死亡人数至今成谜。为数不多的史料表明，仅印度一国，百年间就有超过 3800 万人因霍乱死亡，仅 1831 年，欧洲因霍乱死亡的人数就有 90 万人。1832 年，英国霍乱平息之后，英国医生约翰·斯诺终于追查到了伦敦霍乱暴发的根源——一台被污水污染的水泵。

于是，欧洲在供水和排污方面掀起了一场影响空前的思想革命，并波及美国甚至全世界。人们由此懂得了一个概念：饮水安全。

多年前，有一部著名的纪录片《杀死了 5000 万人的大流感》，讲述的是 100 多年前人类有过的一场噩梦。由禽流感病毒变异引起的“西班牙大流感”，于 1918 年 3 月在美国堪萨斯州的一个军营暴发，一年之内席卷全球。到 1920 年春，全世界约 10 亿人感染，近 5000 万人死亡，连西班牙国王也难以幸免，死亡人数相当于第一次世界大战死亡人数的 4 倍，是世界上最致命的大流行病之一。

小小的虱子，是斑疹伤寒病毒的始作俑者之一。而当年的“俄国斑疹伤寒”，客观上成了战争的帮凶。第一次世界大战爆发后，德军气势每况愈下，军纪松懈，疏于除虱，导致东战线上发生大规模斑疹伤寒。不久，该病蔓延到俄国境内。1917 年 10 月，俄国十月革命前夕，“俄国斑疹伤寒”开始疯狂蔓延，导致约 300 万人死亡，战局态势也进入不可控状态。

疟疾，在中国的一些地方也叫“打摆子”，有些地方则直接称之为瘟疫。作为一种寄生虫疾病，它的传播源，竟是人们司空见惯的蚊子。

在第一次世界大战时期，殖民非洲、亚洲等地的欧洲部队中发生了疟疾，特别是在东非的英军，感染疟疾丧生者达 10 万人以上。如今，疟疾仍然是全球最普遍、最严重的热带疾病之一，90% 发生在撒哈拉以南的非洲地区，且大部分感染者是儿童。资料表明，全球每年约有 2 亿宗疟疾病例发生，导致约 100 万人死亡。

有一部名为《埃博拉病毒》的恐怖片，加深了人们对埃博拉病毒的印象。埃博拉病毒的致死率为 50% ～ 90%。仅 1976—2012 年，埃博拉病毒就暴发了 23 次。2014 年 7 月，埃博拉病毒再次在非洲大暴发，这次的感染和死亡人数均超过以往任何一次，并且还在继续蔓延，没有被控制住的迹象。

目前，人类还没有发明可以有效抵御这种病毒的疫苗和药物。

还有这样一些瘟疫之源：艾滋病病毒、狂犬病病毒、肝炎病毒、登革热病毒、“非典”病毒、马尔堡病毒、西尼罗河病毒、炭疽病毒……

历史渐渐变得遥远，我们无法回溯现场，获知历次灾难带给民众的心理创伤程度，我们只能从有限的历史记录中有限地感受那些可怕的事实，而感受疫情期间的人性底色，我们只能依赖于一些文艺作品，比如艺术家们创作的《鼠疫》《威尼斯之死》《十日谈》《瘟疫与人》《屋顶上的轻骑兵》《逼近的瘟疫》《失明症漫记》《热区》……

如今，瘟疫家族中的新冠后来居上。

新冠挑战人类底线的方式，和其他瘟疫大同小异，唯一不同的，新冠挑战的不是历史，而是当下，甚至未来。

日内瓦当地时间2020年3月11日，世界卫生组织总干事谭德塞表示，新冠疫情已构成“全球大流行”。3月13日，谭德塞又表示，目前欧洲已成为新冠肺炎疫情的“震中”。一时间，各国疫情防控的弦愈发紧绷。

2020年本是体育大年，欧洲杯和奥运会两项赛事都在计划之列。北京时间3月11—12日，在欧洲足球五大联赛和NBA联盟成员中，先后有球员、教练被确诊新冠肺炎。在短短两三天内，全球篮球和足球的顶级赛事双双取消。

截至2020年3月15日，德甲、英超、法甲、西甲、意甲、荷甲、葡超以及欧冠、欧联都已宣布暂停比赛，欧洲五大联赛全部停摆。

实际上，疫情影响了全球几乎所有大型体育赛事。

疫情风暴，同样席卷了好莱坞，乃至全球电影行业。

因为这场疫情，全球的电影行业都面临着难以预估的损失。

新冠疫情给世界经济带来的影响就更加严重。3月12日，美国、巴西、加拿大、泰国、菲律宾、巴基斯坦、韩国、印度尼西亚、墨西哥、哥伦比亚、斯里兰卡等十余个国家的股市发生“熔断”，多个股市进入“技术性熊市”。

就经济方面而言，在疫情被定性为“全球大流行”后，人们的恐慌情绪加剧，全球市场一片“腥风血雨”。

王平认为，新冠的巨大杀伤力，很容易让广大民众联想到历史上的那些可怕瘟疫。联想是正常的，恐惧也是正常的，可怕的是，这样的联想和恐惧，会带来一系列非正常死亡，比如自杀。

“新冠疫情暴发以来，80% 的民众需要‘安心’，否则，世界会为之改变。”一位心理专家对我说。

中国历史上的疫情

中国有句古话："十年一大疫，三年一小疫。"

够通俗易懂的了，如果再通俗一些，便是：十年一次大瘟疫，三年一次小瘟疫。《周礼·天官·冢宰》记载："疾医掌养万民之疾病，四时皆有疠疾。"四时者，四季也。就是说，一年四季，瘟疫都可能发生。《中国疫病史鉴》明确记载："西汉以来的 2000 多年里，中国先后发生过至少 300 多次疫病流行。"

那天，我和王平不约而同地聊到了中国古典长篇小说《水浒传》，该书第一回"张天师祈禳瘟疫，洪太尉误走妖魔"可谓妇孺皆知，其中有这样的描写："嘉祐三年上春间，天下瘟疫盛行，自江南直至两京，无一处人民不染此症。"王平认为，那场突如其来的瘟疫，彻底打乱了宋朝的社会秩序。当时"文曲星"包拯亲自出俸合药，欲救黎民于水火，可仍旧"瘟疫越盛"。

"《水浒传》是小说，恰恰是小说对瘟疫知识的普及，让广大读者知道了瘟疫的厉害。"王平说。

中国最早的疫情记录，公认是在 468 年河南、河北、山东、湖北、安徽发生的瘟疫，造成十四五万人死亡。

学界一般认为，我国历史上曾暴发过两次最大的瘟疫，一次是东汉末年到三国初期，这是有史以来有数据记载的人口数量减员最多的时期，瘟疫使得东汉当时的人口从 6000 多万降到 1500 万，远远超过战争和饥荒导致的人口减员数量。另一次是明末清初时期，不少人把明朝的灭亡归于李自成起义和吴三桂引清军入关，实际上在崇祯年间，鼠疫的大面积暴发导致民众被感染人数与日俱增，人口骤降。兵来自人，人没了，还有什么兵打仗？

在王平看来，与其说李自成灭明，毋宁说老鼠灭明。

有句俗话“一个老鼠害一锅汤”，可老鼠，也能害一个朝代。

中国的读书人，谁不晓得三国时期著名的“建安七子”：孔融、陈琳、王粲、徐干、阮瑀、应玚、刘桢。“建安七子”与“三曹”往往被视作三国时期文学成就的代表。“建安七子”中除孔融被曹操处死、阮瑀早逝外，其余五人均死于建安二十二年（217 年）冬天的北方瘟疫。

曹植在《说疫气》中描述了当时疫病流行的惨状：“建安二十二年，疠气流行，家家有僵尸之痛，室室有号泣之哀。或阖门而殪，或覆族而丧。”

所谓“或阖门而殪，或覆族而丧”，翻译过来就是“有的是全家病死，有的是一族俱亡”。而“家家有僵尸之痛，室室有号泣之哀”中的痛，是心痛；号，是心号；哀，是心哀。

那天，王平在他的案头打开一部厚厚的线装版《伤寒杂病论》。他告诉我：“如果没有流行于东汉的瘟疫，中医学界的这部千古奇书，就未必能够诞生。”

据史书记载，东汉桓帝时大疫三次，灵帝时大疫五次，献帝建安年间疫病流行更甚。成千累万的人被病魔吞噬，造成了十室九空的空前劫难。其中尤以东汉灵帝时的 171 年、173 年、179 年、182 年、185 年等年份的疾病流行规模最大。名医张仲景的老家南阳地区也接连发生瘟疫大流行，许多人因此丧生。张仲景的家族本来是个大族，人口多达 200 余人，结果不到 10 年，有三分之二的人因患疫症而死亡，其中死于伤寒者竟占十分之七。处于悲愤中的张仲景痛下决心，乱世立志，潜心研究伤寒病的诊治，最终写出了传世巨著《伤寒杂病论》，书中所确立的六经辨证的治疗原则，受到历代医学家的推崇，是后人研习中医必备的经典著作。

隋唐五代时期，见诸文献记录的瘟疫就有 50 多次。其中宝应元年（762 年），江东瘟疫大流行，“死者十七八，城郭邑居为之空虚”；贞元六年（790 年），“江南大旱，井泉干涸，人多渴死，暴发瘟疫，疫死者众”；元和元年（806 年），浙东大疫，“死者大半”。人口的大量死亡和土地的日渐荒芜，吓得一些官员不敢南下任职。

著名文史专家、收藏家、《天津日报》编审罗文华认为，宋代的江南，经济蓬勃发展，却成为疫病高发区。如咸平三年（1000 年）“两浙大饥，民疫死”；熙宁八年（1075 年）“两浙无贫富皆病，死者十有五六”；元祐七年（1092 年）“浙西饥疫大作，苏、湖、秀三州人死过半”。当时的大美江南，被瘟疫蹂躏得一塌糊涂。

罗文华告诉我，清朝时，九五至尊的皇帝选择继位者时，生过天花成为太子继位的必要条件之一，因为生过天花意味着自身有了抵抗瘟疫的能力。对于没生过天花的太子，“对不起！吾儿，待你生过天花之后朕再考虑吧。”

清代乾隆年间，从云南开始，我国许多省份出现了鼠疫。有一位叫师道南的青年诗人，他被当时鼠疫流行的凄惨状况深深震撼，挥毫写就一首奇诗《鼠死行》：

东死鼠，西死鼠，人见死鼠如见虎，鼠死不几日，人死如圻堵。昼死人，莫问数，日色惨淡愁云护。三人行，未十步，忽死两人横截路。夜死人，不敢哭，疫鬼吐气灯摇绿。须臾风起灯忽无，人鬼尸棺暗同屋。乌啼不断，犬泣时闻。人含鬼色，鬼夺人神。白日逢人多是鬼，黄昏遇鬼反疑人。人死满地人烟倒，人骨渐被风吹老。田禾无人收，官租向谁考？我欲骑天龙，上天府，呼天公，乞天母，洒天浆，散天乳，酥透九原千丈土，地下人人都活归，黄泉化作回春雨。

这首诗对后世影响很大，并被收入许多有关鼠疫研究的著述中。

悲催的是，师道南作此诗时，自己也染上了瘟疫，不久就撒手人寰，年仅29岁，一同染病而死的，还有他的母亲和妻子。

民国时期，中国发生过19次大型瘟疫，最大的一次是1932年的霍乱，波及大半个中国，死亡人数估计在四五十万，很多乡村的村民死亡率过半。

很多中国读者通过《人生的枷锁》《月亮与六便士》知道了英国作家毛姆，但可能不知道毛姆还写过一部出版于1925年的长篇小说《面纱》，这部小说的创作灵感，源自毛姆1919—1920年游历中国时的亲身经历。当时的中国，霍乱流行。

小说的故事发生在被殖民统治时期的香港和中国大陆一个叫湄潭府的地方。女主人公凯蒂·费恩和香港助理布政司查理产生了婚外情，被丈夫瓦尔特发现。丈夫胁迫她去了霍乱横行的湄潭府，结果瓦尔特不幸染病死去，重新投入查理怀抱的凯蒂内心十分纠结，于是她离开中国，返回英国和父亲和解，并和父亲同往巴哈马群岛生活。小说中除了对湄潭府疫情的描写，还有情感的关照、道德的冲突、人性的博弈、欲望的沟壑、灵魂的挣扎……

当时中国的大部分地区，处处都有“湄潭府”。

中国小说家陈忠实的《白鹿原》中也写到民国时期的霍乱，感染病毒者上吐下泻，被小说中的中医冷医生谓之“两头放花”。白鹿村里隔三差五抬埋死人，白嘉轩的媳妇仙草就是在这场瘟疫中死去的。原上的人认为这是“田小娥的鬼魂带来的邪气”，直到白嘉轩修起一座镇妖塔，才“镇”住了瘟疫。

不少瘟疫来自大自然，人类也来自大自然，可怕的是，人类本身也会邪恶缠身制造瘟疫，比如生物武器。第二次世界大战中，日军731部队、“荣”字1644部队等多支细菌战部队就在中国大地上制造过人工瘟疫，受害的中国民众多达上千万，死亡人数至少有数十万。

20世纪50—60年代初，中国政府进行了3次强制性全民种痘和2次接种行动，向5亿多人口共发放了18亿剂牛痘疫苗。

目标只有一个：防止天花等疫情死灰复燃。

谁也不会想到，在中国小范围内流行了长达2000多年的血吸虫病，在1955年前后骤然变成了决堤的洪水，迅速向上海、江苏、浙江、江西、安徽、湖南、湖北、广东、广西、福建、四川、云南等12个省、市的37个地区席卷而来，患者多达1000万人，约1亿人受到威胁。1955年冬，毛泽东发出“一定要消灭血吸虫病”和“限期消灭血吸虫病”的号召，并亲自到湖北疫区视察，在杭州指导制定规划。中共中央专门成立了血吸虫病防治工作领导小组，派出大批医疗队到疫区进行血吸虫病防治工作。1958年6月30日，《人民日报》报道了余江县消灭血吸虫病的消息，毛泽东欣然挥毫，写下了著名诗作《送瘟神》：

七律二首·送瘟神

读六月三十日《人民日报》，余江县消灭了血吸虫。浮想联翩，夜不能寐。微风拂煦，旭日临窗，遥望南天，欣然命笔。

其一

绿水青山枉自多，华佗无奈小虫何！
千村薜苈人遗矢，万户萧疏鬼唱歌。
坐地日行八万里，巡天遥看一千河。
牛郎欲问瘟神事，一样悲欢逐逝波。

其二

春风杨柳万千条，六亿神州尽舜尧。

红雨随心翻作浪，青山着意化为桥。

天连五岭银锄落，地动三河铁臂摇。

借问瘟君欲何往，纸船明烛照天烧。

回溯中国古人有关疫情的著名诗歌，我们见惯了“天地岂不仁，来为乡邑雠”“浮尸暴骨处处有，束薪斗粟家家无”“今春齐安大疾疫，闾里老弱死籍籍”中广大民众的凄惨遭遇，同时，也在“抚安才智短，独立奈愁何”“异乡身健百不忧，有钱但知沽酒吃”“天行底事无差择，偏入长斋礼佛家”“寄语长民当自责，莫将天数厚相诬”中感受到了封建王朝面对疫情的无奈、落寞与绝望。而从毛泽东的“绿水青山枉自多，华佗无奈小虫何”“借问瘟君欲何往，纸船明烛照天烧”中，我们读到了抗击疫情的胆识、战必能胜的决心、豪迈乐观的革命浪漫主义。

血吸虫病，从此在中国大地上很少反弹。

2002 年 11 月，广东佛山首次发现“非典”病例，并迅速形成流行态势。2002 年 11 月至 2003 年 8 月 5 日，29 个国家共报告临床诊断病例 8422 例，死亡 916 例。这是一种感染 SARS 冠状病毒引起的新的呼吸系统传染性疾病。主要通过飞沫传播，具有较强的传染性。以发热、头痛、肌肉酸痛、乏力、干咳少痰等为主要临床表现，严重者可出现呼吸窘迫。

2019 年底，新冠病例从武汉华南海鲜批发市场刚刚冒出来的时候，有人误以为是不甘寂寞的“非典”又重现江湖。这一对催命鬼，的确有太多的相似性。

但不久后专家发现，“非典”是“非典”，新冠是新冠。

文人笔下，对新冠“幽灵”的降临有这样的描述：乙亥年，庚子春，荆楚大疫，源于食野，恰逢年节，染者数万。众惶恐，举国防，皆闭户，道无舟车，万巷空寂……

其中有这三个字：众惶恐。

史占彪说：“疫情带给人类的心理问题，远超其他灾难。”

第三章

新冠与“心震”，哀莫大于心死

新冠疫情，把人类逼上了前所未有的“心震”巅峰。

——“‘心震’，心灵的震荡，人类心灵的大地震。”早在2007年，世界卫生组织就曾预测，到2020年，抑郁症将成为全球第二大疾病。此言可谓一语成谶。伴随着新冠的突然来袭，以焦虑、PTSD和抑郁为主的心理问题和心理疾病，从新冠初始时期的山雨欲来之态，短短几个月就发展成泛滥之势。

中国传统文化中,有关伤“心”的成语不胜枚举:惊心动魄、心急如焚、撕心裂肺、心绪不宁、痛心疾首、心力交瘁、人心惶惶……

每一个成语当中，都有一颗无法安宁的“心”。

也有这样一些成语：魂飞魄散、惊魂未定、魂飞天外、失魂落魄、魂不附体、肝胆欲裂、胆裂魂飞、生不如死、追魂夺魄……

这些成语似乎无“心”，可你知“心”到了哪里？

这样的成语，个个都不是吃素的，它们形象鲜活，通俗易懂，概括凝练。它们是“心震”的重要表现形式，也是焦虑症、恐惧症、抑郁症、强迫症、PTSD、幻想症、精神分裂症、情绪障碍症等心理问题、心理疾病的另一种注解。这些成语所指代的情绪表现，未必都是心理问题和心理疾病的反映，但有心理、精神问题的人员，或多或少都具有这些情绪表现。

自杀，是心理危机最为极端的表现，也是较受社会关注的行为。

新冠与全球人类心理危机

新冠疫情带给全球民众的心理冲击波，无疑是巨大的。

公共突发事件发生后，常见的精神卫生问题可以分为相对独立的 6 组：灾后特定精神障碍；非特定的悲伤反应；其他健康相关问题；长期慢性的生计相关问题；资源丧失；青少年特定问题。其中，灾后特定精神障碍是国内外研究最为集中的一个领域，包括急性应激障碍（ASD）、PTSD、抑郁症以及自杀等。

发生于 1986 年的切尔诺贝利核泄漏事故，使包括事故幸存者在内的大量民众备受抑郁、焦虑、PTSD 以及医学无法解释的躯体症状的折磨。

2001 年发生于美国的“9・11”恐怖袭击事件，使很多美国民众的安全感被严重削弱，很多人至今尚未走出恐慌和焦虑。

世界卫生组织的报告数据显示，全球每年大约有 100 万人死于自杀，平均每 40 秒，全球就有一个人自杀。而且自杀未遂的人数更多，约是自杀死亡人数的 20 倍。在各种精神障碍中，抑郁症最为公众所熟悉，它的自杀率高达 6% ～ 15%。毫无疑问，新冠疫情让“100 万”这个冷酷数据迅猛增长，增长，再增长……

每年的 9 月 10 日是我国的教师节，同时也是“世界预防自杀日（World Suicide Prevention Day）”。世界预防自杀日是由创建于奥地利的国际预防自杀协会和世界卫生组织于 2003 年设立的。首个世界预防自杀日的主题为“自杀一个都太多”。

……

2018 年的主题为“共同行动，预防自杀”。

2019 年的主题为“40 秒行动”。——40 秒，一个血淋淋的时长。

而 2020 年的主题为“共同努力，预防自杀”，该主题与 2018 年的主题略似，唯一的不同是“行动”“努力”之别，毋庸讳言，由于新冠疫情虎视眈眈，2020 年更显得不同于以往。

庚子年，全球媒体公开报道的与新冠疫情有关的自杀案例不胜枚举，其中有官员、知识分子、企业家、医生、工人、农民、学生……

2020 年 5 月 15 日，联合国秘书长古特雷斯在发布的“新冠疫情与精神健康”政策简报中表示，新冠疫情不仅攻击了我们的身体，还增加了心灵上的痛苦，严重影响全社会的精神健康和福祉。因此，各国必须将促进精神卫生发展作为当前重要事项，迅速加以应对！

简报表明，许多国家的国民抑郁和焦虑症状有所加剧。2020 年 4 月，埃塞俄比亚的一项研究指出，与新冠大流行之前的估测数据相比，当年埃塞俄比亚人罹患抑郁症的概率增加了 3 倍。

特定人群特别容易产生与新冠疫情相关的心理困扰。面对繁重的工作，生死攸关的决定以及被感染的风险，一线卫生工作者尤其容易受到影响。在加拿大，有 47％的医护人员表示需要心理上的支持。

儿童和青少年也处于危险之中。意大利和西班牙的家长报告显示，他们的孩子难以集中注意力，还出现了烦躁不安和神经质的表现。居家隔离增加了儿童目睹或遭受暴力和虐待的风险。残疾、生活在拥挤环境下，以及在街头流浪的儿童处境尤其危险。

妇女的处境也特别危险，特别是照料家庭和从事家务劳动的女性、老年女性以及患有精神疾病的女性。

一项针对英国有精神疾病史的年轻人的研究报告显示，其中 32％

的人认同新冠疫情大流行使其精神健康状况恶化。

饮酒量是精神卫生专家关注的另一个领域。加拿大的统计数据表明，新冠疫情大流行期间，在 15 ～ 49 岁的人群中，有 20% 的人饮酒量增加，这也将导致不同程度的精神问题加剧。

疫情期间，各国难民的心理健康问题也十分严重，联合国难民署发布报告称，疫情对难民、流离失所者和无国籍人士的心理健康造成了巨大影响。

面对疫情导致的全球心理健康危机，谭德塞 5 月 15 日表示：“现在非常清楚，必须将精神健康需求作为我们应对新冠病毒大流行并恢复的核心要素，至关重要的是确保患有精神疾病的人持续获得治疗。”

2020 年 2 月 1 日，农历大年初八，就在那一天，一名负责从武汉撤侨的日本官员跳楼自杀，年仅 37 岁。

日本媒体是这样报道的：自杀发生在 2 月 1 日上午 10 时 15 分许，地点是从武汉撤离的日本公民入住的埼玉县和光市的国立保健医疗科学院。当时有访客说，突然听见“砰”的一声，往外一看，发现有人坠地了。死者为男性，是从日本内阁官房抽调的官员，内阁官房相当于首相办公厅。最近几天，他一直和同事住在保健医疗科学院的宿舍里。警方调查后表示，男子是跳楼自杀，现场和房间内均未发现他的遗书。这名男子负责撤离在武汉的第三批日本侨民，这批侨民中，约 100 人被临时安置在这个保健医疗科学院，接受两个星期的隔离观察。其同事表示，该男子此前一直努力工作，事发前一天也没看出有太大情绪变化。但也有网友分析，在撤离的日本侨民中，确实有感染上新冠的，一些日本人也不完全配合隔离观察，很多日本人情绪焦虑，就将气撒在撤侨官员身上，可能导致该男子的压力增大，最终自杀。

据悉，这也是全球发生新冠肺炎疫情以来，第一位因疫情而自杀的政府官员。

2 月 25 日，韩国法务部一名 30 多岁的官员于当日凌晨在首尔跳江自杀，他生前负责疫情防控工作。韩媒猜测，该官员自杀与疫情防控有直接的关系。

意大利一家媒体 2020 年 3 月 25 日报道，意大利伦巴第大区一名 34 岁的女护士自杀身亡，这是意大利暴发疫情以来，第二名自杀的抗疫护士。死亡前她被确诊感染了新冠病毒。意大利护士联合会发布消息称，尽管还不清楚确切的死亡原因，但新冠肺炎疫情导致的工作压力和担心自己会感染他人都可能是影响因素。截至 2020 年 3 月 25 日，意大利已有超过 5000 名医务人员感染新冠病毒，约占该国感染总人数的 7%。据分析，该现象的产生可能有两方面原因：一方面，因防护设备紧缺，医护人员检测不到位；另一方面，超负荷工作，导致身心俱疲。

英国《镜报》2020 年 3 月 24 日报道，英国一名年仅 20 多岁的女护理师自杀，出事前曾在伦敦南部的国王学院医院的加护病房工作，该院已有 8 名患者因新冠肺炎死亡。3 月 23 日下午，警察赶到医院时，女护理师已经失去意识。警方调查指出，她可能不堪加护病房内的新冠疫情压力，使用过量的药物而结束了生命。

《中国经济周刊》报道，当地时间 2020 年 3 月 28 日，德国黑森州财政部部长托马斯·舍费尔的尸体在铁轨旁被发现，当地警方经过调查后认为舍费尔系自杀身亡。黑森州州长布菲耶表示，其死亡或与新冠肺炎疫情有关。据法新社消息，黑森州州长 29 日表示，舍费尔近日一直为如何应对新冠肺炎疫情所带来的经济冲击而“深感忧虑”。

2020 年 4 月 24 日，23 岁的约翰·蒙德罗在纽约消防局（FDNY）担任紧急医疗技术员不到 3 个月后自杀。仅两天后，即 4 月 26 日，纽约长老会艾伦医院一名 49 岁的医生洛娜·布林也自杀了。他们都受到了“人们在眼前逝去”的严重心理压迫。

英国《每日邮报》报道，2020 年 5 月 22 日，美国加利福尼亚州旧金山约翰·缪尔医疗中心的创伤科主任迈克·德布斯迈布兰科在接受记者采访时表示，他所在医院的自杀死亡人数已经超过了感染新冠病毒而死亡的人数。他认为新冠病毒影响的不仅是身体健康，还有心理健康。他还说：“我从来没有料到在这么短的时间里，自杀率攀升得这么快，在过去四周内发生的自杀事件和以往一年内发生的自杀事件数量相当。”护士凯茜·汉森也表达了自己的担忧：“最近我看到了太多自残行为，这是我过去从没见过的情况。一般来说，人们情绪低落的时候会产生一些行为，比如哭泣，这是种求救的信号，但是最近发生的事儿有点不同，人们普遍感到沮丧。”

英国《每日邮报》6 月 23 日报道，6 月 22 日下午，一名美国的亿万富豪从一豪华公寓中跳楼而亡。据悉，死者名为史蒂文·宾，是美国知名的企业家、慈善家、电影制片人，也是香格里拉娱乐的创始人。史蒂文今年 55 岁，外媒报道其身家高达 5.9 亿美元，由于疫情封锁期间缺乏人际交往而抑郁。美国前总统克林顿在社交媒体上发文对其表示哀悼：“我非常爱史蒂文，他是一个慷慨大方的人，也很有奉献精神，我会想念他和他的满腔热情，希望他最终能归于宁静。”

奥斯卡获奖编剧乔什·奥尔森说：“史蒂文是我的好朋友、好搭档，他非常热爱电影、热爱音乐，也是一个非常公正、有原则的人，抑郁症太可怕了，希望大家都能珍惜身边人。”

缅甸中文网 7 月 2 日报道，疫情期间，缅甸已有 470 人因为压力过大而选择自杀。缅甸卫生与体育部为了给予民众必要的心理健康帮助，已在仰光省开展民众心理健康问卷调查。

印度媒体 7 月 13 日报道，疫情期间，印度艾哈迈达巴德郊区一位名叫拉杰维辛·戈希尔的青年自杀，年仅 25 岁，生前是一家私营公司的雇员。3 月疫情暴发之后，他失去了工作。这种情况使他陷入了财务危机，他感到非常沮丧。当家里没人的时候，拉杰维辛迈出了极端的一步,他以上吊的方式结束了自己的生命。拉杰维辛 55 岁的父亲悲痛万分，无法接受儿子自杀的事实。就在拉杰维辛去世后的第二天下午，他的父亲在卫生间服毒自杀。

类似的事情在印度发生不止一次。加尔各答一名男子因为疫情失业，2020 年 7 月 9 日，他出门找工作的时候，妻子勒死女儿后上吊自杀。警方怀疑，财务压力可能是她采取如此极端行为的原因。

据美国媒体 2020 年 9 月 27 日报道，自新冠肺炎疫情在美国暴发以来，美国军队现役人员的自杀事件数量较去年同期飙升 20%。有不少军官和将领表示，疫情期间的隔离措施和未来的不确定性，给士兵们增加了极大心理负担。

美国《新闻周刊》2020 年 9 月 28 日消息称，自 3 月至今，美国陆军已有 114 人自杀，较去年同期增加 30%；截至 2020 年 9 月 15 日，空军的自杀人数为 98 人。不同于前两个军种，海军的自杀事件数量在今年有所下降，但是海军方面拒绝对此做出回应。报道指出，虽然在 2020 年的前 3 个月，美军自我伤害行为和谋杀案件数量有所下降，不过疫情给军方人士带来的压力仍非常大。美联社也表示，寻求帮助的士兵数量在逐步增加。

美国空军参谋长查尔斯·布朗也表示，新冠疫情确实给士兵增添了压力:“就自杀事件而言，我们的情况会和去年一样糟。而且这不仅是空军的问题，整个美国都面临着一样的困境，疫情成了额外的压力来源，对于某些人来说，是对未知的恐惧。”

“新冠在全球范围内造成的心理冲击波，前所未有。”史占彪对我说。

“前所未有？”我问，“难道你对百年以前各类疫情给全球造成的心理冲击波视而不见？”

“秦先生，我欣赏你的历史观，但这可是信息时代啊！”

我顿悟，信息时代强大的信息传播力和辐射力，客观上服务于人类的发展与进步，但它有时也会助纣为虐，传播恐惧与绝望。

新冠与中国社会心理危机

中国属于世界，新冠之下的世界性心理冲击波，中国未能幸免。

2002 年，国际心理治疗大会保守估计，中国大概有 1.9 亿人需要接受心理咨询或治疗。

这仅仅是 2002 年的数据，如果把这 4 个阿拉伯数字重新组合一次，变成“2020”这个庚子年呢？

新冠疫情暴发不到 6 个月，心理专家就给出了这样的调查数据：湖北省一线医务人员抑郁、焦虑、失眠的发生率分别为 30.43%、20.29% 和 14.49%；这些问题在其他地区一线医务人员中的发生率分别为 23.13%、13.14% 和 10.64%。此外，湖北省普通人群的抑郁、焦虑和失眠发生率分别为 23.33%、16.67% 和 6.67%；它们在其他地区普通人群中的发生率分别为 18.25%、9.22% 和 7.17%。

数据不是静止的，而是动态的。疫情期间的某个时段，中国医护人员的抑郁症患病率高达 50%、焦虑症达 45%、失眠率达 34%；而在加拿大，有 47% 的医护人员报告需要心理上的支持。

上海市精神卫生中心心理咨询与治疗部主任仇剑崟领衔的一项调查研究显示，35% 的民众对新冠肺炎疫情存在明显的情绪应激反应，反应指数与性别、年龄、受教育程度、职业、所处地区显著相关。调查还发现，不同年龄段人群情绪反应指数呈“N”字状发展，即青年（18 ～ 30 岁）和老年（60 岁以上）人群情绪反应较明显。

湖北某市防疫心理援助热线分析显示，从受理的诉求来看，心理障碍类的受理量最多，占比为71%，主要反映对“疑病”产生恐惧，出现睡眠障碍、强迫症状等应激反应；其次是对失业、收入锐减等现实问题的担忧。

值得注意的是，部分弱势群体的情绪反应指数显著高于其他职业人群。延迟复工使部分弱势群体失去收入来源，经济压力骤增容易触发消极情绪反应。

心理专家杨发辉认为，中国人口基数大，公共突发事件造成的心理危机涉及人群数量可能非常庞大。但究竟占多少比例、需要何种程度与形式的心理干预，还有待科学的实证调研的支持。

中科院心理所研究员高文斌认为，如同传染病直报系统能直观显示疫情进展情况，心理干预专家同样需要一个收集数据的权威渠道，才能做出正确判断。但现在心理调查、反馈的数据收集渠道并不通畅，缺少一个社会信息调研系统。

摸底不清，力量分散，是横亘在心理抗疫前的一道关卡。

人们一定不会忘记，疫情期间的某夜，被封城多日的武汉，一小区里居民集体发出的呐喊，那样的呐喊排山倒海，地动山摇。

用心理学解释，这就是紧急公共事件之后常见的社会心理震荡。

“令人痛心的是，疫情带给青少年的心理创伤，尤为突出。”刘正奎告诉我。

少年，少年，祖国的春天。少年，可是祖国的花朵啊！

当年汶川地震发生6个月后，仅青少年的PTSD发生率就高达9.7%左右，而“非典”过去两年之后，有10%左右的受灾人群出现PTSD。如果遭遇亲人去世，个体创伤会持续更久。

2019年我写长篇纪实文学《走出“心震”带》时，曾专门搜集、研究过中国青少年心理状况问题，那一大堆一大堆资料和数据表，至今仍然在我的抽屉里。《中国中学生自杀相关行为报告率的Meta分析》（载于《中国学校卫生》2014年第4期）以2000—2013年中国青少年中学生自杀相关行为为依据，提供了这样一组数据：中学生自杀意念报告率为17.7%，自杀计划报告率为7.3%，自杀未遂报告率为2.7%。据《教育蓝皮书：中国教育发展报告（2018）》载，仅过去两年媒体公开报道的中小学生自杀死亡及自杀未遂信息就有267例。

在自杀的青少年性别比例中，女孩的占比远高于男孩，为72.7%。将自杀的孩子按年龄占比排序，12岁的占比为40.3%，14岁的占比为22.7%，11岁和13岁的占比均为13.6%。

北京大学儿童青少年卫生研究所一份历时三年多、涉及全国13个省、约1.5万名学生参与的《中学生自杀现象调查分析报告》中的数据更是触目惊心：曾计划自杀的中学生占6.5%；而每5个中学生中就有一个曾经考虑过自杀，占样本总数的20%！

新冠疫情暴发以来，有关青少年自杀的消息始终占据着各大网站的显眼位置，而且更新不断，噩耗不断……

2020年2月29日，河南邓州一名年仅14岁的女孩服药自杀，原因是家庭贫穷、父母残疾、没钱购买手机、无法按时听学校网课；

3月3日，河北石家庄一名五年级的小学生因为上网课不认真被家长训斥，没想到孩子立即跳楼自杀；

3月24日，河北邯郸一名9岁女孩因未按时完成作业，被老师踢出班级群，于是从15楼跳下身亡；

3月27日，深圳龙岗两名14岁的女生相约一起跳楼，不幸身亡；

4月7日，江苏南通一名15岁的男生跳楼自杀；

4月12日，陕西商洛一名初三女生跳楼自杀；

4 月 13 日，河南濮阳清丰县某中学一名初三男生跳楼自杀；

4 月 13 日，江苏无锡一名 12 岁的女生跳楼自杀；

4 月 22 日，江苏南通吕四一名高二学生自杀；

4 月 26 日，安徽巢湖一名 17 岁高一男生跳楼自杀；

4 月 26 日，安徽郎溪某中学一名七年级女生跳楼自杀；

5 月 6 日，陕西西安一名 9 岁女孩从 15 楼跳下身亡。

……

上述自杀案例，多数发生于学校复课时期，这些孩子多数选择了跳楼的方式，而且是在众目睽睽之下从教学楼一跃而下……

据报道，上海市初三、高三复课后不久，就有 24 名学生跳楼自杀，5 月 14 日，上海教育电视台播放了陈默老师主讲的《笑迎返校——家长如何关注孩子返校后心理健康》专题讲座，明确要求教师和家长观看，但不建议孩子观看，就是因为怕进一步刺激孩子。知乎网也开展了讨论：如何看待上海初三、高三复课后学生自杀的现象？

疫情期间，大量工业企业停产、商业企业贸易活动终止，造成资金链断裂，销售渠道阻塞，一些企业因而破产，企业法人代表承受不了巨大压力，卧轨、跳楼、服毒等自杀事件时有耳闻，各大新闻网站也时有报道。

最让人痛心的是相约自杀事件和胁迫性自杀事件，比如，4 月 27 日，湖南长沙一位 37 岁的海归女博士抱着只有 5 个月的女儿跳楼自杀。

见诸媒体的自杀未遂事件，也屡见不鲜。

疫情期间，江苏某县的一对婆媳闹起了矛盾，原因是孩子忍受不了宅家的烦闷，闹着要出门玩。孩子母亲认为疫情防控期间不应出门，但奶奶对孙子疼爱有加，支持孩子出门，孩子母亲一气之下竟爬上了空调外机，意欲轻生。万幸的是，巡逻队员及时赶到，最终将女子成功营救回屋。

界面新闻报道，2020 年 2 月 26 日上午，安徽南陵网警在开展日常巡查工作中发现，有网民在某社交平台发布了一张疑似割腕自杀的图片，网警立即对图片发布者的身份展开调查。调查发现，该网民的真实身份为李某，女，21 岁，南陵县籍山镇某小区住户。网警立即将该情况通报李某所在的辖区派出所，派出所民警随即上门走访。经了解，当事人李某由于和男友吵架，再加上疫情期间小区隔离，不能和男友见面，情绪低落，产生了轻生的念头。民警对其耐心劝解后，李某认识到了自己行为的错误，当场向家人和民警保证不会再做出类似行为。

江门电视台报道，新会区一女子因怀疑自己感染新冠肺炎而跳河轻生。2 月 7 日 23 时 47 分，新会区大鳌派出所接报称，大鳌镇渡口所附近有一名女子跳河，民警立即赶往现场。到达现场后，民警发现一名女子浮在江中，双手勉强触及停靠在岸边的船只。随后，民警向该女子家属了解到，女子姓周，平日经常去市场，最近听说大鳌镇已有确诊病例，就一直担心自己也感染了新冠肺炎。其家人曾于近日带其到大鳌卫生院与新会人民医院检查，核酸检测结果均为阴性，但她还是不相信，于是产生了轻生的念头。

据公安部网络安全保卫局微信公众号“公安部网安局”4 月 10 日消息，“净网 2019”专项行动中，针对作案迅速、危害严重的网络相约犯罪，网安部门坚持防为主、防为上，推动建立 9 个网约犯罪情报支撑点，全力开展巡查发现、情报研判、预警处置等工作。截至 2019 年 12 月，该项行动已阻止网约集体自杀事件 56 起，解救、劝解自杀人员 88 名。

多位心理咨询师告诉我，他们从事心理抚慰工作多年，但疫情期间民众的某些心理现象，仍大大出乎他们的预料，并给我列举了许多实例：

丁先生是一位年过半百的老人，其儿子、儿媳、孙子都在澳大利亚工作，丁先生和老伴在国内生活。丁先生被诊断为疑似病例后，声称要马上学习驾驶技术，练习如何能开车把人撞死……

被确诊并在家隔离的任女士不顾工作人员的劝解，多次擅自下楼，专门寻找公共场所，然后摘掉口罩，吐唾沫，放声咳嗽……

小伙子章某大学期间曾苦苦追求赵某整整4年，当时赵某已有心仪的男朋友，但最终经不住章某的坚决立誓和“围追堵截”，转而和章某相恋。疫情暴发后，赵某不幸被确诊，章某立即与其断绝关系，导致赵某深度抑郁……

某对夫妇被确诊后在家隔离，子女们个个心惊胆战，不敢探望。因当时对新冠认识模糊，这对夫妇认为子女不孝，便拍摄了一段视频。在视频中，他们表示要和子女脱离关系；同时还留下遗书，不让子女继承遗产……

疫情，完全改变了人们的日常生活和心理状态。

抑郁、焦虑、恐慌……自杀、自杀未遂、有自杀倾向……

如何从心理学角度解释这种现象？

庚子年的晚秋，我和刘正奎、中国科学院心理研究所全国心理援助联盟秘书长吴坎坎在天津有过整整两天的深聊。刘正奎告诉我，从疫情的现状和人们的心理状况来看，疫情防控和心理援助同等重要。相对而言，疫情暴发早期，民众常见的心理应激问题更具有代表性，具体可概括为九种类型。而这些类型，也会因时、因地、因人而异，不断发生变化。

如果说疫情拐点的出现只是时间问题，那么，社会情绪的“拐点”在何处？

受疫情影响的社会不良情绪和公众焦虑心理何时能迎来“拐点”，备受社会关注。

刘正奎认为，本次疫情属于重大公共卫生事件，是波及全国并产生全球影响的系统性危机，因此不同于一般灾难。在疫情期间和疫情解除后，社会上极有可能出现典型的焦躁和愤怒情绪，这种情绪发展又可细分为三个阶段：酝酿阶段，经过疫期冲击后，社会大众的心理显得较为敏感，总体表现为“表面平静，心潮暗涌”；释放阶段，部分民众在自身诉求迟迟未得到回应或外部信息与自身意愿相差过大时，容易出现非正常甚至过激言行；觉知阶段，随着疫情危机事件远去和抗击疫情取得阶段性胜利，社会情绪将慢慢回归理性，公众心态趋于冷静或继续释放，内心开始觉知思考，衡量利益得失。

“慢慢回归理性”，也就是说，应对这次疫情的心理援助是一项长期性工作，疫情危机解除后，还要特别重视全社会尤其是湖北武汉等疫情重灾区民众的心理重建工作。

可是，在“地球村”普遍被疫情笼罩的环境下，中国的疫情防控纵然取得了阶段性胜利，但境外输入性病例数依然居高不下；另外，随着庚子年渐进秋冬，善于在低气温状态下大发淫威的新冠病毒是否会卷土重来，更让民众忧心忡忡，心悬一线，难以心安。

用心理专家的话说，就是：“面对不断增长的确诊病例数、重症人数和死亡人数，无论是医护人员还是普通民众，都承受着不同程度的心理应激。”

全社会需要安心，呼唤安心，盼望安心。

“一颗心，什么时候才能放到肚子里啊？！”武汉的一位居民感慨道。

意思似乎是，疫情时期的身和心，已天各一方。

第四章

破茧而出的“安心”行动

新冠疫情中的国人，怎的“心安”？国人需要安心。

如果说战“疫”是抗击疫情，那么，心理战“疫”就是把心理“疫情”从内心驱逐出“境”。“战‘疫’难，战心理之‘疫’，更难！”提起心理战“疫”，刘正奎感慨万千。

相对于国际心理学界，中国的心理援助，特别是灾后心理援助起步比较晚。在中国心理学界，一般把2008年当作中国灾后心理援助的元年，那一年的汶川地震，把中国心理学界推到了心理援助的台前。实际上，当时的国际社会并没有灾后心理援助这个概念，通行的提法叫灾后心理干预。2008年，中国心理专家在汶川地震灾区开创了符合中国传统文化思维、适应中国国情和地方需求的心理援助模式，并受到了世界心理学界的首肯和认同。经过长达12年的打拼，中国的灾后心理援助基本迈上了科学化、规范化、规模化、专业化、技术化、社会化的轨道。

但是，新冠疫情不同于汶川地震，这决定了在汶川地震灾区创造的灾后心理援助经验和模式，不一定完全适用于疫区。刘正奎的核心理念是：用心理科技应对，用专业思想支持，用科学决策布局。

如果从零开始，那么，这个“零”到底是圆的，还是方的？

中国年，“安心”行动横空出世

在抗击新冠肺炎疫情的关键时刻，中共中央总书记、国家主席、中央军委主席习近平于2020年3月10日专门赴湖北武汉考察疫情防控工作，并明确指出：要加强心理疏导和心理干预，尤其是要加强对患者及其家属、病亡者家属等的心理疏导工作……要加强舆论引导，强化正面宣传，及时回应社会关切，广泛普及疫情防控知识，纾解公众疑虑，营造强信心、暖人心、聚民心的舆论氛围。

2020 年 1 月 23 日，武汉封城，这是大年三十的前一天。中华民族的传统节日——春节的步伐已经铿锵可闻，但偌大的北京城，节日的气氛有些异样。

武汉封城这一消息发布的几秒钟前，中国科学院心理研究所“全国心理援助联盟”微信群里的心理专家、心理师、心理志愿者们还在互相问候、祝福，用最生动的语言、最精致的图片表达对新春佳节的热望和美好期许。但是，突然下达的武汉封城令顿然让微信群陷入短暂的沉寂，问候消失了，祝福消失了，欢声笑语消失了。很快，职业的敏感性催生了这样一些担心、忧虑和叩问：

“封城措施势在必行，很有必要，但民众的惶恐心理如何安抚？”

“刚收到来自武汉亲戚的消息，他们觉得末日到了。”

“城外的人进不来，城内的人出不去，很多家庭中的成员天各一方，民众的心理危机肯定难以避免。”

“我的许多朋友在武汉生活，他们一直处于焦虑、困惑之中。”

“我有个武汉籍的朋友在上海工作，他的母亲在武汉感染了新冠病毒，危在旦夕，我的这位朋友进不了武汉，现在快要急疯了。”

“我的一位在武汉的心理学界的朋友，她自己也快抑郁了。”

……

刘正奎、吴坎坎等人就在这个群里。吴坎坎至今记得，四川德阳心理援助骨干志愿者吴雷和德阳市总工会心灵导师团团长、德阳市泰田文化善行中心理事长杨婕在群里呼吁：“吴坎坎老师，干吧！”当年我在德阳了解灾后心理援助工作时，曾采访过杨婕。杨婕，一个有思路、有胆识、有执行力的川妹子。

刘正奎、吴坎坎的目光紧紧盯着手机屏幕，心中波涛万顷，难以平静。

怎么办？怎么办？？怎么办？？？

如果面向疫区开展心理援助，那么，他们面临的必将是一个太陌生、太新鲜、太棘手、太难以操作的课题，这还不包括面临的危险、困难、挑战和潜在的变数。

如果不做呢？这显然又是一个伪命题。

答案是唯一的：做。

如果做，理念、方法、措施、经费至为关键。吴坎坎对我说：“面对这种情况，我想起了一句话——没有条件，创造条件也要上。”

面对大家的热议和争论，身在安徽老家的刘正奎和身在北京的吴坎坎进行了线上紧急磋商，一面向上级有关部门提交报告和建议，一面由吴坎坎在群里对大家进行安抚式倡议，大致意思是：在非常时期，大家的积极发声充分体现了心理工作者的社会责任感和使命感，希望大家在做好自我防护的基础上，继续建言献策，随时做好面向武汉疫区开展心理援助的准备……

2020 年 1 月 24 日是大年三十，也是武汉封城的第二天，刘正奎、吴坎坎等人通过电话、私信等方式争分夺秒地讨论面向疫区开展心理援助的方法和步骤，并草拟了《关于号召全国心理工作者紧急开展心理援助的倡议书》，迅速征求有关领导、专家同仁的建议和意见。

汇报，请示，联络……沟通，协商，动员……

再动员，再沟通……再沟通，再动员……

“大年三十，我的手机简直要打爆了。”刘正奎对我说。

当时，北京林业大学副教授、中国心理学会 EAP 工作委员会委员李明和妻子正在澳门旅游度假。但是，央视一年一度的春节联欢晚会并没有调动起李明的激情。武汉封城的消息和朋友圈中有关新冠疫情的大量信息，让李明再也坐不住了。他当即对妻子说：“大疫当前，人心惶惶。这年，咱别过了。干！”

妻子当场表示同意。这时，已经是凌晨 1 时 24 分。

李明立即以他亲自主持的寰宇养正为平台，携养正心理服务中心成员向社会发出召唤。他当时的想法是：火速筹办“武汉疫区在线心理援助团”，为疫区提供公益在线心理服务，并邀请、吸纳有志于心理援助的专家同仁加盟，届时成立督导团，为大家提供公益督导和培训支持。

大年初一早晨，李明分别给刘正奎、祝卓宏、史占彪和中央财经大学教授兼国际 EAP 协会中国分会主席赵然打了电话，与他们沟通了自己的想法，并迅速建立了 6 个工作群，在线集结心理专家、心理志愿者近 3000 人，审核通过的 300 名咨询师被分成了 15 支队伍，每支队伍由 20 名咨询师轮岗。审核通过的 160 名接待员被分成了 8 支队伍，每支队伍由 20 名接待员轮岗。截至当天下午 5 时，《疫区在线心理援助团接待人员工作规范》《疫区在线心理援助咨询师工作手册》《疫区在线心理援助案例追踪记录表》等指导性文件和实用型表册相继编写完毕并出台。紧接着，李明用不到一个小时的时间，组织各专业组对全体待岗咨询师和接待员进行了工作伦理、流程和规范方面的紧急培训。

李明用了仅仅 32 个小时，就完成了“武汉疫区在线心理援助团”志愿者召集、队伍组建、伦理文件出台、紧急培训等各项工作。大年初二上午 9 时，“武汉疫区在线心理援助团”正式面向疫区医护人员和群众开放求助平台。

“这就是‘李明时速’。”刘正奎对我说。

来自西安的养正志愿者林泉听了李明的视频讲座后，感慨地说：“我是一名公务员，也是一个孩子在美国读大学的妈妈。加入养正团队，既让我有了收获，也有了改变，我希望在服务社会中成长。”

同样是在大年初一，67 岁的清华大学教授、中国心理学会心理危机干预工作委员会副主任樊富珉也坐不住了。那天，北京幸福公益基金会理事长倪子君给她打来电话：“疫情暴发，我们能否发挥清华大学在心理应用方面的专长，做点公益的事情，满足社会的重大需求？”

当时的樊富珉刚刚和刘正奎等人线上讨论过这个话题，她和倪子君一拍即合，迅速联合发起心理援助公益热线项目，成立 12 人专家指导委员会。樊富珉担任项目执行主任。清华大学社会科学院院长、心理学系主任彭凯平和心理学系副主任孙沛分别担任项目主任和秘书长。当天，“抗击疫情，心理援助”公益项目迅速启动。

樊富珉主持的心理援助公益热线项目上马不到一周，报名者就达 3000 人，来自清华、北大、北师大等高校的心理学界大咖纷纷上阵授课，内容包括危机干预理论与技术、心理援助伦理、应对疫情社会心态、心理与免疫等。课程不仅面向志愿者，还向社会公众免费开放。

大年初一下午 5 时，吴坎坎按照刘正奎的安排，电话连线湖北大学教授、湖北省心理咨询师协会副会长邓晓红，详细了解武汉地区民众的心理状况，并按照刘正奎的指令，把修改、完善后的倡议书发布到“全国心理援助联盟”工作群。随后，刘正奎把开展心理援助的初衷、想法与中国心理学会时任理事长韩布新等负责人、心理危机干预工作委员会的各位专家做了沟通。

这一天，习近平总书记在中共中央政治局常务委员会会议上强调“只要坚定信心、同舟共济、科学防治、精准施策，我们就一定能打赢疫情防控阻击战”。

让刘正奎他们感到欣慰的是，他们给有关部门提供的紧急建议，大部分得到了认可和采纳。1月26日，国家卫生健康委印发了《新型冠状病毒感染的肺炎疫情紧急心理危机干预指导原则》，提出要加强心理疏导，需要实施分类干预。不同群体会产生不同的心理应激反应，结合不同群体的特点，为受影响人群提供心理健康服务，为有需要的人群提供心理干预，同时要积极预防、减缓和尽量控制疫情造成的负面社会心理影响，这是当前特别紧迫的一项任务。同一天，国家精神卫生项目办汇总公布了以各省公立精神卫生医疗机构和精防机构为主开通的300余条免费心理援助热线，旨在为大众提供更多的心理支持、疏导和干预服务。热线开通不到6天，就接听电话近万次。

当天，也就是大年初二，刘正奎匆匆告别老家的亲人，提前从安徽返京，并与史占彪、吴坎坎等人商议具体措施。为了解决经费问题，按照刘正奎的安排，吴坎坎火速与支付宝公司取得联系。支付宝公益基金会负责人当即表示：“国难当头，人命关天，心理援助是重中之重，你们赶紧干起来，我们提供资金。”下午，吴坎坎接受了澎湃网的采访。

吴坎坎是我接触最多的心理工作者之一，汶川地震以来，几乎全国所有的心理援助现场都有他匆匆的身影。中科院心理所的多位心理专家对我夸吴坎坎：“坎坎脑子好，只知道闷头干活儿，手脚麻利，所有心理援助活动都离不开他。”他被灾区的心理咨询师戏称为“业务经理”。之所以谓其“经理”，是因为作为心理援助团队的得力助手之一，心理援助团队的几乎所有重要决策、部署、安排、布点、进度和特点，他都烂熟于心。无论我去哪个灾区，当地的心理咨询师和志愿者总会告诉我：“吴坎坎来过。”或者会说：“吴坎坎来过多次了。”

澎湃网采访吴坎坎的消息一经发布，社会各界一片哗然。

更多的是疑问：心理援助是可以搞，但是，操作性如何？

“不必担心外界的疑虑，我们既然要干，就必须一竿子插到底。”刘正奎给他的团队打气，“开弓没有回头箭啊！至于如何开弓，如何射箭，全靠大家的智慧了。”

刘正奎对我说：“作为心理工作者，我们必须要尊重民众的呼声，自觉走出书斋和实验室，想大众之所想，把心理学技术发挥、运用到该用的地方去。”他同时认为，12 年来，经过汶川地震、玉树地震、舟曲泥石流、天津港大爆炸、昆明火车站暴恐事件、西昌森林大火等灾后心理援助的严酷洗礼和考验，心理危机干预、心理援助足以成为继生命救援、物质援助之后的第三大救援体系。在人心惶惶的疫区开展心理援助，是“箭在弦上，不得不发”。

大年初三的深夜，万家团聚的北京城灯火连绵，但刘正奎、吴坎坎和另一名助手罗钰加仍然坚守在办公室，紧锣密鼓地起草各类实施方案和有关文件。正当芳华的罗钰加是来自千里之外西南科技大学心理学专业的实习生，是心理专家辛勇教授的高足。那天其实是她的生日，为了配合刘正奎、吴坎坎的工作，她没有告诉他们，而是和大家一起吃方便面、啃榨菜。后来她才告诉吴坎坎：“这是我第一次吃方便面过生日，不过很有意义。”

1 月 28 日，也就是大年初四，这一天注定将被载入中国心理援助的史册。由中国心理学会主导主办，挂靠中国科学院心理研究所，并由中国心理学会心理危机干预工作委员会、中科院心理所“全国心理援助联盟”等单位协力承办的抗击新冠疫情“安心”行动在北京正式启动，并面向全国招募心理援助志愿者。

——安心，就是让颠簸的心安顿下来，彻底消除“心震”，目的只有一个：让广大民众的心理世界恢复正常状态。

同日，由“安心”行动研发的心理战“疫”小程序，也正式上线。

这一天，是武汉封城的第五天。

心理抗“疫”集结号

“不打无准备之仗。”攻坚战，需要帅，需要将，需要兵。

在吴坎坎提供的资料中，我注意到，按照计划，“安心”行动持续时间为两年（2020年1月—2022年1月），并分疫情紧急期、过渡恢复期、疫后重建期三个阶段开展工作。计划进一步明确，“安心”行动将根据疫情发展的不同阶段开展差异化服务，将稳步持续一年：在疫情高发阶段，心理援助志愿者开展线上援助和危机干预；当抗疫进入持久战及战后恢复期时，志愿者们将继续为受疫情影响较重地区的民众开展科学有序和专业高效的心理健康服务。

刘正奎拿起电话，对心理学界的同行发起了总动员。

刘正奎在中国心理学界的很多前辈、老师、同事以及他们的博士、硕士弟子们纷纷响应。

“正奎要办的事情，有根基，有思路，有远见，我必须支持。”

“和正奎兄共事，我放心，何况面向疫区开展心理援助，也是将中国心理学理论付诸实践的机会。”

“跟着刘正奎老师多年，我学到了很多东西。这次机会，我不会放过。”

……

也有人劝刘正奎：“这次疫情不同于汶川地震，针对二者开展心理援助的方式必然不同，何况疫情期间病毒无处不在，开展心理援助的风险实在太大了，如果搞不好，那口黑锅你背得起吗？”

刘正奎说:“黑锅白锅,都是锅,只要能做饭,就是好锅。”

“安心”行动计划发布的当天上午,史占彪的妻子亲自开车,把夫君送到了“安心”团队,车里还塞满了行李和大量防护用品。妻子对刘正奎说:“老刘,占彪我就交给你了。”史占彪告诉刘正奎:“我和大家一样,做好了暂时不回家的准备。”

果然,史占彪连续60天没有回过家。

全国心理工作者、心理志愿者对刘正奎的支持、信赖和肯定,我感同身受。我自己也在吴坎坎建立的“心理援助指挥部群”“访谈群”等多个工作群里,因而几乎每周都能见证刘正奎线上召集会议的情况,每次会后,都是刘正奎做概括总结,对与会人员提出新要求。

刘正奎对我说:“中国心理学界的同仁和广大心理志愿者对我的信任,是我们做好这件事的最大动力。”

千头万绪的“安心”行动工作由此拉开了帷幕。刘正奎和他带领的团队住在中科院心理所8楼的一间普普通通的客房里,指挥着全国心理学界的“千军万马”,开始了前无古人的心理战“疫”工作。

只能废寝忘食,只能通宵达旦,只能夜以继日。

“安心”行动团队专家组成员,集中了中国心理学界的大部分骨干力量,他们大都来自中科院心理所以及北京大学、清华大学、北京师范大学、武汉大学等几十所高等院校,其中特邀专家主要有白学军、傅小兰、韩布新、李红、罗劲、杨玉芳、张侃、张建新、周晓林等,专家有陈建华、陈青萍、陈秋燕、陈雪峰、邓铸、邓晓红、樊富珉、范方、方新、费俊峰、高雪梅、郭田友、洪炜、黄峥、黄国平、贾晓明、姜长青、江光荣、赖小林、李娟、李明、李焰、李功迎、李笑燃、刘华清、刘松怀、刘正奎、柳铭心、龙迪、骆宏、马建青、马如军、马喜亭、牛勇、钱明、钱铭怡、乔志宏、任其平、史占彪、舒曼、宋国萍、檀培芳、陶勑恒、陶明达、童慧琦、王力、王亮、王文忠、吴薇莉、伍新春、西英俊、肖斌、辛勇、徐凯文、许燕、杨波、杨海波、叶一舵、曾海波、詹启生、张驰、张莉、张道龙、张西超、张向阳、张新凯、张雨青、赵然、郑希耕、朱浩亮、朱廷劭、祝卓宏等。

我注意到，本次疫情期间的心理援助骨干和主体力量，仍然是当年在汶川地震灾区鏖战的老班底，其中，刘正奎兼任抗击疫情“安心”行动工作执行委员会主任。也就是说，为了赢得心理战“疫”的胜利，中国心理学界不惜一切代价搭上了老本，同时来了个老将新兵齐上阵。

“安心”行动工作组分工及主要成员名单如下：

督导组：组长樊富珉；副组长王文忠、徐凯文；秘书李勇

培训组：组长史占彪；副组长骆宏、李明、沈宣元；秘书张硕

线上咨询组：组长姜长青；副组长祝卓宏、黄峥、朱浩亮；秘书孙秀丽

线上援助组：组长韩茹；副组长王洪、赵双桅；秘书邢绮悦

危机干预组：组长张静；副组长宝继英、葛毅；秘书蒲云蓉

线上自助组：组长张雨青；副组长韩茹、钱炜；秘书吴东宏

宣传组：组长闫洪丰；副组长阿果、舒曼、孔君；秘书罗钰加

机构联盟组：组长杨海波；副组长傅春胜、黄伟强；秘书魏悦

高校组：组长詹启生；副组长费俊峰、牛勇；秘书肖斌

EAP 组：组长赵然；副组长张西超、吕大鹏；秘书朱书平

线下服务组：组长邓晓红；副组长姜辣、张静；秘书孙小妹

志愿者组：组长郭松；副组长林平光、刘洋；秘书张秋风

作为 12 年前曾鏖战地震灾区的心理援助“先锋官”，刘正奎对我说：“这次心理战‘疫’，比当年地震灾区的心理援助要艰巨得多。”

线上、线下架“心桥”

古人云:“兵来将挡，水来土掩。”

面对疫情对广大民众特别是武汉民众心理世界的疯狂进攻，破茧而出的“安心”行动团队首先构建了庞大、立体的网络心理援助平台，采取线上培训、辅导、干预相结合的形式开始了“行动”。

相对于发达的网络信息时代，偏执、骄横、霸道的瘟疫一定不会想到，它在人类文明进程中逆势肆虐了几千年之后，会和新媒体迎头相撞。

“安心”行动开展的主要工作内容有：举办“安心”大讲堂，开展心理健康和心理应激等知识推送；面向全国受疫情影响的人群，基于世界卫生组织的心理急救（PFA）、“问题管理加”（PM＋）等心理危机干预和心理健康服务课程，结合中国心理危机干预与援助实践，开展系列线上 7 天“自助安心训练营”；推出知心自评系统，面向全国受疫情影响的人群，提供焦虑、抑郁、睡眠障碍等自我评估，以便受众快速了解自己的心理状况，并为他们提供适当的自我心理调适疗法；面向全国受疫情影响的人群，利用电话和网络，开展疫情时期电话倾诉及短程心理咨询。

也有人质疑，其中不乏各级心理咨询机构中的心理工作者。“我从事心理咨询工作十几年，还用得着参训？”

“疫情对民众心理的伤害具有普遍性，一个所谓的‘安心’行动，就能解决问题？”

“封城，隔离，宅家……受伤的人们，谁会接受心理援助？”

……

因循守旧的思想、传统的思维习惯，成为“安心”行动的“拦路虎”。

刘正奎认为，“安心”行动，首先要以心理科学技术为先导，而前提必须解决各级心理工作者认知层面的那颗“心”，只有撼动了这颗“心”，才有可能“心有灵犀”“心心相印”，接受“安心”行动的理念和方法，进而增强信心，提高觉悟，练好自己的“金刚钻”，承揽抚慰民众心理创伤的“瓷器活”。为此，“安心”行动组织专家授课前，把“打通心灵”作为第一要务。

网课—视频，视频—网课；公众号—工作群，工作群—公众号。神奇的网络世界，成了看不见的大课堂、教练场。

不到一个星期，“安心”行动举办线上培训的辐射性、联络性、实用性很快在全国广大心理咨询师中产生了连锁反应。

心理咨询师们的各种工作群里，人人“奔走相告”：

“你参加‘安心’行动举办的线上培训班了吗？”

“你加入‘自助安心训练营’了吗？”

“你是心理援助志愿者吗？”

“你喜欢哪位心理专家的授课？”

……

100人……1000人……10000人……参与“安心”行动的心理志愿者如雨后春笋般涌现，并纷纷接受培训。

以点带线，以线带面，以面带体。在“安心”团队专家组的指导下，全国各地的广大心理援助志愿者充分依托当地各级心理组织，以医院、学校、社区为阵地，运用互联网资源，通过远程的方式开通了疫情防控心理援助专线，为民众提供疫情心理援助。这不仅减少了民众出行的次数，降低了交叉感染的风险，同时，利用网络或电话进行辅导可以有效地保护隐私，容易被大多数人所接受。

新冠猎捕的是一个个活生生的肉体，摧毁的是一个个鲜活的心理世界，可它再嚣张，也抵挡不住跨越时空的网络世界。疫情早期，网络成为“安心”行动与疫情博弈的前沿阵地。当网络世界与人们的心灵世界对接并形成一条看不见的护城河时，疫情只能被阻挡在城外。尽管，这样的阻挡绝非以逸待劳。

网络“安心”大讲堂迅速开办，并以科普中国、中国科学院、中国科技馆、全国妇联、中国科学院心理健康服务平台、中科院心理所抗击疫情专栏、继续教育网和心教育等平台为载体，启动全网直播。

来自大连的心理咨询师杨羽凤对我说：“我从事心理咨询服务快 5 年了，疫情刚刚暴发那阵，我们这里有很多人出现了严重的心理问题，可是，作为心理工作者，如何为心理创伤人员开展心理援助，我心里一直没底。通过参训，心中豁然了许多，如今，我一边接受线上培训，一边提供心理援助。”

我问：“您既然有丰富的心理援助经验，为什么还需要培训？”

“这可是疫情期间的心理援助啊，我们谁也没有实践过。”

我线上采访湖北一位名叫孙健的心理咨询师时，他说：“在我的心理咨询机构里，有 16 名骨干心理师，他们全都参与了培训。”

在孙健看来，有专家的指导，他们在疫区开展心理援助时可以避免盲目行动。他说：“心理学是一门科学，我们的心理援助工作绝对不能一意孤行，讲究科学性至为关键。”

作为社会单元，城市社区和医院、学校一样，是疫情防控的重点。“安心”团队立足社区，以发展、构建参与心理“战疫”的“千家机构”为战术性目标，联合全国各地的社会心理服务机构，分阶段、分地区以多种形式服务社区、社会组织和心理工作者，每家社会心理服务机构联合本地 3 ～ 5 家社会组织，发挥专业优势，关注受疫情影响的重点人群，共筑安心家园。

不到半个月，加盟“千家机构”的社会心理服务机构就突破了 500 家大关。

很快,“千家机构”几乎覆盖了中国大陆所有的省、自治区和直辖市。

“安心”团队还面向疫区特定人群，上线中外联合开发的、基于手机平台的、用户精细分类的互联网自适应创伤后应激及认知行为疗法系统；在线自杀主动预防方面，利用微博、微信、网络留言文本等大数据，开展线上自杀事件的预防、追踪与紧急干预；儿童心理援助与危机干预方面，推出“儿童安心坊”，开学前后开展系列教师培训，帮助中小学生做好疫情后心理重建。

到 2020 年 2 月中旬,“安心”行动团队汇集了全国各级专业机构的心理援助资源，信息服务呈聚集性、扩散性、辐射性态势，服务触角与各级心理卫生组织做到了无缝连接，同频共振。

这是对全国基层心理咨询资源的大整合、大开发、大汇集、大发力。

这也是对全国心理咨询工作者的再动员、再提升、再鼓劲、再前行。

截至 2020 年 2 月 12 日，李明主持的“养正”在线心理援助团队已接待 1800 多名来访者。最初大部分来访者在咨询期间表现出恐慌和绝望，部分特殊求助者有愤怒情绪。经过在线疏导，来访者的情绪开始好转，求助人数也有所减少。

截至 2020 年 3 月 30 日，樊富珉主持的心理援助公益热线拨打量共计 6017 人次。

清华大学社会科学学院心理学系联合北京幸福公益基金会成立的“抗击疫情，心理援助”团队在樊富珉的主持下，自 1 月 25 日起，以每天 1 ～ 4 场的频率，持续开展与疫情相关的心理学和医学专项培训。截至 2020 年 4 月 5 日，共有 62 位专家（社会心理学专家、临床心理学专家、精神科医生、医学专家等）进行公益培训；完成 120 节专家直播课程，总计授课 242.8 学时；参加直播培训人数 86.3101 万人；课程回放观看量 233.5766 万人次；共有 310 万人次通过培训受益。

樊富珉团队开展的这一项目，得到了 Zoom 视频通讯、中国联通、中国人口福利基金会、宝马中国、华晨宝马、北京六合心理研究院、北美华人生物医药协会（CABS）、北京盛景嘉成投资管理有限公司、晋中长城药业连锁有限公司等 23 家机构的大力支持。

“安心”行动和心理战“疫”，使疫情期间的全国心理咨询机构改变了格局、拓展了业务，使全国心理咨询师的工作有的放矢，掷地有声。

没有炮火，没有硝烟，但似闻炮火，似闻硝烟。

夺隘闯关的“安心”行动终于实现了线上“软着陆”，从此一往无前。

“我们的最终战略是将线上和线下结合起来，力争双向发力。”吴坎坎告诉我。

哪里是疫区的核心，哪里就是“线下”的重点。

2020 年 3 月 7 日，是“安心”团队实现线下“硬着陆”的一天。众所周知，武汉解封的时间，是 4 月 8 日。也就是说，“安心”团队“偏向虎山行”比武汉解封提前了整整一个月。

那天，由中国心理学会副秘书长、中国心理学会心理咨询师工作委员会副主任、国家卫健委精神卫生与心理健康专家委员会委员陈雪峰、刘正奎、吴坎坎三人组成的抗击疫情“安心”行动工作组从北京南下武汉。

而吴坎坎由此多了一个身份：抗击疫情“安心”行动工作组临时党支部书记。

陈雪峰、刘正奎、吴坎坎是中国心理学界面向疫情重灾区最早的“逆行者”。

这是中国心理学界第一支进入疫区的心理援助队伍。

抵达武汉的陈雪峰、刘正奎、吴坎坎戴着厚厚的口罩，身穿银白色的防护服，可谓全副武装。

武汉的心理工作者对他们开了个玩笑：“欢迎‘安心’行动的防化兵来武汉。”

“三人团”的到来，促成了武汉心理援助工作站的“破土而出”。3 月 9 日，武汉工作站成立，刘正奎为首任站长。

从此，武汉地区的心理援助，实现了线上、线下的双向发力。

“安心”行动，由此在调研、探索、实践中向纵深掘进、推进、迈进。

3 月 21 日，刘正奎的硕士研究生黄鑫从老家温州出发，直奔武汉。黄鑫本来计划 14 日出发的，为了安抚父母，他陪伴父母一周之后，毅然打点行囊挥别亲人。当时武汉的交通仍然在管制期，黄鑫只好先从温州乘坐高铁到杭州，再从杭州到长沙，然后从长沙到安陆之间下车拐往武汉，凭中科院心理所开具的公函进入武汉城区。他告诉我：“当时的武汉城空空如也，一见到三位老师，才算见到‘人’了。”

毕业于北京大学心理与认知科学学院的黄鑫，眼镜片后面有一双睿智而清纯的眸子，发型富有个性，刘海齐眉盖耳，加上一身宽松的休闲服，颇像一位诗人。他是继陈雪峰、刘正奎、吴坎坎之后第四个奔赴武汉的“嫡系”心理工作者。除了父母之外，他向爷爷、奶奶、外公、外婆隐瞒了他在武汉的经历。他所有的“诗行”，都变成了在武汉金银潭医院、碧桂园宾馆等重点防控区、隔离区的匆匆步履。

面对面的线下“安心”行动，为疫情中的中国民众，带来了新的曙光。

我深入了解各个不同的心理援助项目组时，发现有关所有项目实施流程的图、表、卡、册一应俱全，图文并茂，一目了然。

那些阶段性的数据里，每一组、每一个阿拉伯数字都镌刻着“安心”团队的足迹：截至2020年5月25日，“安心”团队组织“安心”大讲堂讲座103场，“安心”行动官方平台的“安心”讲座累计播放量3005588人次；“全国心理援助互联网公益平台”组织总督导师9人，小组督导师70人，咨询师215人，心理咨询页面总访问量达到230000人次，开展咨询4105起；“养正平台”志愿者总数3005人，其中接待员400人，咨询师1000人（592人已上线，408人预备上线），已接待求助人数6100人，接受咨询人数534人。“自助安心系列训练营·公众版”共25702人参与，79089次打卡；“亲子版”共19208人参与，25111次打卡；“医护版”共963人参与，1759次打卡；“个人版”共566人参与，1373次打卡。“爱她心坊”有46054人次使用；“知心自评”有4500余人参与评估和自助。“千家机构”为2576个定点单位提供服务，热线服务105365人次，在线问答80765人次，心理测评188065次，个案咨询65953人次，公益课服务2292759人次……

看似是一堆枯燥的数字，但其实它鲜活、灵动，有变化，有递进和张力，有温度和光泽。

我曾和刘正奎探讨过“安心”行动的未来发展问题。刘正奎说：“疫情期间民众的心理压力和创伤不同于任何其他灾难带来的伤害，武汉解封并不意味着民众的心理‘解封’，从某种角度看，随着复工、复产、复学，人们的恐慌心理反而会呈现多元化、复杂化趋势。因此，构建心理援助及科研攻关工作新模式，研发多技术支持下的心理援助新模式，探索推进应急管理社会心理服务体系的法治化、制度化、规范化、标准化建设，为建立健全应急管理体系提供一线经验和知识积累，发挥心理所国家战略科技力量不可替代的重要作用，我们今后的路依然十分漫长。”

刘正奎眼里的“今后”到底“后”到哪一月、哪一天、哪一时，连他自己也不知道。

因为疫情不会给我们提供时间表，这是“安心”行动的难中之难。

谁也不知道“喜好”较低气温的新冠病毒在盛夏和“秋老虎”的气候环境下会蛰伏在何处，当庚子年的晚秋、深冬来临时，它真的会反弹吗?

这是个让人噤若寒蝉的话题，可这话题，实实在在摆在那里。

当“安心”团队走过扑朔迷离的春天，蹚过热浪滚滚的夏天后，有识之士发出这样的呼吁：谨防疫情秋冬季节卷土重来。

“马上就要立冬了,也许,我们‘安心’行动真正的压力,才刚刚开始。”刘正奎说这话的时候，瑟瑟的秋风已经传递着冬天的信息。

人人心里绷紧了一根弦，各种各样的社会负面心理表现像这根弦上的灰尘。

有心理科技在先，“安心”行动就不是盲人摸象。

“安心”行动，唯有因势利导，唯有马不停蹄。

第五章

新冠之下心理状况面面观

人间，无处不在的心理创伤群体

“一石激起千层浪”，字面意思是：一颗石子投入水中，浪有千层。

那石子在人们视野里，有圆有方;那“千层浪”，更是一波连着一波。

可肉眼难以看见的新冠病毒，一旦投入“心底”，纵然巨浪滔天，山呼海啸，让人“心如刀绞”，却看不见，摸不着，所有的震颤、波澜和涟漪，更像于无声处的惊雷，或者，像安装了消音器的杀伤性武器，让一颗颗本应平静、安宁的心千疮百孔，无法消停。

“疫情期间，民众的焦虑、抑郁、PTSD、狂躁、自责、愤怒、健忘等心理现象非常普遍，另外，在疫情发生一个月后，有5%～10%的人可能出现PTSD，甚至伴有抑郁障碍等。”吴坎坎对我说。

当心理表现、心理问题演变为抑郁状态的时候，情况就非常不妙了。

自杀，是抑郁症状最严酷、最悲惨的结局，从媒体公开报道的自杀案例信息来看，尽管自杀现象只占心理创伤人员的极少数，但是，少数毕竟也是“数”，“数”从来都是相对的、演进的，甚至会在瞬息万变中不断调整、改变自己的规模，更何况，在疫情普遍性、辐射性的无序时空里,“数”给民众带来的连锁反应、模仿效应和连带负面作用,尤为可怕。

从生理学角度讲，人在不同情绪状态时，下丘脑和自主神经系统都会有一定的生化改变，并由此引起身体各器官功能的变化。

因为，人是人，没有任何一个人会无缘无故地没有情绪，除非早已心如死灰；而当“心”死成“灰”，心理问题已经产生。

口罩，遮掩的是口鼻，戴上严严实实的“心理口罩”，同样迫在眉睫。

为促进疫情期间的大众心理健康，帮助各地心理热线更好地开展服务，心理专家曾对全国各省热线咨询中与疫情相关的常见心理健康问题进行过汇总，发现疫情期间常见的心理健康问题主要有：

1. 疫情引起的害怕、恐慌等反应。如担心自己被传染、害怕家人被传染，担心疫情会持续。

2. 出现焦虑、抑郁、沮丧、绝望、自责、愤怒等情绪反应。

3. 出现心慌、胸闷等症状。

4. 出现睡不着、睡眠质量差等睡眠问题。

5. 怀疑自己得了新型冠状肺炎。

6. 一线医务人员心理压力大，出现焦虑、恐惧、委屈、内疚、自责、绝望等情绪。

7. 在外地的湖北人被拒绝、歧视，感到伤心无助、愤怒委屈。

8. 因生活缺乏交际和娱乐而觉得孤独无聊。

9. 疫情期间原有精神障碍（焦虑、抑郁、睡眠障碍）复发或加重。

10. 对网络上大量关于疫情的消息，不知真假，感到困惑。

1 月 27 日，国家卫生健康委疾控局发布《新型冠状病毒感染的肺炎疫情紧急心理危机干预指导原则》，将新型冠状病毒感染的肺炎疫情影响人群分为四级，这“四级人群”主要有：

第一级人群：新型冠状病毒感染的肺炎确诊患者（住院治疗的重症及以上患者）、疫情防控一线的医护人员、疾控人员和管理人员等。

第二级人群：居家隔离的轻症患者（密切接触者、疑似患者），到医院就诊的发热患者。

第三级人群：与第一级、第二级人群有关的人群，如家属、同事、朋友，参加疫情应对的后方救援者，如现场指挥、组织管理人员、志愿者等。

第四级人群：受疫情防控措施影响的疫区相关人群、易感人群、普通公众。

疫情暴发半年之后，心理专家跟踪研究发现，在疫情初期、中期和后期，民众的心理状态表现并不一样，也就是说，由于对疫情有着不同程度的认知，社会大众的心理在不同的阶段有着不同的反应。

疫情初期，人们往往比较大意，很多人不愿意戴口罩，仍然组织家庭聚会等活动，认为自己被传染的可能性微乎其微。这是因为人们往往是过度自信的，认为自己身强力壮、免疫力强，几乎不会被传染。自利性偏差理论认为，人们常常高估自己的能力，并低估自己遭遇失败的可能性。

随着疫情发展，网络上各种消息铺天盖地，加速了恐慌情绪的蔓延。台风眼效应认为，离危机事件中心的距离越远，人们对该事件的反应就越强。同时，当不太了解情况时，人们往往会被夸张的信息捕获注意力，从而造成恐慌。

随着疫情不断升级，人们每天都会接触过多负面信息甚至谣言，从而增加了内心的焦虑感。社会认知的注意偏差理论认为，消极信息比积极信息更能引起人们注意，人们也更偏好于转发负面消息。适度的焦虑可以使我们提高警惕，从而降低患病风险；但过度焦虑往往会干扰正常作息，甚至造成身体疾病。

当人们面对大量负面信息，而个体行动又受到限制时，就会产生愤怒感。基本归因错误理论认为，人们往往将当前不利处境归咎于人为因素。面对突如其来的疫情，寻找罪魁祸首是顺理成章之事。瞒报、谎报疫情，公益机构不作为，便成为人们主动搜索、普遍关注的话题。再加上群体极化效应，愤怒等极端的情绪更容易传播。

疫情持续并处于长期胶着状态时，由于封城、隔离等措施，个体被限制在狭小的空间内,“圈养”生活很快给人们带来了无聊感、不安全感、对未来的失控感和无意义感，甚至挑战了夫妻感情和家庭关系。这是因为，当生活常规被打破时，我们需要及时调整角色，重建我们与环境之间的关系，而无聊感等心理正体现了我们对此的不适应。

如果持续接受负面信息，长时间处在不确定性中，而当前的处境又得不到改善，甚至越来越糟糕，那么人们很容易变得悲观。由于疫情的影响，原有的生活秩序可能被打乱，原先的工作可能受到影响，原先的人生规划可能需要调整，人们也会更多地思考人生意义等问题。预想到了糟糕的未来，而自身又无力改变，悲观由此而生。

有很多热心的心理专家、心理志愿者把在心理援助实践中总结、归纳出来的案例上传到了网上，与公众分享。

其中不乏对中国传统文化的针对性解读。既然一些人深陷于对庚子、生肖鼠等古老文化符号的认识误区而难以自拔，心理专家们就用反证法予以引导，比如，同样是灾难，可是，甲午中日战争发生在甲午年，也就是马年；南京大屠杀发生在丁丑年，也就是牛年；唐山大地震发生在丙辰年，也就是龙年;“非典”疫情肆虐于癸未年，也就是羊年……

这些都不是“庚子”，也不是“鼠”。

“心震”讲述者：那血，那泪，那千千心结

2020 年 4—9 月，我分别以线上、线下的方式与武汉、成都、上海、天津、北京、兰州、长沙、大连等地不同行业、不同领域的 230 多名有关人员交流时发现，其中 90% 以上的人表示有不同程度的心理问题，他们有的是职业医护人员，有的是教育工作者，有的是商界人士，有的是务工人员。面对疫情，我完全可以用强者、勇士这样的美好词汇评价他们，但不容置疑的是，他们的内心世界，却无时不在翻涌着常人难以窥视到的惊涛巨浪。

人性，从来都是双重的，甚至是多元的。如果不承认这一点，人，就不是人了。人到底是谁？只有让人类的心理来回答。

我从上述人员中选择了较有代表性的一小部分，梳理如下（为保护个人隐私，案例中的当事人均已做化名处理）：

讲述者姓名：张力强

性别：男

年龄：49 岁

文化程度：博士研究生

职业：某医院临床医生，主任医师，博士生导师

工作背景和症状：疫情暴发以来，截至 2020 年 4 月 10 日，张医生所在医院收治新冠病毒感染确诊患者 80 多人，筛查疑似患者 320 多人，

患者死亡9人。连日来，张医生始终奋战在抗疫一线。作为医生，他救死扶伤，恪尽职守，任劳任怨。但是，扑面而来的疫情和与日俱增的患者远远超过了他的预期和职业判断，特别是在尚无特效药和针对性疫苗的情况下，眼看着一个个患者的离世，紧张、焦虑和自责的情绪让他难以自拔，心力交瘁。进入4月中旬，张医生开始出现严重失眠现象。作为职业医生，他明知自己的心理出现了问题，却无法走出，也不愿向任何人倾诉内心世界，因此感到非常苦闷。

讲述者姓名：王丽萍

性别：女

年龄：28岁

文化程度：本科

职业：某医院护士

工作背景和症状：王护士已从业4年，这是她第一次接触并护理新冠病毒感染者。医院从最初的无序状态转入正常化、有序化轨道后，截至2020年3月底，经她护理的确诊、疑似患者达200多人，其中有5人不幸死亡。王护士出生于一个知识分子家庭，从小无忧无虑，走上工作岗位后，她全身心地投入医护工作。接收新冠病毒感染患者的当天，穿上防护服的她就暗自给自己确定了“四个决不”：决不害怕，决不气馁，决不妥协，决不下火线。但是，面对巨大的工作压力和患者绝望的神情，她的内心开始焦躁不安。由于工作的特殊性，王护士无法隔着厚厚的防护服和同事交流，也无法表达自己内心的情感，一种莫可名状的孤独感向她袭来，她明知医院的兄弟姐妹们和自己一样在坚持，在拼搏，在和疫情做斗争，她却摆脱不了一阵紧似一阵的焦虑，怀疑自己得了抑郁症。

讲述者姓名：刘冠中

性别：男

年龄：65 岁

文化程度：初中

职业：某单位退休职工

生活背景和症状：退休已经 5 年的刘冠中老人，身体健康，耳聪目明，喜欢打太极拳，平时最大的乐趣是接送上幼儿园的孙子。2020 年 4 月的某一天，他突然感觉嗓子发干，伴随咳嗽，而且有点低烧。到医院一检查，发现新冠病毒检测呈阳性。在医院隔离治疗的日子里，所有家属不能前来探视。他日夜想念孙子，尽管每天晚上能和孙子通过视频电话“面对面”见一见，但感染了新冠病毒仍然让他如鲠在喉，潜意识里总是担心即将和家人永别。有次孙子通过视频电话说：“爷爷，听说这次疫情死了很多人，您如果死了，就没人送我上幼儿园了。”一句话，让刘冠中老泪纵横，思想波动很大。幼儿园复课以后，刘冠中经检测仍未转阴，这让他非常绝望，甚至通过电话向老伴、儿子交代了后事。后来，刘冠中终于治愈出院，转入某宾馆隔离观察。隔离期过后，他仍拒绝回家，宁可自费继续隔离。他总认为一旦回家，自己是一个传染源，无法面对家人，一度陷入抑郁状态。

讲述者姓名：周至慧

性别：女

年龄：26 岁

文化程度：本科

职业：某企业白领

工作背景和症状：周至慧大学毕业后，以出类拔萃的综合素质进入一家私营企业工作，婚后不久就进入中层管理岗。疫情暴发以后，周至慧准备“宅家”复习，迎接考研，却意外得到母亲在老家感染新冠病毒住院的消息，她试图通过电话和母亲说说话，才知母亲已经上了呼吸机，完全失去了语言表达能力。父亲在电话中一再安慰她：“你只有安心学习，才是对母亲最大的回报和慰藉，你也千万别来探视，这种病，你知道的，连我这个当丈夫的，也无法在她身边陪伴……我们一起为你母亲祈祷吧！”那些日子，周至慧心急火燎，胡思乱想，脑子里全是母亲慈祥的笑容和对她无微不至的关爱。有几次，她在梦中急切地呼唤：“妈妈——妈妈——”醒来后，浑身已大汗淋漓。她不仅无法专注复习，甚至神情恍惚，连饭也做不了，丈夫给她做的饭菜她一口也咽不下去。半个月后，母亲不幸去世，所有亲人都无法前往送行。周至慧的精神彻底崩溃，她觉得母亲为全家、为她操劳一生，可她这个当女儿的却未能陪伴母亲度过哪怕半天的余生，未能见母亲最后一面，未能和母亲道别，未能抱着母亲的遗体大哭，未能……她萎靡不振，终日以泪洗面，彻底放弃了考研。

讲述者姓名：朱来福

性别：男

年龄：35 岁

文化程度：高中

职业：某殡仪馆火化工

工作背景和症状：从事火化工作 8 年来，朱来福从来没有像疫情期间这么紧张过。2 月中旬以来，用特殊运输工具从各个医院运送到殡仪馆的遗体比往常大大增加。作为特殊单位、特殊场所、特殊职业的一分子，他非常清楚自己的特殊职责和肩负的特殊重任。领受特殊任务以来，全体职工没有一个人退缩，也没有一个人请假。但是，每次接收一具具特殊的遗体，朱来福既感到责任重大，同时也感到莫名的恐惧。他说："每次见到这样的遗体，我就知道，这样的不幸罹难者实际上也是传染源，每想到这一点，我的心情就非常复杂。如果说我一点都不害怕，一点都不恐惧，那必然是假话。"那段日子，很多外界的朋友都劝他赶紧辞职，但他毫不动摇，始终坚持在一线工作。但是，朱来福始终没有摆脱恐惧和害怕的心理。他的烟瘾很大，每天至少要吸掉三盒香烟，但那些日子，身穿防护服的他既不能吸烟，也没有其他方式过瘾。也就是说，他既要抵抗恐惧，也要克制烟瘾。一个月后，他开始茶饭不思，也不愿意和人交流，渐渐变得沉默寡言，甚至不愿接听家人来电，一听到手机铃声，就非常烦躁。

讲述者姓名：冯宝明

性别：男

年龄：41 岁

文化程度：本科

职业：某机关正科级干部

工作背景和症状：2020 年春节过后，按照上级的统一部署，冯宝明和某市成千上万的公务员一样，被安排下沉社区协助疫情防控工作，他和另一名公务员被社区安排到某小区门口进行夜间执勤，工作时段是晚上 20 时至翌日 8 时，主要任务是宣传疫情防控形势，对进入小区人员进行登记并进行体温检测。3 月 7 日，毗邻的某小区出现了 5 名确诊患者，且有 1 名患者死亡。按照要求，周边小区也随之成为该市疫情防控重点地区，骤然增加的工作量和更为严峻的疫情防控形势，使冯宝明提心吊胆，不敢有丝毫松懈和马虎。他非常清楚自己坚守岗位的特殊意义，但与日俱增的紧张感像看不见的绳索一样把他的心理世界五花大绑，而居民的惶恐、慌乱心理也“感染”了他。他表面上镇定自若，但一颗心却提到了嗓子眼儿，给进入小区人员测量体温时总是胆战心惊，唯恐出一丝一毫的纰漏。社区工作人员送来的方便面、火腿肠，冯宝明一口也吃不下去。不到半个月，他的体重下降了12千克，并有明显的抑郁症状。

讲述者姓名：蔡丽霞

性别：女

年龄：40岁

文化程度：专科

职业：某社区党支部副书记

工作背景和症状：疫情防控工作开展以来，蔡丽霞所在社区的工作量骤然增加了四五倍：组织并考核下沉干部蹲点情况、应对上级轮番检查和调研、向居民宣讲政策、发放疫情防控资料、为全封闭小区配送生活日用品、收集整理外来人员数据、为社区隔离点提供服务……戴着口罩和护目镜的蔡丽霞每天连轴转，从早到晚都骑着电动三轮车走街串巷，在各个小区来回奔波。她的丈夫在外地打工，父母、公婆年迈体弱，女儿面临高考。一开始，她每天还能回一次家，和女儿聊聊“宅家”上网课的情况，可是两周后，她所在社区的某小区有15人被确诊感染新冠病毒，36人被诊断为疑似病例，其中有4人分别是从美国、法国、韩国入境的输入病例，于是，从机场、码头、宾馆、饭店直至居民家的大量筛查工作迅速展开。蔡丽霞再也不能回家，一是工作内容的变化使她无法回家，二是自己身处重点疫区，她担心回家会给家人带来心理恐慌。于是，她不敢向家人透露半点信息，手机通话时强颜欢笑。不久，她发现自己的“强颜欢笑”已完全模式化了。不但家人没察觉她的变化，有时连她自己也没察觉。她深深陷入无边的恐惧，可表面上仍表现得从容不迫。有一次，女儿在电话中明确表示对网课发腻，蔡丽霞居然不知该如何应对，只是“嘿嘿”地笑。她怀疑自己变成了“两面人”，内心痛苦不堪。

讲述者姓名：徐晓军

性别：男

年龄：29 岁

文化程度：初中

职业：某小区保安

工作背景和症状：来自西北某省的徐晓军在沿海某市一个小区当保安，这是一份让他感到满意的工作。他平时工作认真负责，深得小区居民的尊重和信任。2020 年 4 月，距离小区 200 米左右的一家宾馆被确定为隔离点，先后接收 20 多名需进行隔离医学观察的人员。这一情况引起了周边居民的恐慌，附近的各个小区也加大了疫情防控力度。作为保安人员，徐晓军每天配合下沉干部、社区干部开展筛查工作，忙得不可开交。恰恰这时，他的老家某村出现了 3 例疑似病例，导致全村被封。尽管天各一方，但同样的疫情和风险让徐晓军更加担心在老家的父母和妻儿的安全。每天晚上，如果家人不给他报一声平安，他就吃不下饭，睡不好觉。他总认为家人只是安慰他，没有对他说真话。每当夜深人静时，他常常一个人借酒浇愁，有时甚至喝得烂醉如泥。有一天，他情绪失控，将酒瓶狠狠砸到了墙上。

讲述者姓名：董媛媛

性别：女

年龄：46 岁

文化程度：本科

职业：某中学教师

工作背景和症状：董媛媛是高三某班班主任，曾获得全市“优秀园丁奖”“优秀班主任”等荣誉，她所带的高三某班是全年级 11 个高三班中的重点班，高考压力很大。疫情暴发后，她和很多老师一样，“宅家”给同样“宅家”的学生上网课。尽管作为一名经验丰富的教育工作者，董老师对暂时离开校园、离开操场、离开教室和讲台的特殊情况有一定的心理准备，但是，网课开设不久，全班 46 名学生中有多名学生出现了抵触网课、不愿提交作业的情况，有的学生甚至在班级群里发布诸如“世界末日即将来临”“睁眼活一天远比网课重要”“网课比死亡更滑稽”等不当言论，在学生中造成严重的思想混乱。尽管董老师邀请心理师通过网课对学生们进行了心理疏导，同时通过微信家长群多次和家长们进行沟通，但媒体每天公布的死亡数据仍然让同学们消极厌课。对此，董老师焦急万分。2 月 29 日，她发现自己正在读初中的儿子也拒绝上网课。她说：“我的心里完全乱了套，我只能坚持，坚持，再坚持，除了坚持，我没有别的选择，可我分明意识到，如果疫情不结束，我的内心就可能有彻底坍塌的一天。”从不流泪的她，每当上完网课，就一个人悄悄流泪，甚至整夜失眠。

讲述者姓名：刘嘉轩

性别：男

年龄：13 岁

文化程度：初中在读

生活背景和症状：刘嘉轩原本是一个活泼开朗的孩子，他是班上的文体委员，是有名的“开心大宝”，他曾十分热心地配合班主任组织同学们“宅家”上网课，并时刻不忘关注武汉的疫情。3 月中旬，媒体报道某名同龄学生在上网课期间跳楼自杀的消息后，敏感的家长加强了对刘嘉轩的心理疏导，同时聘请了心理辅导老师对他进行线上干预，试图避免类似悲剧在自己的家庭中上演。这使生性要强的刘嘉轩非常生气，认为家长此举有伤他的自尊和人格，他不仅不愿和家长交流心中所想，更拒绝和心理辅导老师线上互动。他质问家长：“我本来没有心理问题，也能理性面对同龄人自杀的悲剧，我又不是那个自杀的人，你们为什么要对我进行心理疏导？你们这样做，让我很愤怒！”诚如刘嘉轩所言，他的心理状态基本是正常的，但家长爱子心切，反而错误地认为刘嘉轩对他们的抵制行为一定是出于严重的心理问题，于是索性请心理辅导老师登门“指导”。刘嘉轩一气之下，拔掉了电脑网线，撕碎了作业本，干脆拒绝上网课，也拒绝配合老师组织、联络同学上网课，具体表现为狂躁、易怒、激动、情绪不稳。也就是说，心理状态本来正常的他，反而变得不正常了。

讲述者姓名：刘源达

性别：男

年龄：39 岁

文化程度：硕士研究生

职业：某公司总经理

工作背景及症状：刘源达从事娱乐业工作，2019 年底，他为了扩大经营范围，一口气贷款 120 万元开了 4 家连锁店。一经开张，各店生意红火，收益非常可观。几家连锁店的月租金合计为 98 万元，按照原计划，大约 4 年可收回成本，还清贷款，并实现盈利。疫情暴发后，4 家连锁店按照要求暂时停业，尽管刘源达可享受一定的政策补贴，但塌方式的巨大亏损仍然让他如坐针毡、寝食难安，不到一周，他那乌黑的头发全部变得花白。2020年2月，他勉强给120名职工发了工资，期待3月能够复工经营，结果进入4月，疫情仍然没有解除的迹象，他只好忍痛和职工解除了合同。为了偿还债务，刘源达索性卖掉了一套房子。经过调研，他清醒地意识到，即便复工经营了，疫情并未消除，人们也不可能冒着生命危险进行群体性娱乐，绝望中的刘源达试图将4家连锁店进行转租，结果发现根本无人接盘。巨大的焦虑感束缚了他，不久，刘源达变得沉默寡言，经查，他已患上抑郁症，至今仍在接受治疗。

讲述者姓名：杨贵生

性别：男

年龄：31岁

文化程度：高中

职业：外来务工人员

工作背景和症状：家在湖北某县农村的杨贵生常年在江苏、福建、广东等地打工。2020年2月底，杨贵生所在的企业为了进行疫情防控，不得不暂停生产，并动员所有员工回家。4月底，杨贵生听说湖北以外的一些企业已相继复工复产，就带着健康证明和介绍信，告别妻儿老小，重新踏上了打工路。中途在某省某县某旅馆登记住宿时，该旅馆总台工作人员发现杨贵生执湖北省的身份证，就以他来自重点疫区为由婉拒其住宿，杨贵生找到旅馆经理据理力争，仍然未果。杨贵生又尝试去了多家旅馆，对方都以同样的理由婉拒。举目无亲的杨贵生只好在火车站的广场上露宿了一夜，却始终未能合眼。湖北人的尴尬身份，让他悲愤交加，欲哭无泪，心情差到了极点。第二天，杨贵生前往一个小摊点吃早点，小老板一听他的湖北话，就吓得惊慌失措，立即让他离开，周围就餐的人也吓得四散奔逃。杨贵生只好装成聋哑人，这才在另一个小摊点买到了一杯豆浆和两个烧饼，可他一口也吃不下去了。这么多年来，作为湖北籍的一名普通打工者，他从未因“湖北”二字感到有什么不适，更没有为“湖北”二字感到纠结，而现在，这种对湖北人随处可见的歧视、恐惧、拒绝和怠慢，让他感到委屈，感到伤心，感到无奈，杨贵生只好重回村里，从此一蹶不振。

讲述者姓名：刘长顺

性别：男

年龄：36

文化程度：高中

职业：外卖配送员

工作背景和症状：作为外卖配送员，属鼠的刘长顺已经在某市从事餐饮外卖工作有3年了。疫情防控期间，大多数酒店、餐馆暂时停业，不少农副产品市场由于供应链断裂，导致供给严重不足，一些外卖配送员也匆匆返乡躲避疫情。由于“宅家”防疫的居民越来越多，餐饮外卖行业出现了生意兴隆但外卖配送员锐减的情况。一些维持经营的餐馆只好采取提高薪酬的办法，力求留住外卖配送员，刘长顺就是这些配送员中的一员。为了增加收入，刘长顺接连参与承揽了多家餐馆的外卖业务，每天戴着口罩，胆战心惊地骑着电动车，工作长达14个小时。由于疫情防控的需要，刘长顺平均每天要在不同地段、不同小区、不同时间接受体温测量10～20次，登记个人信息8～10次，接受询问11～15次。刘长顺说：“我也知道人家这样做是对的，可我作为服务行业人员，频繁被人家测来测去，问来问去，感觉自己干这活儿像做贼似的，心里很不是滋味儿。如果不是为了养家糊口，我真不想干了。”为此，他整天生闷气，总觉得心里压着一块大石头，有时还感到胸闷、气喘、心烦意乱。每到一个疫情防控执勤点，刘长顺就心里发怵，有次居然和执勤人员吵了起来。加上自己属鼠，他总觉得自己命不好，低人一等。

“疫情期间不同群体出现一些心理反应、心理问题甚至心理疾病，都是十分正常的，全社会必须正视这一现象。面对这一严峻现实，如果我们刻意回避甚至视而不见，才是真正的悲哀。”史占彪对我说。

出乎我意料的是，某学者听说我在梳理疫情期间民众心理问题的种种表现，突然忧心忡忡地问我：“社会需要安定，当前全社会都在深入开展疫情防控工作，您把这些心理问题梳理出来，是不是有向疫情防控工作泼冷水之嫌呢？”

“那……按您的理念，该如何叙写疫情期间的心理表现和心理问题？”我反问道。

“如果让我写，我就把握两个视角：一是心理工作者如何开展心理援助；一是广大民众如何以健康向上的心理状态全力配合心理工作者开展工作。”

“那，心理援助的对象是心理状态‘健康向上’的群体吗？”

“……”那位学者哑口无言。

也许，这也算一种心理问题。这种信息极不对称的所谓对话至少说明，“安心”行动的艰巨性、紧迫性和现实性，不仅限于疫区。

第六章

心灵的呼唤与回应

作者按：疫情期间，很多心理创伤人员通过“热线”与心理咨询师取得联系，诉说了自己的困惑或不安，有些人甚至出现了自杀倾向。经过咨询师的线上援助，许多人走出了心灵的困境。笔者从上千个心理干预案例中挑选出了一小部分，这些案例涉及面广，具有一定的代表性（为保护个人隐私，案例中的当事人均已做化名处理）。

武汉封城了，我六神无主

张继尧（湖北省武汉市某社区退休老人）

突然听到武汉封城的消息，惊得我久久回不过神来。我是个无神论者，从来不相信什么生命的劫数，可封城那天，我真的胡思乱想了许多。我想：这世界，是不是真的快要到头了？我，是不是快要完了？

我是20世纪30年代生人，经历过抗日战争、解放战争，当然也经历过之后的风风雨雨和改革开放，好歹也算是一个有着丰富生活阅历和经验的人了，可仍没想到有朝一日武汉居然会封城。咱武汉是一座英雄的城市，当年的武昌起义、武汉会战打得多么激烈啊！就那，也没封过城，可这个新冠疫情一来，就得封城了。当然，封城一定有封城的道理，前些天，咱武汉死的人太多了。历朝历代，瘟疫都是要死人的，瘟疫一传十、十传百，一死就死一大片，太可怕了。可我怎么也不会想到，瘟疫被咱赶上了。我感觉自己每天就像在梦里，眼前的一切仿佛都不是真的。我就使劲地摇晃脑袋，发现根本不管用，真的假不了。我的心情差到了极点。

谁遇到过这样的事情呢？城一封，里面的人出不去了，外面的人进不来了。昔日热闹非凡的车站、码头、机场一下子空荡荡了，昔日充满活力的学校、商场、影院一下子没人了，昔日人头攒动的街头、广场、公园一下子冷冷清清了。整个城市就像生了一场大病，活力没有了，死气沉沉了。作为一个“老武汉”，我平时喜欢在公园里遛鸟、在社区打牌。可这下子，一切都不可能了，我感情上真的接受不了。您看到我手背上的血迹了吧，是砸在墙上留下的，心中有了疙瘩，就只能靠用拳头砸墙宣泄了。

按照要求，我和老伴一直戴着厚厚的口罩，宅在家里。今天已经是封城的第五天了，我们不敢看电视和手机，因为电视和手机里，几乎每天都涌进大量有关死亡、确诊、疑似的数字，说是不敢看，其实每天都忍不住要看一看，我在看疫情到底是恶化了还是缓解了，每天死的人到底是增多了还是减少了。我还在望眼欲穿地期待着能够根治新冠肺炎的药，期待着所有确诊的病人都能够活着走出医院，期待着“全副武装”的医护人员不再倒在岗位上，期待着我的家人们能够平安度过这可怕的疫情时期，期待着……反正，我的期待实在太多了。

幸亏儿子、儿媳他们在上海工作，听说上海的情况稍微好一些，但也好不到哪里去。尽管我们之间每天都通过手机联系，但我仍然为他们提心吊胆。儿子一个小时不发来消息，我就担心他是不是被传染了，急得我快要疯了。

就在前天，我通过微信得知，武昌区那边，我亲家的一个大嫂确诊了，今天早上，居然人就没了。多快啊！不到两天，一个活蹦乱跳的人就闭眼了。她是直接被医院的专用车拉到火葬场的，身边一个陪同的亲人都没有。亲人们不是不想去，是不敢去，不能去，不忍去，他们的心都要碎了，你说这事……微信上有人说，幸亏亲人们没去，去几个，就会感染几个，感染几个，就会死几个。

昨天夜里，我梦见自己发烧了，咳嗽了，像一只无头苍蝇一样往医院闯，闯着闯着，愣是从睡梦里惊醒了。醒来后，我才发现自己已大汗淋漓，像得了一场大病。一测体温，36.5℃，还好，没有发烧，可我还是犯神经地赶紧戴了两层口罩，与老伴保持两米以上距离。

我现在基本处于失眠状态，想睡，睡不着，满脑子都是死人、病人。我的脑袋简直就要爆炸了。你说，我是不是心理出了问题啊？

专家解析

钱炜（中国科学院心理研究所全国心理援助联盟副秘书长，“安心”行动“自助安心训练营”研发负责人）

80多岁的张先生是长期生活在武汉的本地人，疫情给他所习惯和热爱的生活带来了巨大的改变。在漫长的岁月里，他经历了战争、社会动荡和自然灾害，但这次的疫情完全超出了他的经验和认知，张先生的日常生活内容被迫调整，外出散步、遛鸟和老朋友间的走动都无法实现。在疫情暴发期，各种负面的消息传来，人们在肆虐的病毒面前似乎束手无策，张先生的亲戚中，也有人在很短的时间内因感染病毒而离世，他更觉得紧张甚至恐惧。疫情被有效地控制看起来遥不可及。张先生被极端焦虑和压抑的情绪所影响，即使整日待在家里也戴着口罩，并为自己的孩子担心。张先生的情绪抑郁，失眠成为常态。

这个案例记录于武汉封城的第五天，处于疫情的突发期。在这个阶段产生的如案例中张先生这样的情况，我们称为“急性应激反应”，这是人们在面对非正常状况时的正常反应。部分人群的急性应激反应，可以随着时间推移而缓解或消失。但是，也有部分人群需要心理支持或援助，来缓解案例中所呈现的症状，例如不敢看电视和手机、用拳头砸墙、梦到自己得病、失眠等等，从而减少可能发生的心理创伤。

现代心理学的研究表明，在突发事件或灾难之后，人们出现应激的症状和程度与接收相关信息的多少有关。对于处在突发事件或灾难中的人们，我们建议尽量减少或控制接收负面新闻的时间，从而减少认知上的压力，缓解自己的紧张、焦虑等情绪；如果确定自己的身体处于健康状态或者自己处于安全的环境中，却还是无法控制地担心，可以寻找一件自己愿意长时间投入的事情去做，转移注意力。

同时，我们鼓励大家学习一些科学的、简单易行的缓解压力的方法，比如中科院心理所陈雪峰副所长在卫健委“新型冠状病毒肺炎疫情期间社会心理服务情况”发布会上就推荐了腹式呼吸、正念冥想等方式。而上述方式的有效性也被充分和广泛地验证了。

中国心理学会和中科院心理所在疫情之初就发起了“抗击疫情‘安心’行动”。作为“安心”行动重要组成部分的“自助安心训练营”，以世界卫生组织研发的“问题管理加”为支持框架，针对突发事件后普遍存在的应激反应，从不同层面帮助受到影响的人群稳定情绪，获得心理支持。而我特别为“自助安心训练营”录制的每日正念引导可以帮助人们缓解情绪压力、提升睡眠质量。

在疫情之初，“自助安心训练营·公众版”的许多使用者也有和张先生类似的应激反应，他们按照“自助安心训练营”提供的心理调适的内容和任务来进行自助疏导，运用在线平台，让自己稳定情绪，通过问题管理和正念训练，调整压力导致的失眠等躯体化反应，使他们自己的身心状态得以稳定，心态逐渐平和，度过了这段紧张时期。

我们希望受疫情影响的人群能通过多种形式的心理援助资源进行自我援助。如果状况比较严重，建议及时寻求相关医疗机构的帮助。

疫情后的心理援助工作是富有挑战性的，因为心理援助工作者面对的是痛苦、挣扎和绝望，穿越压力风暴，勇敢面对突发事件并积极面对生活，心理援助的意义即在于此。

我坚守，我悲痛，我纠结

王广成（湖北省武汉市某下沉社区干部）

我是某区的机关干部，这次下沉社区已经19天了。我被安排在某社区下面的一个小区，我的主要工作是配合社区工作人员对这个小区严防死守，严禁小区人员出去，也严防外来人员进入。这个小区已经有5人因感染新冠而死亡，最近又有4名患者确诊，另有疑似症状人员10人。小区居民的生活用品，我们安排身穿防护服的专门人员配送。你可能想象不到，这个曾经活力四射的小区，如今像进入冬眠一样，人人心悬一线，户户一片沉寂。

我坚守，这是我的职责，也是我的使命。像我这样坚守在各个小区的机关下沉干部有成千上万。可是……就在几天前，我的奶奶去世了，她也死于新冠。

我纠结，因为武汉封城后，我再也没见过奶奶。我和奶奶最后一次见面，是大年三十，那天，我带着妻子和女儿前往父亲那边吃饺子，当时奶奶还拉着我的手说:“等小灯灯（我的女儿）上幼儿园了，我管接送，你们夫妻俩腾出时间，好好工作，不要分心。”可奶奶竟然走了，爷爷也被迫隔离。就在前天，爷爷也确诊了，现在，他已经不能说话了。今天早上和父亲通话——我一般会和父亲视频通话，这次，他却不肯打开视频，在我的一再要求下，父亲终于打开了视频，我才发现，父亲的头发都白了……我的心，彻底乱了。

这些一连串的大变故，突如其来，如雷击顶，让我措手不及。我无处诉说，当然更不能请假。即便请了假，也无法送奶奶一程。亲人和亲人之间，被疫情隔成了咫尺天涯，见不成，也不能见。我唯有坚守小区岗位，全力以赴干我的工作。我知道，小区里的不少家庭和我家一样，也在上演着可怕的生离死别。

我悲痛，为奶奶，也为小区里失去亲人的家庭。死去的，死不瞑目；活着的，担惊受怕。夜深人静的夜晚，我和同事在岗亭里默默相对，我一次次地流泪，我的护目镜上罩满了泪水的热气，我的口罩被泪水浸得像一块湿答答的泥巴。我随身带着三个口罩，泪水打湿一个，换一个；烘干一个，再替下湿的。口罩是紧缺物资，我只能替换着用。

这些天，我突然发现脑子似乎不够用了。大脑常常出现空白，这种空白是一阵一阵的，一开始，这种空白大概只持续几秒，现在变成了十几秒，几十秒，有时候甚至长达一两分钟。在这种可怕的空白里，时间好像停止了，记忆好像停止了，世界好像停止了。在大脑处于空白期间，我在凭本能工作，凭本能和同事寒暄，以致常常出现差错而浑然不觉。在疫情来临之前，这种感觉是从来没有过的，可疫情发生后，特别是奶奶去世以后，这种感觉越来越明显了。

最可怕的是，有一天中午，我正在小区执勤，发现那辆我熟悉的救护车又无声无息地向小区驶来。那辆救护车我太熟悉了，它曾多次驶进小区拉走确诊患者，其中有两位患者再也没有回来。一般情况下，救护车都是鸣笛行驶的，可这次却悄无声息，我甚至能看到司机、医护人员的防护服和他们的面部表情……

救护车显然是小区居民通过120呼叫来的。按照要求，我立即叮嘱门卫："赶快打开大门。"

"为啥？"

“救人……”

我刚说完，这才惊讶地发现，眼前的救护车，像瞬间蒸发了似的，变得无影无踪。我立即怔住了，才知道这是幻觉，这是我长这么大第一次出现幻觉。可这幻觉太真实、太具象、太直观了。我浑身直冒冷汗，却不好意思向门卫解释。门卫用狐疑的眼神看了我一眼，也没有刨根问底。他分明察觉到了我的异常，同时也在维护着我的尊严。我深深感受到这种心理状态对我的摧残和折磨，可我根本就改变不了自己，我像是变成了两个人，一个是自己，另一个也是自己，你说我该怎么办呢？

专家解析

吕亚妮（陕西明朗心理首席咨询师，中国社会工作联合会心理危机干预专家）

这是典型的创伤后应激障碍（简称 PTSD）的表现，PTSD 是指个体经历、目睹或遭遇一个或多个涉及自身或他人的实际死亡事件，或受到死亡的威胁，或遭遇严重的伤害，或躯体完整性受到威胁后，所导致的个体延迟出现和持续存在的精神障碍。

这位下沉干部显然很符合这种情况，在社区遭遇他人死亡，而自己的奶奶也死于疫情，以及社区被确诊人员和疑似人员都可能面临死亡的多重威胁……于是，他出现了 PTSD 的症状。

PTSD 的主要症状表现为：创伤性再体验症状、回避和麻木类症状、警觉性增高等。王广成的表现也很符合，大脑空白，时间和记忆停止，凭本能工作，出错而浑然不觉，这其实是麻木，或者叫木僵状态。个体为了避免创伤导致的痛苦，让自己从一种状态中解离出来，变成另一种状态，似乎这样就能逃离痛苦的体验了。

王广成执勤时看到的救护车，看似是一种幻觉，但其实是警觉性增高的一种错觉。人在高度紧张的应激状态下，担心不好的事情发生，任何刺激都可能成为产生错觉的因素，导致错觉发生。

幻觉是没有现实刺激作用于感觉器官时出现的知觉体验，是一种虚幻的知觉，是无中生有，并且坚信不疑。错觉是在特定条件下产生的对客观事物的歪曲知觉。幻觉和错觉的主要区别在于幻觉产生时，并没有客观刺激物作用于当事人的感觉器官；而错觉的产生，不仅当时必须要有客观刺激物作用于当事人的感觉器官，而且知觉的映象性质与刺激物是一致的。显然，王广成是在遭受了强烈的死亡威胁刺激后，脑海里出现了和死亡相关的场景，产生了警觉性增高后的错觉。

个体感受到的折磨和摧残，是遭受重大创伤后的无力感，一个是真实的在遭受痛苦的自己，一个是不想面对、想逃离又逃离不了，时而麻木时而警觉的自己。这些都是创伤后应激反应。如果持续一个月以上，没有任何缓解，且有加重趋势，那就基本可以判定是 PTSD 了。出现这种情况也不可怕，是人在遭受重大创伤时的正常表现，并不意味着一定会加重或者成为精神障碍。有些人因为环境或者社会支持系统及自我认知的改变，很快能走出来，有些人需要借助专业的心理咨询走出来，也有些人是带着症状在生活。

像王广成这样的下沉干部，在武汉有很多，目睹和经历死亡，多少都会有创伤后应激表现，因为他们还要继续在岗位上工作，也就是个体会一直暴露在创伤情境中，建议通过专业的心理辅导进行调节，通过调整认知、催眠或者精神分析的方式对其进行心理干预。

尤其是还要在岗位上坚守，受疫情影响不能去专业机构，只能在当下受限的环境中进行心理干预的情况下，眼动脱敏是最好的方式之一，或者找一处不被打扰的地方，对个体进行催眠疗愈，将他带入一个安全的、温暖的、不被打扰的心理环境中，通过柔和的语言、安全的设置，去感知曾经发生的事情。在这个过程中，咨询师不断地输入能量给他，让他反复感受，慢慢聚集力量，直到他的心理承受能力增强，客观上理性看待，主观上情感反应适度，现实中社会功能良好，即达到了心理疗愈的目的。

女儿……她有厌世倾向……

周绮芸（湖北省黄石市某孩子家长）

这个5月，作为一名单身母亲，我整天提心吊胆。我通过微信链接看到，疫情期间有几个孩子以跳楼、服毒的方式，自杀了。他们当中有的是中学生，有的是小学生；有的十六七岁，有的十二三岁。一开始，我以为这些都是谣言，直到发现官方媒体也有报道，才相信这一切都是真的。报道说：疫情，让这些孩子的心理受到不同程度的伤害。多可惜啊！正当年少时，却走了。

我想到了我自己的孩子。我的女儿今年13岁，读小学六年级。女儿非常信任我这个妈妈，也非常听话。我至今记得和她的几次对话。第一次对话是武汉封城的那阵，那是寒假，封城的消息传到我们黄石，孩子用惊惧的眼神看着我，问："妈妈，新冠疫情啥时候能过去？"

我赶紧安慰她："快了。"

"快了？快了到底是几天？"

"大概一个星期的样子吧。"我这样回应着，心跳得非常厉害。我怎么会给出这样的回答呢？我又怎能给孩子一个期限呢？

一个星期即将过去，电视、电脑、手机上几乎都被死亡的气息笼罩，疫情丝毫没有鸣金收兵的意思。到了周末，我最担心的事终于来了，女儿问我："一个星期过去了，疫情仍然到处蔓延，您凭啥认为疫情一个星期就会过去？"

面对这样的问题，我只有不懂装懂。女儿如果看出我缺乏判断，心里肯定会更加紧张。我说：“上次是妈妈判断有误，没想到这个疫情在不断变化，现在，包括医学界在内的全社会都在研究对策呢。”

“我就想知道，疫情啥时候过去？”

“估计……估计还得一个月。”

“一个月？您确定？”

“是的……确定。”

说完这句话，我脑海里一片茫然。我每天紧紧盯着电视新闻，那不断累积、上升的死亡、确诊以及疑似的数字，像步步紧逼的魔鬼，压得我喘不过气来。我不敢让女儿看到这些信息，可又无法劝阻她。女儿看疫情报道的目光专注、认真，心无旁骛，一双大眼睛一眨也不眨。我的心情紧张到了极点，脑子里总想着那些自杀的孩子们。那个夜深人静的晚上，我偷偷用铁丝把客厅、卧室的窗户把手拧上了，只留厨房窗户通风换气。第二天，女儿就问我：“妈妈，您这样做，是防止我跳楼吗？”

一句话，惊得我浑身冒出一层冷汗，我故作镇定地说：“你知道吗？瘟疫可以通过空气传播，如果轻易打开窗户，病菌就有可能传播进来。”

女儿突然冷笑了一声。我永远忘不了那一声冷笑。那笑里有对我观点的蔑视，也有对我做法的否定。她其实看穿了我的心思，说：“您这样做，我会伤心的。”

我努力调整了一下心情，笑着对女儿说：“来，咱俩玩五子棋吧。”

“死了这么多人，您还有心情玩五子棋！”女儿突然号啕大哭。

一个月还未到，我们就接到了学校延迟开学的通知，要求孩子规规矩矩地待在家里，所有教育教学工作都要在网上进行，网课是学校统一设置的，每一节课都安排得井井有条。这是孩子第一次上网课，也是我们当家长的第一次接触网课。学校还要求学生尽量在室内进行体育锻炼，不要下楼。网课的开设，意味着疫情防控的形势依然十分严峻。我明显感到，尽管学校对孩子宅家上网课有严格的管理制度，但孩子上网课并不专心，她大半的注意力仍然集中在那些可怕的死亡、确诊、疑似数据上。

一个月很快就过去了，还没有通知返校的迹象。孩子突然问我："关于疫情，您到底是真不懂，还是在骗我？"

我只好坦白了："这个新冠疫情，来无影去无踪，妈妈还真的不懂。"

孩子不再说什么了，她淡定地离开电脑桌，说："今后的学习如果一直是这样的，人活着如果一直是这样的，我学习还有什么意思呢？"

说完，她玩起了手机。那天的作业，她一个字都没有写。

我心急如焚，却找不到开导她的好办法，只能反复给她讲一些要振作、要乐观、要坚强之类的话，结果她一句就把我怼了回来。她说："妈妈，您如果觉得说这些话有用，对医院里那些即将死去的人说，不是更合适吗？您就别唠叨了，我快烦死了，您知道吗？"

我哑口无言。那些日子里，我整整瘦了30斤，食欲锐减，每天胡思乱想。我至今没敢解下客厅和卧室窗户把手上的铁丝，每天守着厨房的窗户。我现在担心的是两个人了：女儿和我，因为我也怕我自己跳下去。

专家解析

胡宇晖（中国心理学会注册心理师）

危机面前，我们赤手空拳。

愤怒，是因为我们以为疫情是可控的，但它似乎比我们想象的更"诡诈狡猾"，因为这是史无前例的新疫情，我们措手不及，完全没有既定的防控经验和措施。面对危机，安全感来自"可控制感"——无论发生什么，信息的公开透明要远远胜于"无知者无畏"的假定。

其实这对母女的真实案例，更像是疫情下遭遇危机的普通家庭的缩影。这些家庭几乎都经历过这样的心路历程：恐慌—愤怒—悲伤—绝望—麻木与消沉。

这位母亲尽了最大努力，希望淡化孩子的恐惧和担忧，也希望自己像以往一样，有能力保护孩子的心灵。但是，在巨大的危机面前，一切都是一种“非常态”，也就是说，不能用常规方式去处理。

如果母亲从一开始就告诉女儿：“我也不知道，我也很害怕，但是，让我们一起做好防护，勇敢面对一切。无论如何，妈妈爱你。”那么，女儿就会在短暂的恐惧之后，信任妈妈，一起面对。

如果母亲告诉女儿：“妈妈也非常难过，我不知道为什么会死那么多人。”那么女儿就不会被“玩五子棋”转移话题的方式激怒。

如果母亲告诉女儿：“这次疫情凶险，确实有太多未知因素，但是从人类历史上来看，多少次这样凶险的疫情，我们都战胜了；现在我们要做的是努力成为那些能好好活下来的人，努力为那些需要帮助的人做点什么。”那么，女儿就不会对未来绝望，消沉到学都学不下去。

但是，我们并不能指责这位母亲，她已经尽了作为母亲的最大努力去保护孩子的心灵。在全国各地，有多少这样的父母亲忍着眼泪、隐藏着自己的感受，安慰孩子，保护家人。

都说 2020 年是如此“魔幻”的一年，发生了太多不可想象的事情。但从人类历史的长度来看，平静祥和是难得的好时光，波涛汹涌、风云变幻才是历史的常态。如何看待危机、如何处理危机，是我们每个人一生当中最重要的功课之一，时时刻刻需要学习。

说到底，面对危机，与其讳莫如深，编造谎言，不如坦诚讨论，以坚定来面对真相，以诚挚来共渡难关。为此，从心理成长的角度，我们需要给孩子三把尺子来做功课：

1. 历史的长度：帮助孩子从人类历史的角度看待当下发生的一切，既没有永恒的春天，也没有无尽的冬日。人类历史上暴发过多少起难以控制的疫情，人类文明却从来没有被摧毁过。

2. 社会的宽度：不仅要看到疫情发展凶险，还要看到救援络绎不绝；不仅感受到自己的恐慌无助，也需要看到同一时期，有人以乐观与坚强面对；不仅只看到疫情对人类的摧残，也要看到国际政治、经济、文化在瞬间出现一个巨大的纵切面，平时普通百姓不知道的事物，此刻都清晰地呈现在眼前。

3. 以“上帝视角”看自己和世界：其实生命的教育不能忽略“死亡”这一话题。生老病死是自然规律，恰恰在疫情期间，所有人都被逼问：“生命的意义是什么？如果死亡降临，我们最遗憾的是什么？”这正是和孩子一起讨论这个严肃的哲学命题的契机，让孩子能够从更好的角度敬畏生命，敬畏天道。

孩子的功课，也是我们的功课；我们的功课，也是社会治理的功课。希望我们每个人都能好好活着，以此共勉。

我忍受不了“宅家”的日子

陈卿娜（河北省某县小学六年级学生）

我简直要疯了，这“宅家”上网课的日子！一开始，我对上网课充满好奇，但不到一周，我就发现这不是我要的学习生活。我的老师从课堂走进了视频，这感觉和课堂上完全不一样，我的校园不见了，我的教室不见了，我的同学们不见了，我的操场不见了。残酷的疫情把我逼到了家里，逼到了电脑桌前，逼到了压抑的斗室里。我像一枚炸弹，简直就要爆炸了啊！

现在是第十三天了，我没跨出过房门半步，没下过一次楼。爸爸说：“小区已经封闭，对面的宾馆是一个隔离点，里面住着十来个隔离人员，其中有一个确诊人员，拉到医院不到一个星期就死了。”

我相信，爸爸这样说是为我的安全着想，他在警示我呢。可爸爸一定不知道，我心里的恐惧已经到了极点。通过手机和电视，我知道包括武汉在内的许多地方都在不断地有人死去。死亡的原因有很多，可为什么新冠疫情之下的死亡会这么可怕呢？据说有全家死好几个的，甚至还有死全家的。如今，死神一定就在对面的宾馆里。宾馆有20多层，从我家窗口可以看到10层以上的部分。每天晚上，我就情不自禁地朝宾馆张望。平时的晚上，宾馆的各个窗口都灯火通明，可现在，只有为数不多的几个窗口亮着灯光，那一定是隔离人员居住的房间发出的吧。那样的光亮，让我害怕，让我胆怯，让我的大脑里充满可怕的想象。一旦某个窗口熄灯，我就不由地心情紧张，那房里的隔离人员，是不是被拉到医院去了？或者，是不是已经死了？

我知道，我这是胡思乱想。我平时用来思考语文、数学、英语的思维，不由自主地思考起对面窗口的灯光，思考起生与死，也思考起我和我父母的关系了。据说死神是有翅膀的，能飞，也能跑，它来无影去无踪，一旦逮着谁，谁就保准跑不了。死神，有一天会从那边的窗口飞过来吗？会飞到我们家吗？会把爸爸、妈妈和我一起带走吗？

有一次，我通过视频问老师："我们什么时候才能复课呢？"

"这得听通知。"老师安慰我说，"疫情严重，同学们需要培养自己的耐心。"

耐心？我们孩子可能的确缺少耐心，可大人们有耐心吗？我爸爸就不止一次地唉声叹气，说："如果再这样下去，我们的餐馆就彻底完蛋了，我们的生意就彻底黄了，我们的家就再也撑不下去了。"

我第一次认真思考爸爸的餐馆和我的关系。餐馆倒闭了，我是不是就不能上学了呢？我们家是不是就完了呢？

我看着视频中的老师，突然觉得，网课，是一件多么荒诞的事情，它比命还重要吗？老师的讲课虽然很生动，可我觉得像是喋喋不休；老师的表情很亲切，可我觉得像是故作姿态。网课在大量的死亡信息面前，像滑稽的小品。

楼下，窗外的人已经很少了，偶尔有车辆匆匆驶过。零零星星的人，全都戴着厚厚的口罩，相互提防着，戒备着，主动拉开距离。从窗外进来的空气，弥漫着浓浓的来苏水的味道。我突然意识到，"宅家"的日子已经让我没有了自信，没有了快乐，没有了希望，没有了梦想。

我甚至想，如果死神来临，就随它处置吧。死了，至少不用再担惊受怕。

妈妈每次从社区门口把菜领回来，都会把我吓一跳。因为她身上裹着透明的一次性雨衣，戴着硕大的护目镜，戴着厚厚的口罩，把自己武装得像个太空人似的。进门前，她会把雨衣、口罩扔进门口的纸箱里。我习惯了这一切，可越是习惯，我就越是害怕。每次打开门，我都会朝妈妈身后扫一眼，有时甚至多扫几眼。妈妈问我：“你在看什么呢？”

“没看什么啊。”我掩饰着自己。

其实妈妈不知道，我在寻找死神，我怀疑死神跟踪着妈妈，想趁我们不备，一头闯进家里来。

我真的想到了解脱，以拥抱死神的方式。我想到了跳楼，可一旦跳下去，会让爸爸妈妈伤心的，我到底该怎么办呢？

专家解析

于洋（中国心理学会注册心理师）

在本案例中，面对疫情，一个六年级的孩子非常不喜欢上网课，说“简直要疯了”，说残酷的疫情把她逼到了压抑的斗室里，她觉得自己像一枚炸弹，简直就要爆炸了。这里，我们仿佛看见一个被看不见摸不着的可怕病毒逼到崩溃边缘的孩子在挣扎呐喊。心理学认为，疫情是一个突发重大压力事件，让人们感到死亡的威胁。面对突发压力，人的身体会立即启动应激机制，我们的大脑边缘系统中的下丘脑会通知身体做好战斗或逃跑的准备，而与边缘系统有着密切联系的杏仁核会产生惊恐、愤怒等情绪体验，而案例中的孩子在长期应激状态下出现了要“爆炸”的愤怒情绪。

随着时间推移，重大压力事件迟迟没有结束，人们从紧张状态进入疲惫僵持阶段，产生了沮丧、恐惧、抑郁等情绪。

案例中的孩子通过窗口观察住着隔离人员的宾馆，一旦某个窗口熄灯，她就会心情紧张，担心是不是又有人死亡了。而父亲面对疫情感叹“我们的生意就彻底黄了，我们的家就再也撑不下去了”，这些话逐渐动摇了孩子内心的安全感，导致她对未来充满担忧，就像孩子自己所说的：“餐馆倒闭了，我是不是就不能上学了呢？我们家是不是就完了呢？”孩子内心的安全感一点点地在坍塌。而同时，孩子与朋友不能相见，不能出门玩耍，在重大压力事件下，孩子得不到人际支持，情绪越来越低落。如孩子所言：“‘宅家’的日子已经让我没有了自信，没有了快乐，没有了希望，没有了梦想。”这个时候，我们看到一个孩子从愤怒慢慢走向悲观、害怕。

案例中的孩子经历了从愤怒走向害怕、抑郁，从对抗压力走向顺从压力、不再反抗的心路历程。从某种意义上讲，这个孩子不是个例，而是儿童群体的一个缩影。如果没有人提供帮助，这个孩子会变成什么样？这是个沉重的话题，也是一个亟待解决的问题。

如何帮助这些“陈卿娜”们呢？

第一，给儿童做适当的心理科普。用科学的语言向儿童解释发生了什么事情；有哪些人正在为战胜疫情而努力工作；作为个人应该怎样科学预防；面对疫情会产生哪些非正常状态下的正常心理反应……让儿童了解病毒，减少他们的焦虑感，增加心理安全系数。

第二，家庭成员间多进行交流。父母应多关注儿童的情绪变化，当发现他们变得焦虑不安、恐惧、害怕时，可以引导他们和家人一起讨论自身的感受，鼓励他们表达焦虑、担忧等情绪；而父母也可以适时分享自己的真实感受，告诉儿童可以怎样管理情绪，比如害怕时大声喊出来、和朋友交流等，帮助他们找到应对负面情绪的积极办法。

第三，鼓励儿童发展同伴间人际交往。疫情期间面对面的人际交流几乎为零，我们鼓励家长教会儿童在监管下适当地使用网络和同学、朋友进行交流、分享心情。

第四，鼓励儿童多进行身体锻炼。运动可以改善情绪，若条件允许，可以进行适量户外运动；特殊情况可进行室内运动，如跳绳、俯卧撑、和父母互动传球等，既可以让孩子心情愉快，也有助于增进亲子关系。

第五，避免向儿童传递过多负面消息。儿童在场时，尽量不看负面新闻，控制家庭中关于疫情的讨论时间，以减少儿童的紧张情绪。

第六，讨论关于生命的话题。如果所在小区周边有感染病毒死亡的信息流传，可以用儿童能够理解的语言向其解释“死亡的原因”，比如“不单纯是病毒所致，可能有些人有基础疾病，或者免疫力低下”等，并引导儿童重视科学的生活方式，让他们认识到每天锻炼、注意卫生、规律作息有助于抵抗病毒，以此减少他们对病毒的恐惧心理。家长也可以运用绘本、绘画、寓言故事等形式讨论生命的意义，借疫情让孩子领悟生命的意义。

最后，如果做了以上努力，儿童依然情绪低落，饮食睡眠受到影响，请父母果断请教社区、学校或医院的心理专家，请心理专业工作者介入，帮助儿童逐渐恢复心理健康。

复工的心路

张胜生（河南省某县农民）

我原本在千里之外的江苏一家厂子打工，一个月七八千元，算是好收入。疫情暴发后，我只好回家闷着，从此没有了任何收入。父亲瘫痪在炕上，母亲体弱多病，全靠我老婆一人伺候着两位老人；两个孩子一个上初中，一个上小学，都需要钱。

5 月 10 日那天，我终于盼来了厂子复工的通知，通知中特别明确一条，凡是重返企业的职工，疫情期间月工资将涨到一万六千元。这个数，相当于平时工资的两倍。去还是不去？当然去！我高兴得一晚上没睡好觉。

第二天，我从村卫生所领健康证明回来，一进院门，就发现父亲、母亲、妻子和两个孩子的眼圈都红红的，分明刚刚哭过，只是我一来，他们就不哭了。妻子背过身给我整理口罩的时候，我发现她又在偷偷抹眼泪。我知道他们是为我哭，我这种走法，和往常不一样，如今疫情像疯狗一样到处窜，窜到哪，人就死到哪。在他们眼里，我这哪是去打工啊！分明是上刀山下火海呢，分明是明知山有虎、偏向虎山行呢！他们这一哭，我昨夜的高兴劲儿全没了，我气得对妻子吼道："哭啥哭？我这一走，你以为我要死外面了？"

妻子愣住了，也不哭了。她说："在外少和人接触，别轻易摘掉口罩，吃饭前一定要洗手……"

“这话，你都说了一万遍了。”

离开村子的时候，我的心情糟到了极点，脚下有些发飘，浑身起了一层鸡皮疙瘩。我真的在想，我这一去，能回来吗？虽然脚下是那条熟悉的路，我却突然想到了黄泉路。

不管怎么说，如今咱大山里的生活好多了，村村都通了沥青路或水泥路，平时都是车来车往的，可在有疫情的日子里，所有的车都消失得无影无踪，因为很多地方的路都被村民设置了路障，有的地方甚至直接把路拦腰截断。这样的事情，17 年前闹“非典”时发生过，如今又发生了。跑山里的长途大巴早就停运了，我只能步行下山，路过刘家坪时，这里的路果然被截断了，有三个男人守在那里，个个戴着口罩，手里攥着明晃晃的镢头。他们身边插着一个木牌，上边用红色粉笔写着：疫情防控，请走崖后。如不听劝，休怪镢头。

四邻八乡的，抬头不见低头见。其中一个男人我认识，当年和我一起在深圳打过工，这时他却说：“乡情归乡情，瘟疫归瘟疫，你就绕着走吧。”

我只好绕到崖后，实际上是爬坡钻沟地绕过了刘家坪，这一下就多走了至少十里路。到了镇上的长途汽车站，发现上车也不是那么容易的，测体温、登记身份证信息、查验健康码……一天一夜之后，我终于到了江苏。我一个大男人，平时很少掉眼泪的，可在这漫长的路途中，我至少掉了四次眼泪。

到了厂子，我才发现职工来了不到一半。厂子里，到处都贴着疫情防控的标语、宣传画、注意事项和各种通告，所有车间门口都有穿着防护服的保安给进出人员测量体温。这是一家外贸加工企业，如果再停产 3 个月，生产链和销售链就会断裂，企业也就彻底黄了。干到第三天，我最担心的事还是来了——隔壁一家企业发现了三个疑似病例和一个确诊病例。我的心一下就慌了，所有人的心，都慌了。工友之间不再说话，不再交流，不再相处，人人都像闷葫芦一样。有几个弟兄想立即请假回家，这才发现，我们厂子所在的区域，已经处于全封闭状态。

厂里加大了管理力度，我知道这是为大家好，可管理越是严格，我反而越是心惊胆战。如今是信息社会，疫情信息公开透明，千里之外的妻子很快知道了我这里的情况。她发来微信说："快回来吧！"

我当时正在干活，没时间发微信，就给她打去了语音电话，她却不接听，仍然用文字与我交流。我这才反应过来，一通话，她准忍不住要哭。她怕我听见她哭，我也真的怕她哭。我只好故作轻松地回复她："哈哈，没事的，不用担心，啥事儿也没有。"

每个车间的工友大概有50多人，除了吃饭的时候，其他时候大家基本不敢摘口罩，每个人就像活在自己的世界里。我担心自己，担心家人，担心疫情，担心手里的活儿。半个月后，我发现自己食欲减退，恍恍惚惚，大把大把地掉头发，我知道自己的心理出了问题，可我实在改变不了自己，我这是得了抑郁症吗？

专家解析

李军（国家二级心理咨询师、天津市心理卫生协会常务理事）

张胜生的情况，需要从几个方面来鉴别诊断。第八版《精神病学》中写道："抑郁障碍是以情绪低落为主要临床表现的一组疾病的总称。其核心症状是与处境不相称的兴趣低落或兴致丧失。在上述症状的基础上，患者常伴有焦虑或激越，甚至出现幻觉、妄想等精神病性症状。"张胜生是不是患了抑郁症？现有的资料不足，还需要进行进一步观察、了解，以及心理评估，综合情况后方可由精神科医生确诊。

张胜生自述的食欲减退、精神恍惚、严重脱发等躯体症状，说明他的内心处于心理应激状态。心理应激是指人们不断调节自身，以适应外界环境的变化，从而达到一种适应状态。如果外界的刺激或情境变化需要一个人做出比较大的努力去进行适应，甚至超出他所具备的适应能力，这时就会出现紧张状态。

可以考虑张胜生的紧张、恐惧、无助状态与现实刺激有关。《国际疾病分类第十一次修订本（ICD-11）中文版》中写道:“应激是影响健康状态的因素和需要健康服务的非疾病现象。”我认为，张胜生和他的工友们需要得到及时、有效的心理援助。

我们来分析一下张胜生的想法（认知）：因为隔壁企业又出现新冠肺炎确诊病例，所以他感到害怕和恐惧。复工能挣钱，但有可能被感染，这样一来不但挣不到钱，可能连命都得搭上。所以他想听妻子的话回老家，但又放不下挣钱的机会，毕竟人到中年，上有老需要赡养，下有小需要抚养。此时，他需要听从自己内心的呼唤，在“双重趋避”心理冲突中做出艰难的选择。

无论他做了什么选择，都可从《人性主义临床心理学引论》中找到做出该选择的原因:“人的认识水平直接影响着对外部有害刺激做出的反应，当面临一种外部情景时，每个人都会力图根据自身的经验，通过自己的认识能力和借助自己的价值观对它们做出解释，以便判断环境条件和自身的各种关系，这样，对环境中发生的事件的理解就是一个关键的调节因素。”

说到心理援助，我的经验是先与张胜生建立良好的咨访关系，进行心理疏导和心理维护，使他从内心感到人间的温暖，感到被理解；教他学习呼吸疗法等放松技术，用心理学的原理、方法、技术引导他摆脱心理困惑。虽然，心理咨询不能替他做选择，但可以帮助他知晓每个选择的利弊，知晓一旦选择就要勇敢地承担后果。让张胜生通过“知、情、意”

的心理转变，帮助有相似问题的工友们。

例如，协助复工者表达和梳理各种想法和感受，协助复工者积极寻找资源，采取有效行动，为他们灌注信心和希望。

总之，若经过上述努力，张胜生仍有心理困惑和躯体不适，请随时咨询当地的精神卫生专业机构，寻求专业人士的帮助和治疗。

作者按：2020年6月2日，天津市第四批学生复课开学，这也是该市最后一批少年儿童复课开学。可以说，学生们在家度过了一个“加长版”假期。为帮助广大师生做好心理防护，共同做好新型冠状病毒感染的肺炎疫情防控工作，天津市教委早在2月2日就开通了阳光心理热线022-23358525和网络辅导服务，组织教育系统心理健康教育专家在疫情期间为广大师生提供疫情相关的心理支持服务。据该心理热线负责人、心理专家吴捷教授介绍，心理热线开通以来，接到了不少咨询电话，咨询内容总结起来主要有:（1）学习焦虑：担心自己学习跟不上；马上要考试了，最近总是失眠。（2）适应不良:“宅家”这么长时间，产生了一些惰性，上课总是提不起精神。（3）一些学生出现了过度上网、懒散、不思进取、自卑、对任何事物都没有兴趣、反应迟钝、乏力、不愿与他人交流，以及多疑、焦虑、恐惧不安等心理应激反应。（4）长时间在家上网课，一些自律能力弱的学生开学后感到听课吃力，尤其是即将面临中考和高考的考生，感受到了课业和心理的双重压力。（5）“宅家”的日子久了，饮食、作息时间缺乏规律，还出现了“开学综合征”，稍有不适就心烦意乱，容易和父母产生冲突。吴捷还告诉我，有关家长和学生的典型心理案例有很多。笔者选择的以下案例，都曾见于公开报道（为保护个人隐私，案例中的当事人均已做化名处理）。

阳光心理热线答疑

张晓东（天津市某区中学生）

疫情发生后，我参加了一次考试，成绩有所提高，但母亲没有一点儿反应。我在家里上网，母亲的指责如暴风雨般袭来，我和母亲的矛盾迅速加深。

李秀茹（张晓东的家长）

我是孩子的母亲，我对孩子的管教事无巨细，全身心的投入很辛苦，但孩子不理解，我只好采取了指责、批评、惩罚的方式，但效果极不理想，我和孩子的冲突加剧，孩子也产生了厌学情绪。

专家解析

吴捷（天津市学生心理健康教育发展中心主任、天津师范大学心理学部副部长）

第一个案例中，家长对孩子取得的进步视而不见，而对孩子上网的反应特别强烈，使孩子非常反感。要知道，孩子非常在意父母的表扬与肯定，哪怕是一个“好”字，也能让孩子内心产生强大的力量。家长可以在表扬的同时，对孩子上网的问题进行理性分析，听听孩子的内心表达。如果他上网是为了查资料、学外语等，家长就不应阻拦。如果他上网是为了打游戏，家长也可以和他讨论一下游戏的内容，适度让大脑放松一下，也是需要的；当然那些不健康的、暴力的游戏，还是要制止的。

第二个案例中，家长采用指责、批评、惩罚的方式来管教孩子，属于对孩子的过度控制。从家长的角度来看，使用这些方法，短期内是有立竿见影的效果，强化了家长的这种行为，让他们更倾向于再次采取这种策略。但事与愿违，这种处置方式往往会造成孩子的不良情绪反应：先是恐惧和愤怒，然后有可能产生攻击或逃避行为。有的孩子为了避免受到惩罚，只能压抑自己，兴趣爱好得不到发展，甚至变成郁郁寡欢、缺乏追求的人。有的孩子攻击性行为增多，与家长发生口角甚至动手的案例并不罕见。孩子被批评、指责，与家长发生冲突，其实都来源于他的恐惧。家长应该看到孩子的长处，并及时予以肯定，帮助孩子克服困难，达到目标。疫情发生后，由于长时间居家，学生的学习和生活方式被打乱，容易产生烦恼、焦虑、愤怒等情绪，而对于合理的情绪，家长要及时给予理解与肯定，不合理的则可以不予理睬，使其怒火自行消退。因此，我建议：把美好的期待用自我暗示的方式传递给孩子，漠视、忽视、指责、批评甚至惩罚，都会对孩子产生不同程度的伤害。要知道，这种行为一旦被强化，那么你的孩子长大后就很可能成为一个容易退缩、怯懦、自卑或者情绪不稳定、攻击性强的人。

第七章

“千家机构”送“安心”

“安心”资源大整合

如果说“安心”团队是一个点，那么，“千家机构”就是一个面。

疫情期间开展心理援助，光有点不行，只有以点带面，开掘、汇聚全国各地心理机构、心理工作者的力量，才能让方方面面的力量形成合力，形成燎原之势，形成覆盖之威，向心理的荒原突进。

“如果没有‘千家机构’送‘安心’公益活动，单凭‘安心’团队自身的力量，心理援助肯定会变成一步死棋，有了‘千家机构’，这盘棋才活了。”武汉华夏心灵教育咨询有限公司董事长姜辣对我说。

可以说，作为心理援助的重要项目之一，“千家机构”是“安心”行动不可或缺的一个环节。

吴坎坎告诉我，组建、成立“千家机构”，就是为了保障“安心”行动科学、持续、有效地进行。“千家机构”的服务重点是社区，并对入选的心理机构提出“一三九”行动倡议，即：搭建一个“心社联动”服务平台，行动主要面向社区、家庭、特殊人群等三个服务群体，以完成九项重点工作内容为目标，分阶段、分地区地通过多种形式服务社区、社会组织，以及社会工作者。该行动呼吁每家社会心理服务机构联合本地 3 ～ 5 家社会组织，发挥专业优势，关注受疫情影响的民众，共筑“安心”家园。

在第一阶段的疫情紧急期，“千家机构”确定了九项重点工作内容：（1）搭建“心社联动”平台；（2）成立项目执行小组；（3）建立机构联结平台；（4）开展服务提升能力培训；（5）协同“三社联动”开展工作；（6）心理社工进家庭；（7）开展医护人员的心理疏导；（8）向特殊人群提供服务；（9）推送“安心”资源包。

“安心”团队有效借鉴了汶川地震以来12年中建立心理援助工作站的一些经验，力求在“千家机构”中筛选有一定能力的社会心理服务机构，共建“安心”行动心理援助工作站，实施不少于一年的自上而下与自下而上相结合的心理援助行动。

在中国科协学会服务中心、天津市心理学会、支付宝公益基金会、上海宋庆龄基金会、得到App、中国生命关怀协会静观专业委员会、中科博爱、壹心理、北京燕园博思心理、陕西大康心理、广州市武志红心理、上海惠诚、广州白云心理医院、京师博仁、广东省心理咨询师协会、宁夏心理咨询师协会等有关单位和心理机构的政策、资金支持下，“千家机构”的“架子”很快搭建起来，其领导小组、执行委员会及工作组成员中，荟萃了中国心理学界和全国社会心理服务机构中的很多有识之士。

领导小组成员有：韩布新、白学军、刘京、罗劲，执行委员会主任为刘正奎，执行主任为杨海波、史占彪、傅春胜，副主任为宋万召、吴坎坎、魏悦、寇觉中、黄伟强、马泽中、武志红、佴昆、慕东泰、孙啸海、胡慎之、刘勖峰等。另有工作组成员若干。

2020年2月7日，伴随着网络心理援助平台升级改版并上线，“安心”团队面向全国发布了“千家机构”的组织机构名单，并启动“千家机构”的网上招募工作。

消息发布后，在全国基层社会心理服务机构和广大心理工作者中引起了强烈反响。

如果说“千家机构”是一道牢筑的心理防疫的堤坝，那么，它要做的，就是阻止心灵被黑暗侵袭，呵护人性的色彩，驱逐黯淡，迎接光芒。

大江南北心理人，只为一颗“心”

紧锣密鼓，快马加鞭。各心理机构入选“千家机构”之日，也是工作的开始之日。

报名、评估、审核、公示、入选、开展工作……所有环节和步骤，一个都不能少。

1 家，2 家，10 家……100 家，200 家，300 家……全国基层社会心理服务机构踊跃报名，“安心”行动“门庭若市”。

“面对全国社会心理服务机构的热情和参与，我们也被感动了。”吴坎坎感慨道，“对基层社会心理服务机构而言，‘千家机构’毕竟是新事物，因此，培训工作至关重要。”

刘正奎说：“全国广大心理工作者参与的热情，既出乎我们的意料，也在意料之中。”

我的微信朋友圈里，有至少 400 多名来自全国各地的心理师，其中有不少就是“千家机构”的加盟者。谈起“千家机构”，他们畅所欲言，意犹未尽。

上海的心理咨询师秦凤娇对我说：“疫情来得猛，为了防疫，我这小小的心理咨询工作室变得门可罗雀，业务量骤减，刚刚准备打烊呢。‘千家机构’一成立，我又找回了自信，如今我这机构并入‘大部队’，可算派上用场了。”

“疫情期间，我们这里人心惶惶。想要开展心理援助工作，可我们的心理服务机构势单力薄，正发愁呢，就看到了‘千家机构’的招募通知，真是天降甘霖啊！”山东一家心理咨询工作室的负责人对我说。

“消息一经发布，我立即在我们团队进行了宣传，当天就报了名。”安徽的心理师赵应强说。

“一家连一家，千家资源共享，还有‘安心’团队的专家指导，这想法太好了。”四川的心理师刘颖秀说。

为了有的放矢地组织线上培训，刘正奎绞尽脑汁，与心理学界同仁反复磋商，研究制订培训方案，并决定把规范性、督导性、功能性、专业性、分享性结合起来，也就是说，既要让广大社会心理服务机构明白服务的宗旨、理念、原则和方向，同时也要让大家适应督导，在专家的宏观、中观、微观指导下开展心理援助。通俗地讲，就是要让所有加盟“千家机构”的机构知道自己是干什么的，同时知道如何干，而且要干好。

2020 年 2 月 14 日，“安心”团队开启了规范性培训第一讲，由刘正奎亲自主讲，他讲授的主题是“危机时期社会心理服务工作的挑战与应对”。在授课中，他详细解读了“千家机构”的运行流程和服务理念，介绍了疫情期间社区、家庭、重点人群等三个服务群体相关人员的心理状态，分析了存在困难和挑战的主客观因素，同时号召广大社会心理服务机构和心理工作者切实负起责任，立足现实，放眼长远，直面在不同群体中日渐增多的心理问题，力所能及地在心理战“疫”中贡献力量。

“这第一讲，就得刘老师亲自挂帅。”心理师董其冰说，“我经常在线上听他的课，他的课有力量。”

2 月 28 日，由心理专家黄峥进行规范性、督导性讲授，他讲授的主题是“心理援助的伦理”。2 月 29 日，由心理专家王斌进行督导性讲授，他讲授的主题是“机构如何更好地设置与提供服务”。3 月 1 日，由心理专家刘华清进行督导性讲授，他讲授的主题是“疫情防控期间父母如何从心理层面保护好孩子”。

线上数据显示，这四节课，全国有 300 多家心理与社工机构负责人观看了直播，而且观看人数始终呈上升趋势。

截至 2020 年 3 月下旬，“安心”团队共成功组织了 19 期培训。从参训者的地域分布看，华中区、华东区比较活跃，参加人数比较多。

这一现象，与疫情分布的区域和发生的轻重程度非常吻合。

从满意度看，73% 的人非常满意，20% 以上的人比较满意。

从培训内容看，45% 的人希望有专业性的培训，该人群多为心理志愿者，这说明广大心理志愿者有渴求专业知识的良好愿望。

“广大心理工作者的愿望，既是我们的压力，也是我们的动力，我们必须不折不扣地把培训工作做到位。”刘正奎对我说。

截至 2020 年 3 月 22 日，全国各地就有 572 家心理机构申报“千家机构”项目。其中，有 454 家机构经过抗击疫情“安心”行动执行委员会评估审核，有 372 家社会心理服务机构经过公示，331 家机构提交了工作反馈数据。“千家机构”覆盖中国大陆所有省、自治区和直辖市。

“安心”团队还与湖北地区 35 家有相应能力的社会心理服务机构达成共识，建立联络点，与武汉市的 10 家社会心理服务机构完成初步对接。此外，在广东省、辽宁省、安徽省、陕西省、海南省、天津市分别建立服务站或联络点。

“情况紧急，我们必须做到一边招募，一边培训；一边干活，一边考核。”刘正奎说，“让我们感动的是，凡是加盟‘千家机构’的社会心理服务机构，都靠得住，信得过，用得上。”

数据显示，“千家机构”运行不到一个半月，广大社会心理服务机构就为 2463 个医院、企业、学校、社区等定点单位提供了服务：热线服务 97960 人次，在线问答 76916 人次，心理测评 187243 人次，个案受理63410人次，公益课服务2241303人次，音/视频录制3283人次，线上培训参训量1921813人次，科普文章发表5335篇，阅读量1366334人次。

数据，不光代表数据本身，数据的背后，是“千家机构”所有团队的智慧、决策、劳动和艰辛的付出。

这组数据，只是一个既定时段的“定格”，在飞逝的时光里，此数据早已不是彼数据，随着疫情的发展，数据在迅速积累、叠加、延伸……

心理援助服务的辐射面，包括武汉地区在内的2300多个县市。

广大医护人员冲在救死扶伤的第一线，因此，面向医护人员实施心理疏导是“千家机构”的重中之重。为此，“安心”团队专门在“千家机构”的基础上构建了“心理+社工”的“心社联动”平台，在疫情紧急期和疫后心理重建期，以线上、线下相结合的方式，为医护人员的心理状况保驾护航。这一举措，既让“千家机构”开展工作更加有的放矢，也受到广大医护人员的欢迎。

截至2020年3月底，全国共有29个省市的600余家社工机构和心理服务机构报名加盟“心社联动”平台。在武汉，“安心”团队设立了“美好社区计划”武汉“心社联动工作站”，具体工作由武汉逸飞社会工作服务中心等机构有序开展。

为了做到有整有分，整分结合，分类指导，“安心”团队对湖北省11个地市州的18家社工机构、20家心理服务机构加强定向服务。

这18家社工机构中，武汉就有8家；20家心理服务机构中，武汉就有9家。

之所以是武汉，原因不言而喻。

那心、那人、那事

“千家机构”遍地开花：北京、上海、甘肃、山西、广西、黑龙江、广东、河北、山东、福建……

北京——中国的首都。突发公共卫生事件应急响应级别早已由二级调至三级的北京，刚刚稳稳当当地进入 2020 年 6 月中旬，新增确诊病例突然井喷式反弹：11 日仅新增 1 例，但紧接着 12 日就确诊 6 例，13 日确诊 36 例，14 日确诊 36 例，15 日确诊 27 例，16 日确诊 31 例，17 日确诊 21 例……7 天内，累计确诊病例达到了 158 例，还不包括一些在主动筛查中发现的无症状携带者。

所有病例都与位于丰台区的新发地农产品批发市场有关。

整整 40 天，北京再次快速反应，争分夺秒，打响新发地疫情阻击战，以最坚决、最果断、最严格的措施，在全市密织疫情防控网，在两个新冠潜伏期内（28 天）实现了确诊病例零增长，确保了整个北京的有序运行。

7 月 20 日 0 时起，北京突发公共卫生事件应急响应级别由二级重新调至三级，说明新发地疫情及其相关的传播扩散已经全部终止。

“有再一再二，还会有再三吗？”不少北京市民心有余悸。

除了北京市的广大心理机构，加盟“千家机构”的一些科技型企业，也紧密联系实际，配合心理援助工作加大相应的科技产品研发力度，一些科技产品很快应运而生并得到广泛运用。

“科技产品，让传统的心理援助插上了翅膀。”朝阳区的一位心理咨询师对我说。

他提到的科技产品，指北京朗心致远科技有限公司研发、提供的智能减压手表等心理援助产品。

北京朗心致远科技有限公司是中关村和国家双高新技术企业，定位于服务智慧心理中心建设与危机干预方案专家，为心理援助提供科技产品支持。

疫情期间，该公司应用移动互联网、云计算、人工智能、物联网计算技术，融入 SaaS（软件即服务）和 PaaS（平台即服务）理念，研发了危机干预系统、心理大数据云平台，以及智能心理设备产品，为广大心理工作者和心理创伤人员提供了心理信息化定制、危机干预技术培训与督导、智慧心理中心规划等全方位服务。公司还与来自北京大学、天津大学、复旦大学，以及中科院心理所的心理专家合作，研发了国内领先的心理危机干预管理系统、心理健康信息化管理平台，在科技产品领域为北京等地的心理援助工作拓展了新路径。

“朗心”公司的 CEO 王刚是一名毕业于 20 世纪 90 年代的中专生，有过从军经历，后来经过勤奋自学，获得了北京大学应用心理学硕士学位。他对我说：“‘朗心’作为中国心理学会心理服务机构工作委员会委员单位，理应在国家需要的时候承担更多的社会责任。我们在疫情期间不仅没有减员降薪，反而全力投入到了产品开发和公益行动中。”他还说：“为了在心理援助中提供科技产品支持，我们每两天开一次管理会议，招募爱心机构，策划活动、组织培训督导，一直持续到 8 月底，忙得不亦乐乎。”

刘正奎告诉我：“在中国社会工作联合会心理健康工作委员会的领导下，王刚和他的团队推出了‘云上报’疫情防控系统小程序，提供公益性质的上报管理、自助测评和放松减压训练服务，这些重要项目的开发，使心理援助借助科技的力量，提高到了一个新层次。"

除了服务北京地区，"朗心"公司还是第一家进入武汉疫区的心理应用产品公司——第一个为武汉协和医院捐赠了智能减压手表。公司还对武汉雷神山医院开通了公益性质的心理测评系统，向武汉疫区"千家机构"捐赠了心理测评、沙盘、身心反馈放松椅，以及团体辅导箱等成套心理援助设备。

"朗心"公司累计为不同疫区的 17 所"千家机构"捐赠了产品,其中，向北京天通苑和石景山两个"安心小屋"捐赠的产品，极大地助推了北京地区心理援助工作的高效运行。

"科技是第一生产力"，科技也是有效的解"心"力。该公司充分利用科技手段配合心理机构组织开展的"远程咨询与危机干预""复学心理第一课，帮师生调整心理状态"等公益课，帮助北京、武汉等地上千所学校的老师提升了调节学生心理情绪的技能。

海滨城市大连，风光旖旎，美丽如画。

谁也没有想到，疫情防控取得阶段性胜利还不到 3 个月，7 月 22 日，突然又新增一例本地病例。短短 5 天，确诊病例已增至 38 例，其中近八成是凯洋海鲜公司的员工或员工家属。凯洋海鲜是一家从事海鲜产品捕捞、加工、销售、保税仓储、进出口贸易以及转口贸易等业务的综合公司。大连市政府在新冠疫情防控记者会上通报，在确诊的首位患者的工作地凯洋海鲜冷库食品的食品样本，以及加工车间、宿舍、食堂等环境样本中，发现多份样本的核酸检测呈阳性。

中新网大连 8 月 1 日电：7 月 22 日以来，大连检测出本地新冠病毒阳性感染者共 107 例，其中，通过密切接触者排查检出 65 人，占 60.7%；通过集中筛查检出 28 人，占 26.2%；通过主动就医检出 14 人，占13.1%。

举国震惊，大连又一次引起世人关注。

大连作为全国社会心理服务体系建设试点城市，有300余家心理咨询服务机构，其中绝大多数以提供个体心理咨询、职业技能培训，以及家庭教育为主。7月下旬疫情反弹后，大连市心理学会按照大连市疫情防控指挥部的统一部署，进一步加大心理援助力度，选派有经验的心理咨询师参与集中隔离点的心理援助工作。

牛瑞，大连易爱普心理服务有限公司创始人，辽宁师范大学应用心理学硕士研究生，IPMA认证国际职业培训师，国家二级心理咨询师，心理行为训练师。2012年读研期间，牛瑞先后参加了大连市、辽宁省大学生创业大赛，荣获大连市冠军，辽宁省特等奖。2012年12月，在大连市政府的支持下，牛瑞注册了大连易爱普管理咨询有限公司，致力于为学校、党政机关、企事业单位等B端客户提供心理咨询设备销售、心理咨询室整体解决方案及系统性心理服务。2020年2月，易爱普心理服务有限公司加盟“千家机构”行动，牛瑞担任外联组组长。

牛瑞够“牛”，一通电话，我才知道这是一位女性。

为了以最便捷、最高效的形式开展心理援助服务，早在2月中旬，牛瑞就联合大连的“冯磊心理”“益晨心理”“阳光驿站”等心理服务机构的创始人冯磊、邢彦广、宋晓红等人，在社区书记微信群内对社区工作者的心理服务需求进行了线上调研，制定了项目实施方案，开设了《每天30分》栏目，服务主题有“如何有效地和居民沟通”“如何缓解自身对疫情的恐惧”“如何做到工作和家庭生活的平衡”“如何更好地进行团队建设和管理”等，同时定期发送减压音频等资料包，供大家自助减压使用。

7月下旬，牛瑞带领她的团队，第一时间进驻隔离点对被隔离人员开展心理援助，同时依托“安心小屋”在社区开展心理援助工作。

牛瑞等人进入的集中隔离点是位于沙河口区的七天酒店，这是大连市最早开设的集中隔离点，主要接收境外人员。从 8 月 3 日进入隔离点到 15 日完成心理援助任务，共计 13 天。

据牛瑞讲，在隔离点，她能够近距离感受到此次疫情反弹又一次给人们的工作、生活带来的打击。隔离点有一位 31 岁的孕妇，还处在孕早期的她出现了较为严重的孕期反应：全身乏力、呕吐、心情烦躁。牛瑞了解情况后，每天给这位孕妇打电话安抚情绪、了解需求，尽可能给这位“特殊”的被隔离人员更多精神鼓励。让牛瑞印象深刻的还有一位 70 多岁的来自北京的老奶奶，她是一位抑郁症患者，和老伴从日本回国经停大连，非常不适应隔离酒店的生活，什么时候需要做核酸检测，什么时候可以离开这些重要信息也容易忘记，情绪波动严重，心情烦闷，坚决要求更换隔离点。为此，牛瑞和她进行了近一个小时的反复沟通，老人的负面情绪终于得到缓解。

谈到隔离点的工作人员，牛瑞更为动情，她说：“和隔离点的工作人员相比，我们提供服务的时间非常有限，而隔离点的工作人员多数都坚守了两个月甚至更长时间，他们在身体上和心理上都承受了巨大的压力，往往很难再有时间关注自己的孩子和家庭。他们的忠于职守和默默奉献，对我们是一种鞭策和激励，我们只有勇往直前。”

大连的一位居民对我说：“说真的，大连疫情的反弹给我带来的恐惧，比疫情刚暴发那阵带给我的冲击更大，我曾一度担心这场疫情是不是真的没治了。经过‘千家机构’的心理援助，我释然了很多。”

济南，山东省省会。截至 2020 年 3 月 10 日，济南市加盟“千家机构”的社会心理服务机构多达 26 家。

我在山东内在健康科技有限公司的工作简报里看到了一长串名单：

山东内在健康科技有限公司、山东一泓健康研究中心、山东省中山心理治疗与咨询研究中心、济南心理卫生协会、济南市心理咨询师协会、山东煜辰教育科技有限公司、山东静心心理咨询有限公司、山东悦爱教育咨询有限公司、济南内在探索教育咨询有限公司、济南訫之旅心理咨询有限公司、山东星期三心理咨询有限公司、济南市章丘区生命树社会工作服务中心、山东心悦灵科贸有限公司、山东怡城心理健康管理有限公司、山东心梦想健康咨询有限公司、山东荷美心理咨询服务有限公司、山东和圣身心健康管理有限公司、山东心海心理咨询有限公司、济南帕特社会服务中心、济南冉升心理咨询有限公司、济南市天桥区心之源心理咨询中心、大熊老师（济南）心理咨询事务所、济南仁兴企业管理咨询有限公司、济南槐荫积成社区社会服务中心、济南市爸妈在线心理健康咨询服务有限公司……

济南市“安心”行动组，就是由山东内在健康科技有限公司协助济南市精神卫生中心组建的一支心理咨询师志愿者团队。截至 2020 年 2 月 22 日，该团队就组建了 200 人的“安心”专家队伍，通过微信、App 等信息化手段开展相应的抗疫科普宣传、政策宣传咨询、应急心理疏导及团体咨询等工作。

该公司经理张珂为心理援助取了一个美丽的名称：“敞亮工程”。

“敞亮工程”，在济南市的众多心理服务机构中产生了良好的联动效应。

“敞亮工程”对从英国回国的小留学生实施的心理援助，备受社会瞩目。考虑到英国疫情形势及当地中国留学生面临的困难，中国外交部协调民航等部门于 4 月 2 日增加临时航班赴英国，为确有困难的近 200 名海外学子归国提供便利。当天，一批中国留英小学生从伦敦乘包机抵达济南。济南市心理健康服务中心接到上级通知后，第一时间安排“敞亮工程”成立了由3名心理专家组成的心理干预小组，在隔离点对小留学生们实施了心理援助。

“敞亮工程”团队不辱使命，在科学、合理安排孩子们作息时间的基础上，对所有服务对象的心理状况进行了测评，有针对性地制定了实施方案，汇总孩子们喜欢的影视、音乐资源及文章来放松孩子们的身心，减少隔离期的分离焦虑感；通过情绪管控和疏导，提升心理资本，激发心理潜能，防止产生心理“次生灾害”，避免加剧心理危机。

这次不是涉外的“涉外”心理援助，长达14天。

青岛，中国沿海的重要城市和著名的滨海度假旅游城市，也是国际化港口城市。

早在2020年1月29日，青岛市疫情防控指挥部办公室就发布了《青岛市新型冠状病毒感染的肺炎疫情紧急心理危机干预实施方案》，成立了市、区市两级心理危机干预专家队伍，开通了24小时免费心理援助热线，将心理危机干预纳入疫情防控整体部署。市级以市精神卫生中心为主，共设16个专家组，各区市共设19个专家组。共有114名心理危机干预专家提供服务，同时开通了心理援助24小时免费热线。

10月中旬，青岛疫情警报再次响起。据青岛市卫生健康委员会公布的消息，继最开始发现的3名新冠感染患者之后，青岛市通过排查密切接触者，又发现了9名核酸检测呈阳性的患者，其中有8名是市胸科医院在院患者及陪护人员、还有1名是患者家属。

独特的地理环境，为青岛此次疫情防控增添了许多变量和复杂因素，心理援助，形势逼人。

“千家机构”成员单位之一的青岛华庆顺通心理咨询中心、黄岛大福岛路社区心理咨询室、青岛西海岸大溪谷拓展中心负责人，名叫华庆。

疫情期间，华庆和他的团队在海坛岛街、唐岛路、大福岛路、灵山岛街等街道和社区参加心理援助志愿服务。他们面向来自青岛市市南区、市北区、胶州市、城阳区、西海岸新区等地的上百名求助者，提供免费咨询累计几百个小时。

华庆对我说:“服务对象中，有承受不了巨大的心理压力想跳楼的，有故意撞车的……”

2020年4月23日，青岛市黄岛区小珠山发生一起山林火情，参与救火的人员共1600余名,其中现役军人150余名,来自崂山、城阳、即墨、平度等区市的救火人员140名，华庆带领他的团队对广大官兵实施了心理援助。

前不久，华庆接到一个曾在核潜艇上服役过的退役军人打来的求助电话。求助者声称，疫情期间，自己精神压力大，经常胡思乱想，有时甚至是失控状态，曾经出现一天花上万元钱给网络主播打赏等不理智的想法和行为，还故意撞过车。

经过耐心询问，华庆得知求助者有家族精神病史。由于求助者的诉求超出了心理咨询范畴，华庆在及时给他做心理疏导并实施行为疗法的基础上，提出了让其前往精神类专科医院咨询的建议，并提供了医院的联系方式。

绥芬河市，中国著名的北方边境城市。

2020年3月27日，黑龙江绥芬河口岸检出首例境外输入无症状新冠肺炎感染者。据统计,3月21日—4月7日,绥芬河口岸累计入境2443人。截至2020年4月7日24时，该口岸累计发现输入性病例84例，无症状感染者127人。据报道，上述人员有相似的归国路径，即由莫斯科乘坐飞机前往符拉迪沃斯托克（海参崴），然后转乘汽车至绥芬河口岸。

据报道，绥芬河市新冠肺炎疫情防控指挥部4月7日发布通知，为进一步加强疫情的防控工作，严格做好“内防扩散，外防输入”，从4

月 7 日起，绥芬河—波格拉尼奇内公路口岸旅检通道临时关闭。全市所有小区自 4 月 8 日 6 时起实行封闭管理，小区大门、楼道单元门和居民家门被严守。按照要求，小区每户居民每三天可派一人外出购买生活必需品，但必须当天返回。进出小区人员按“通行证登记＋扫码＋测温＋戴口罩”模式管理。

尽管已临时闭关，但绥芬河的确诊病例每天仍在增加。截至 2020 年 4 月 14 日，输入黑龙江省的新冠肺炎确诊病例累计已达 243 例，均为中国籍。一个只有 7 万人的边境小城，疫情传播之快，确诊数量之多，震惊全国。

黑龙江、辽宁等地的多家“千家机构”成员单位立即对绥芬河伸出援手，对绥芬河居民打来的热线电话，有问必答，并针对市民自我心理调节和疏导方面提出了一些建设性的建议。

“那些日子，绥芬河居民打来的电话明显增多。”心理咨询师张瑞对我说。

绥芬河某小区居民刘尚荣以经营小卖部为生，主营日用品、新鲜水果等。第一波疫情来袭之后，他的小卖部不得不临时停业，当时刚进货不久的苹果、梨子、菠萝只好赔本处理。“如果不及时处理，那些水果就全腐烂了。”刘尚荣叹了一口气，“宅家赋闲的日子里，真把人急死了，您想想，一家人，上有老下有小，就靠这个小卖部吃饭啊！”

进入 2020 年 3 月中旬，疫情防控初见成效，身心疲惫的刘尚荣赶紧重整旗鼓，立即开门恢复营业。刘尚荣是个了解市场行情和消费者消费心理的人，他当时的判断是，疫情期间各种日用品和水果紧缺，如今疫情防控形势向好，人们的消费需求必然大增，于是，他从批发市场采购了大量新鲜牛奶和水果。

可他万万没有想到，就在小卖部恢复营业的当天，疫情突然卷土重来，全市所有小区再次实行封闭管理，大街上几乎见不到一个人影儿。

刘尚荣彻底傻眼了。从来不曾流泪的他，泪雨滂沱。那一天，刘尚荣整整吸了三包香烟。“烟屁股烫着了我的手指头，也没感觉。”他说。

有一天，心力交瘁的刘尚荣通过网络游戏排解自己的情绪，发现根本解决不了问题,就在要下线时,他意外发现了有关“千家机构”的信息。

刘尚荣打通了热线电话，接听电话的心理咨询师，叫邓小琼。后来邓小琼又和他面对面聊了两次。

“心理咨询师太厉害了，虽然聊的都是家长里短的事儿，但我当时根本没有意识到,她话里话外都在对我进行心理干预。”刘尚荣说,“反正，我终于从压抑、烦闷中走出来了。”

折得东风第一枝

“寻芳陌上花如锦，折得东风第一枝。”武汉的一位社区工作者向我提到一家心理机构：武汉华夏心灵教育咨询有限公司。

他说：“‘千家机构’中，绝大多数成员单位都发挥了特殊作用，武汉华夏心灵教育咨询有限公司的表现尤为非凡。”

隶属于华夏心理教育中心的武汉华夏心灵教育咨询有限公司，坐落在武昌区水果湖街道洪山路。华夏心理教育中心是国家劳动部心理咨询师远程培训项目指定的技术合作单位，全程参与劳动部国家心理咨询师职业资格认证项目的标准制定、教材编写、试点推行等工作，对国家心理咨询师培训在全国的开展起到重要推动作用。

作为华夏心理教育中心在湖北设立的学员辅导机构，武汉华夏心灵教育咨询有限公司自2006年创立以来，始终秉持严谨的教学态度、多元立体化的教学教务服务、一站式继续教育体系，实现了高教学质量、高通过率、促进个人成长的目标，赢得学员的一致好评。如今公司拥有专职心理师10多名，兼职人员100多名。

公司的创办人有一个“重”口味的名字：姜辣。

我想到了当年的一首红遍大江南北的歌曲《辣妹子》，其中有这样的歌词：“辣妹子说话泼辣辣，辣妹子做事泼辣辣，辣妹子待人热辣辣，辣椒伴她走天下……”

说话、做事、待人……创业、管理、闯关……姜辣正在“走天下”。

“我们公司第一时间就加入了‘千家机构’，有一种找到组织的感觉。从此，我们的心理援助工作进入了新境界，拓宽了新疆域。”姜辣对我说。

公司另一位合伙人的名字，叫李良华。

早在刘正奎团队抵达武汉前，李良华就已经与湖北省精神卫生中心刘忠纯、武汉市精神卫生中心张淑芳以及国家医疗队派来的专家们一起，每天前往充满极大风险的各个隔离点协助开展工作。

“李良华工作认真、专心、投入，而且一度身处高风险的隔离点，为‘安心’团队在隔离点开展心理援助给予了大力支持，帮助我们做了大量具体的工作。他付出的艰辛劳动，大家有目共睹。”刘正奎多次向我提到李良华。

我这才知道，早在 2020 年 1 月 26 日，公司就为湖北省红十字会开通了线上疫情心理援助平台，为广大市民、一线医护工作者、红十字志愿者等提供疫情防控时期的心理援助。截至 2020 年 4 月 8 日，就有 3 万余人访问心理援助平台。2 月 22 日，公司在“安心”团队专家的指导下，开通了“华夏心灵”热线 027–59761866，参与热线接听工作的公司成员有 25 位，其中咨询师 16 位，工作人员 9 位，截至 2020 年 4 月 8 日，他们一共接听了 218 个心理咨询电话。该热线成为湖北省精神卫生中心指定的全省 23 条心理热线之一。

2020 年 3 月 2 日，公司与湖北广播电台 FM92.7 楚天交通广播合作，直播推出抗疫情特别报道系列节目《疫情下，倾听你的心声》。同时，公司与湖北广播电台 FM107.8 合作打造《1078 大家帮》节目，现场连线心理专访，累计连线 30 期。

3 月 3 日—4 月 8 日，公司共进驻武汉市 6 个区的 31 个康复驿站（其中一个是健康医学观察点，一个是境外归国人员隔离点，一个是复阳人员隔离点）；心理咨询师志愿者 88 人和精神科专家 6 人进行 344

例心理干预。康复驿站除了采取一对一、一加一（心理咨询师＋精神科医生）的精准服务心理援助模式展开工作，还编订了《康复驿站心医联动线上抗疫模式工作指南》和《疫情防控心理援助工作流程（咨询师版V3.0）》。

截至2020年4月8日，公司分别为湖北省婚姻家庭研究会、湖北省家庭研究服务指导中心、武昌区社矫局、中国农业发展银行湖北省分行、中交二航局、中铁科工等30多家企事业单位开通了线上疫情心理援助平台和心理健康自助平台。

为了精准援助社区,公司在韩茹等心理专家的指导下,以“千家机构”成员单位的名义，积极参与青山区防控指挥部组织的心理援助活动，并采取一对一、一加一的精准服务心理援助模式，对于需要深度干预的对象，或需要面对面进行干预的特殊案例，在遵守封控管理规定的前提下，心理咨询师、专家走进社区为康复者及居民面对面辅导。

花絮之一：3月4日，36名心理咨询师志愿者、精神科医生线上入驻30个重点社区，进行线上心理干预36例；开展线下心理援助工作10场。

花絮之二：3月5日，40名心理咨询师志愿者、精神科医生线上入驻14条街道，进行心理干预44例。

花絮之三：3月20日，17名心理咨询师志愿者线下入驻14条街道和网格服务中心，进行心理干预141例。

花絮之四：面向武昌区14个街道，共赠送《应对新型冠状病毒肺炎疫情社区服务心理支持技巧50问》1480本。

花絮之五：面向武昌区，采用问卷调查方式，对163名社区工作人员进行心理评估；对19名网格中心接线员做了一对一、面对面访谈，均出具了调研报告。

花絮之六：4 月初，面向东湖高新区开展居民心理调研。截至 2020 年 4 月 10 日，已调研该区 10 个重点社区一万余户家庭，收集完整有效问卷 5008 份，并进行数据分析，该项目仍然在延伸进行中。

……

4 月 8 日武汉解封以后，公司的心理援助工作进入常态化，开始以隔离点为中心开展心理援助，先后组织力量进入广西大厦美居酒店、中南路丽枫酒店、武汉铁路局党校、大中医院以及位于东湖高新区的九峰等 5 个隔离点，每个隔离点的微信群进驻 2 名心理咨询师志愿者值班，另外，安排 14 名心理咨询师志愿者到九峰隔离点现场值班，并根据需要进行一对一的心理援助。5 个隔离点累计发放《应对新型冠状病毒肺炎疫情社区服务心理支持技巧 50 问》200 本，心理测评 70 人，心理干预 43 人次。

在“安心”团队的指导下，公司为武汉金银潭医院、武汉市中心医院的近 3000 名医护人员，以电话、面对面沟通等方式提供心理援助，其中电话干预 272 人次；为社区工作人员、社区居民提供心理评估、团体心理辅导、一对一心理访谈等方式的心理援助。

为武昌区的中南街、洪山区的梨园街的三个社区、武昌区妇幼保健院以及东湖高新区的 200 名社区老人提供面对面的心理健康评估，并进行团体心理辅导或一对一的心理援助。

“如果我们‘千家机构’的全体成员都像姜辣、李良华他们的公司这样，开展心理援助就如虎添翼了。”刘洋对我说。

第八章

“安心”一哥

偏向虎山行

“一哥”这个词，我早有耳闻，但第一次听说“‘安心’一哥”的称谓，却是在武汉。

“我线上听过‘安心’一哥的培训课。”

“第一次见到身穿防护服的‘安心’一哥，以为是临床医生呢，脱掉防护服后，我才知道他是著名的心理专家。”

“我们社区的工作人员，长年和居民打交道，我没想到见到的第一位大专家，居然就是‘安心’一哥。”

……

无论是医院的医护人员、学校教师、社区工作者，还是供职于大大小小的心理咨询工作室的心理咨询师和心理志愿者，每当谈起来自北京的心理专家、谈起“安心”行动、谈起“千家机构”、谈起“自助安心训练营”、谈起儿童心理援助与危机干预等，几乎都不约而同地向我提起“安心”一哥。

“安心”一哥到底是谁？——刘正奎。

在疫区，很多人似乎习惯了在“安心”行动和刘正奎之间画上等号，似乎“安心”行动＋刘正奎＝“安心”一哥。

一位“千家机构”成员单位的心理咨询师向我谈起他心目中的“安心”一哥刘正奎时，做了这样形象的概括：作为中国科学院心理研究所研究员、中国心理学会心理危机干预工作委员会主任、中国心理学会副秘书长，作为“安心”行动的主要发起人之一，刘正奎在大大小小的心理援助大会战、攻坚战中，非常像一位指挥者，指挥着“安心”团队千军万马的大合唱；他又像一个执行者，能够迅速把全国心理学界前辈、同仁的真知灼见融聚成新动能；他其实更像一名热心公益事业的社会活动家，能够凝聚全国一些优秀企业家、慈善家、基金会负责人的公心、善心和爱心，为心理援助工作提供强有力的物质和精神支持。

2020 年 1 月 28 日，由刘正奎策划发起的“安心”行动冲破笼罩在人们心头的疫情阴霾，开始面向以武汉为重点的全国疫区开展线上心理援助，“安心”行动由此拉开了帷幕。3 月 7 日，刘正奎和陈雪峰、吴坎坎三人从线上走向线下，成为中国心理学界首批进入武汉疫区的心理专家。从此，心理援助采取线上、线下相结合的形式，步入立体化、多元化、科学化、精准化轨道。

“当一线医护人员心里有了巨大创伤，谁来为被新冠折磨的患者治疗？刘正奎老师到来后，事无巨细，亲力亲为，帮助我们解决了心理援助层面的大问题，让我们的医护人员‘安心’了许多。”金银潭医院副院长黄朝林对我说。

“最重要的是，‘安心’一哥总是善于寻找‘降魔宝典’，而且能派上用场，这一点，要靠决策、胆识、决心和思路。”心理咨询师杨莉对我说。

好一个“降魔宝典”啊！魔，当然指疫魔；典，当然指刘正奎手中的“法宝”。

我对杨莉的语言概括水平刮目相看，因为我非常清楚，决策、胆识、决心和思路对一位高级知识分子而言，意味着什么。

“万事开头难啊！”吴坎坎对我说，“可在刘正奎老师那里，一旦认定了的事，好像都不难了。”

吴坎坎至今记得春节那几天，偌大的北京寒风刺骨，雪花飘飘。在疫情最疯狂的时刻，刘正奎组织、策划、构建的网络心理援助平台迅速在北京市朝阳区林萃路16号院——中国科学院心理研究所设立。

吴坎坎告诉我，当时，刘正奎和他带领的团队守在中科院心理所2楼会议室里，夜以继日地策划方案、商量对策，进行线上协调。尽管庚子年的春节不同以往，但好歹也算万家团聚的日子，他和刘正奎、史占彪、罗钰加等人在空荡荡的心理所机关大院里，像几峰在茫茫风沙中寻找路径的骆驼……太累了！

有人曾通过微信问刘正奎：“这个新冠，早先谁也没听说过，如今几乎家家惊慌，人人自危，你干的这活儿，棘手，麻烦，难办，未知因素和变数太多，况且没人逼你干，你到底图什么？”

既然是肺腑之言，当然是为刘正奎着想。

“是啊！你说得没错。”刘正奎好像也在问自己，他最后的回答是，“也许，只图个自己安心吧。”

刘正奎对团队的弟兄们敞开心扉，征询大家的意见：“想回家的，悉听尊便，这事，不能勉强大家。”

没有一个人退缩。史占彪说：“说这话，咱弟兄就见外了。”

为了缓解团队的精神压力，每天深夜12时过后，刘正奎就组织大家集体下楼，在厚厚的积雪中散步，并美其名曰“踏雪寻梅”。踏雪是真，寻梅却完全是一种象征。在刘正奎看来，那“梅”，是心中燃烧的火焰。

我不知道当时的刘正奎是否真的注意过大家踩出的一行行脚印，雪有多大，脚印就有多深。那样的脚印里，有起点，有千里之行的开始。

史占彪曾告诉我：“支持刘老师，也就是支持我国的心理学事业，我和他在一起工作，放心，也踏实。”

这话，我是完全相信的。两年前我进驻中科院心理所进行汶川地震10周年心理援助采访工作时，就获知心理所流传着“五老一哥”的段子，

“五老”指刘正奎、王文忠、祝卓宏、张雨青、郑希耕，而当时的“一哥”指的是史占彪，刘正奎只是“五老”之一。20 多年前，他们六人都是心理所的博士生，而且热衷于心理学的实践与运用，彼此的经历也颇为相近，或多或少都参与过汶川地震、玉树地震、天津港大爆炸等重大灾难后的心理援助，也是 2008 年开创中国灾后心理援助元年的见证者和亲历者。

而今，刘正奎又成了疫区的“安心”一哥。

此“一哥”刘正奎，彼“一哥”史占彪，都是一，都是哥。

在我看来，刘正奎更像一个不知疲倦的老兵，在南征北战。没有哪位将军对他发号施令，让他仗剑天涯；对他发号施令的，其实就是他自己。在“安心”行动中，他不仅调动、组织起史占彪、张雨青、祝卓宏、龙迪、曾海波、王文忠、闫洪丰、黄峥、韩茹、李明、朱浩亮，陈岩、王雪梅、张晓娟、舒曼、冯云、孙秀丽、时卫玲、曾婷、林岚、曾磊、高旭、张小兰、张虹霞、徐燕、李勇、夏玮玮、沈宣元、孙春萍、王晟、杨文芝、于洋、谭惜仁、李慧杰、白云阁、崔东明等多年的合作伙伴，而且把吴坎坎、钱炜、范越、张全、黄鑫等一批心理学界的青年才俊推到了大风大浪的最前沿。

其中，范越、张全、黄鑫三人还在武汉火线入党。

我见过一张他们三人在党旗下宣誓的照片，引领他们宣誓的，是吴坎坎。

后来我才知道，范越、张全、黄鑫三人都是刘正奎的硕士研究生。而 12 年前在四川灾区心理援助中冲锋陷阵的硕士研究生吴坎坎，如今成了刘正奎的博士生。

“刘正奎带着他的弟子全上阵了，他这个人要办一件事，能把家底全拿出来。”韩茹对我说，“我知道您和刘正奎熟悉，可您一定不知道，中国开展的几乎所有心理援助活动，都有刘正奎发挥的不可替代的作用。其实，他完全可以利用自己目前的地位和影响力在社会上赚大钱的，可他没有，他们一家三口仍然住在一间很小很小的房子里，而且距离单位很远……”

这样的话，让我一时透不过气来。

对个人而言，刘正奎可能失去了很多很多，可是，中国灾后心理援助历史上却多了一些必将深深扎根于人们记忆的元素：“安心”大讲堂在线心理援助专题培训、高校大学生心理健康专题培训、亲子沟通的技术与艺术专题培训、“千家机构”送“安心”、微信养正热线平台、支付宝短程心理援助热线平台、“自助安心训练营（医护版、患者版、公众版、亲子版）”、心理健康评估平台“知心自评”、“爱她心坊”平台、“五社一心”机制……

“如果没有我们团队兄弟姐妹们的艰辛付出和努力，没有全国广大心理志愿者对我们的信任和支持，没有疫区社会各界对我们的大力协助和配合，凭我一己之力，孤掌难鸣啊！”刘正奎感叹说。

我注意到，刘正奎在疫区安排的所有心理援助项目或活动，尽管量大、面宽、繁杂，但都井井有条，活而有序。“安心”大讲堂、“千家机构”、“自助安心训练营”等项目组都有具体的承担者、执行者、协助者或其他参与者，他们多是心理专家或心理志愿者，比如史占彪，比如韩茹，比如钱炜，比如傅春胜，比如魏悦，比如黄鑫、刘洋、张全、范越、陈迎、姜辣……

“‘安心’团队，真是辛苦了！”武汉心理咨询师姜辣对我说。

在疫区，一些走出心灵困境的人与我聊起刘正奎和他的团队时，喜欢用聊家常的口吻，其中有善意的调侃，有会心的玩笑，有轻松的戏谑，比如，他们爱拿吴坎坎的光头开玩笑，而背后的意思大家心知肚明，吴坎坎的一头黑发哪里去了？撒在十几年心理援助的路上了。

他们也与我聊起韩茹，说韩茹像一台智能化的机器。机器是最诚实的，只要编入程序，摁下按钮，履带、齿轮就会不知疲倦地旋转。

也有不少人与我聊起钱炜的微笑，说她不张嘴，有微笑就可以醉人了。

刘正奎对我感慨：“这些优秀的心理人，离乡背井，抛家舍业，付出了很多很多，他们都是很棒的。”

大凡留在记忆深处的东西，多数和心灵有关。

风正一帆悬

我每次和刘正奎接通电话，他的声音总是来自大江南北、五湖四海。

“您在哪里？”

“我在武汉，正在一家医院做心理援助项目。”

“您在哪里？”

“我在长沙，这里有一个‘千家机构’需要挂牌。”

“您在哪里？”

“我在四川，正在凉山武警宾馆为火灾之后的人们开展心理安慰。”

“您在哪里？”

“我在济南，这边有一个心理主题的讲座。”

“您在哪里？”

“我在……”

我想起一首老歌中的歌词：“来也匆匆，去也匆匆，就这样风雨兼程……”

按照原计划，我和刘正奎要在武汉、成都疫区见两次面的，结果两次均擦肩而过。“我老家在安徽舒城，后来到北京工作，但现在又成半个武汉人了。”刘正奎跟我开玩笑。疫情暴发以来，他的行程总是以武汉为中心：从北京到武汉、从济南到武汉、从成都到武汉、从青岛到武汉、从上海到武汉、从杭州到武汉……“千家机构”遍布全国各地，而武汉，既像每一次启动他匆匆步履的引擎，又像一个宿命的落点。

我在武汉的时候，刘正奎正在北京参加一个国际学术会议。

刘正奎无论身处何方，每周一中午12时，他都雷打不动地准时现身钉钉“心理援助指挥部”碰头会的视频会议室。

“心理援助指挥部”伴随着“安心”行动而生。指挥部的碰头会，一般是一个小时，准时上线召开，准时结束，一分不多，半秒不少。我作为天津某基层部门的负责人，每周大会小会开了不少，也见了不少，但这种利用午餐、午休时间集中开会的形式，尚属初见。

“不得不这样做，无论是各地的心理专家还是一线的心理工作者，都在争分夺秒地干活儿，大家能凑到一起的也只有这个时间段了。”刘正奎对我说。

每到这一天，吴坎坎会提前在微信群里提醒指挥部所有成员：“12时，大家记着上线，今天，刘正奎老师有重要的……”

作为指挥部不是成员的成员，我注意到，与刘正奎有关的所有“重要的”，绝不是那种大而无当、例行公事的讲话，而是掷地有声的“干货”：前方资讯、情况动态、应对措施、方案设计、问题答疑、合作意向、项目定位、人员调整、预案制定、情况通报、调研部署、案例分析……

刘正奎在视频中的现身，颇有点像定海神针，也像一个约定俗成的“中轴”，它决定着所有项目的运转速度、运转节奏和运转方式。

千里“汇报”一线牵。在视频的不断切换中，身处武汉的韩茹、钱炜、黄鑫、刘洋、孙秀丽等人悉数亮相……来自各地“千家机构”的代表悉数亮相……坐镇大后方的王文忠、闫洪丰等心理专家悉数亮相……

先是听汇报，然后分析讨论。刘正奎要求，所有发言必须控制在10分钟以内，务必言之有物，务必有的放矢，不讲空话、套话、大话。

所有讨论，各抒己见，畅所欲言，甚至，针锋相对。

刘正奎总是做总结发言，他的发言里有概括，有褒奖，有激励，有部署，也有反思。相对而言，反思多于肯定成绩，他总说“务必找到问题的症结”，或者“不能放过心理援助过程中的每一个细节”，再或者“积累教训和积累经验同等重要”。

在武汉，我忘了是谁告诉我的有关刘正奎的一个“细节”。3 月初的某一天，刘正奎带领调研组去武汉某社区服务中心调研。调研结束后，刘正奎立即安排某心理工作者加强与社区党委书记张某的联系，并特别提出：“事不宜迟，一定要采取平和的方式，对张某进行心理干预。”

当时大家不能理解，为什么呢？张某好端端的，还需要干预？

后来大家才知道，调研组初到社区服务中心门口时，有着强烈职业敏感度的刘正奎轻轻拍了一下张某的肩膀，张某立即浑身哆嗦了一下，脸色煞白，几秒钟之后，她似乎才反应过来。刘正奎立即不动声色地和张某进行了短暂的交流。

原来，疫情早期，人们对新冠还不够了解，社区服务中心所在的多个小区疫情严重，一些新冠疑似患者隔离在家，打到社区的紧急求助电话一个接着一个。不少保安人员借故脱离了岗位，社区只剩下几位势单力薄的女性工作人员。当时，有个老太太来电，声称老伴刚刚停止了呼吸，可子女均在外地……张某只好戴了两层口罩，亲自爬上老太太所在的 6 楼，把死者背下楼……这是张某第一次见死人、接触死人，也是她羸弱的女性之躯第一次背死人。

而且，不幸的死者，客观上是一个可怕的传染源。

第二个求助电话又来了，张某又一次把某小区的一个死者背下楼。

两次，都是张某悄悄去背的。她不敢告诉同事，不敢告诉家人，不敢……因为她如此近距离地、身贴身地接触过新冠病亡者。她换掉了当天穿的所有衣服，也洗了几次澡，可她并没有意识到，那个曾经乐观、开朗的她，已像一股青烟似的偷偷从她的躯体里游离而去，她的内心充满了恐惧和害怕，一个人独处时，她呆滞、麻木、郁郁寡欢，可在社区的姐妹们面前，她又要努力表现出满面春风的样子。

“刘老师的判断、定性实在是太厉害了，我们非常佩服他。我们自己搞调研，往往会被一些表象所蒙蔽，看不到真相和本质，可是，跟刘老师一起做调研，总能有新的发现和思考。”一位心理师对我说。

刘正奎对我说，细节决定成败，作为心理工作者，细节，不光决定成败，同时也决定你是否是一个合格的、称职的心理工作者。

武汉的社区工作者刘汉昇告诉我：“刘正奎老师主编的《新型冠状病毒肺炎疫情后中小学心理成长课》《我的战“疫”心灵成长记》等图书，特别受社区家长和孩子们的欢迎。对我们社区工作者来说，开展心理援助也不再盲目，而是能够有的放矢了。”

我注意到了由刘正奎主编的这些图书，图书的编委名单中，有我国著名心理专家张侃、方晓义、苏彦捷、樊富珉、江光荣等。我同时注意到，其中《我的战“疫”心灵成长记》分为小学低年级版、小学高年级版和初中版三种；而《新型冠状病毒肺炎疫情后中小学心理成长课》也分为教师版和学生版两种。这些由北京出版社出版的图书，版权页上标注的出版时间为 2020 年 2 月。

也就是说，“安心”行动启动之时，这些图书也进入了特事特办的出版程序。刘正奎作为主编，我无法想象在那些日子里，他兼顾各方、分路出击、多管齐下的工作状态。

当年在汶川地震灾区开展心理援助时，刘正奎曾参与主编过 9 部指导型、实用型图书，从参与组织起草、编撰到出版不到 3 个月。那些书被送往灾区，成为成千上万心理工作者、心理志愿者的参考工具书。如今，率先给疫区“传经送宝”的，又是刘正奎。

刘正奎在《新型冠状病毒肺炎疫情后中小学心理成长课》的前言中

写道:“本书是中科院心理所心理援助团队多年研究与实践的成果。”

这是刘正奎的谦虚，也是他的姿态。

中国现代心理学的发展只有约 100 年的时间，中国心理学界的象牙塔里，并不缺高端学术观点和理论成果，缺的，恰恰是实践、科普和运用。也就是说，当大火熊熊燃烧时，我们既需要救火的理论，更需要方法和水。

那个夏日的午后，江苏的心理咨询师吴琼对我说:“放眼全球，人类至今没有研制出治疗新冠的特效药品和预防新冠病毒的疫苗，治疗新冠带给人们的‘心震’，谈何容易？刘正奎主编的这些书，就是治疗心‘疫’的药物啊！”她还说:“这些书，供不应求，因为非常实用。”

实用，说明能“安心”。

南来北往，从东到西。刘正奎步履匆匆。

几句古诗，像云彩一样从我的心海飘过:“客路青山外，行舟绿水前。潮平两岸阔，风正一帆悬。”

专业思想

我曾多次线上听过刘正奎的讲座，印象最深的是他多次提到的这句话：做好重大突发事件下的心理援助和心理干预工作，最关键的是要有专业思想。

在刘正奎看来，唯有以专业思想为先导，才能让心理援助和心理干预工作真正掷地有声。

他说：“在疫区开展心理援助，决不能急功近利，决不能就干预而干预，一定要适度，找到心理干预的靶点并把目光投向心理援助的盲点、盲区，以发现的问题为导向，深入研究问题，解决问题。问题不解决，一切努力就可能都是短期行为。”

疫情暴发不到半年，刘正奎就带领他的团队从现实问题出发，提炼科学问题，开展科技攻关。在他看来，疫情下的全国性恐慌、社会隔离等给心理援助与危机干预带来的巨大挑战至少有两个方面：一是传统面对面的心理援助和咨询方式失效，即使在医院，由于穿上防护服，心理干预的效果也不理想，不可持续；二是心理援助的需求巨大，有限的专业人员根本无法满足群众对心理服务的需求，因此，亟须开发便捷有效的心理干预辅助新技术。2 月初，刘正奎考虑到传统心理学测量人的情绪都用的是纸笔勾选的方式，且存在耗时长、主观性强等缺陷，于是立即与华为公司取得联系，在之前科研合作的基础上，紧急启动情绪手环及其服务平台的研发。该技术基于自主神经系统具有不同时间动态，且在频域有部分重叠这一神经动力学基础，采用时间序列函数提取具有时域特征的新型自主神经系统指数，即时分离交感—副交感神经系统对情绪的独立影响，且准确率和稳定性高。通过佩戴搭载 PPG（光电容积描记）传感器的智能手表、手环实时识别佩戴者情绪的变化，比国际上基于 HRV（心率变异性）频域的情绪测量方法更加实时、准确，为人机交互场景提供了一种新型的实时输入基础，同时，利用长期积累的情绪数据，可以对佩戴者的心理健康水平进行预测。

刘正奎团队在实践中形成了系列论文，其中有十几篇在国内外权威期刊上发表。他们提出的一些政策性建议，也被卫健委等国家部委采纳，从而推动了相关政策的出台。

刘正奎团队的一些研究成果，还在美国、加拿大、日本、中国香港等国家和地区的心理学界进行了交流。

例如，为了及时了解新冠确诊患者的心理状况及其影响因素，开展精准性心理援助，刘正奎团队采用 PTSD 检查表、患者健康问卷、广泛性焦虑症量表、创伤暴露量表、简版复原量表、感知社会支持量表和人口统计学问卷测量了 904 名患者住院期间的 PTSD、抑郁、焦虑、创伤暴露程度、复原力和感知社会支持反应，同时采用检验、单因素方差分析和多元线性层次回归分析发现：病情严重程度受新闻报道正负面影响；主观害怕程度能够显著正向预测 PTSD、抑郁和焦虑；复原力能够显著负向预测 PTSD 和焦虑；感知社会支持能够显著负向预测 PTSD、抑郁和焦虑。

团队将这一发现迅速地形成了调研报告《住院病人创伤后应激障碍、抑郁和焦虑的患病率及预测》。

这项研究形成了全球比较早期的对确诊患者心理健康问题进行分析的流行病学调查报告，研究结论可以为治疗阶段患者的心理健康干预提供指导和帮助。

“刘正奎团队的这些研究成果，不光适用于国内的心理援助，也适用于其他国家的心理援助。”湖南的一位心理咨询师对我感慨。

在武汉时我了解到，疫情期间，许多孕妇苦不堪言，特别是一些临产的妇女，有的患上了抑郁症，有的甚至因此患上了其他生理疾病。怎么办？继续宅家，不现实；去医院，怕感染病毒。不少孕妇的心理状态，在家庭中也引起了连锁反应，家庭成员个个焦虑不安，每天提心吊胆，如履薄冰。

“十月怀胎，一朝分娩。”可疫情，何时才是个头？

“当时，我连死的心都有了，太可怕了。”孕妇董红红对我说，“你们当男人的，无法理解我们女人的感受。”

为了深入研究孕产妇抑郁、失眠的发生率及其影响因素，2020 年 2 月 28 日—4 月 26 日，刘正奎团队对 12 个省份的 2237 名女性（年龄范围：19 ～ 47 岁）进行了线上问卷调查，测量了被试的抑郁和失眠状况。结果发现，在孕产妇中，抑郁、失眠以及二者的联合发生率分别为 35.6%、18.9% 和 13.3%。具体来说，25.3%、6.6%、2.9% 和 0.8% 的孕产妇分别患有轻度、中度、中重度和重度抑郁。此外，15.5%、3.0%、0.5% 的孕产妇分别患有轻度、中度和重度失眠。抑郁的风险因素有年龄小、未婚或离婚、家庭年收入低、处于孕期、孕期行动力受到严重影响、对分娩的恐惧等。失眠的风险因素有孕期行动力受到严重影响、对分娩的恐惧、生活在疫情高风险地区等。

“一个女人两条命啊！”天津的一位妇科医生对我说，“疫情期间，我们接触过的孕产妇或多或少都有一些心理问题。刘正奎他们的这一研究成果，对于孕产妇心理健康的筛查、识别和管理非常有帮助。”

在心理援助工作者看来，这一研究成果不仅确定了一个新的心理干预群体，更重要的是，孕妇的心理受到创伤之后，心理状况并不一定随着疫情的好转而迅速向好，这是非常可怕的一点，因此，构建心理援助的长效机制，势在必行。

“刘正奎团队的这一系列研究成果，很有操作性，对我们开展心理援助太有帮助了。”济南的心理咨询师杨平对我说，“有些人对我们这些心理援助工作者并不了解，以为心理学多么简单，如果他们了解了刘正奎团队的研究成果，他们就会明白什么叫心理科学，什么叫科学的心理援助了。”

那一刻，我真正理解了刘正奎手中“降魔宝典”的深意。

也包括理解了“‘安心’一哥”的来路。

第九章

心理教练技术与心理战“疫”

以《安心行动——心理教练对话战“疫”》为例

如何疗“心”？如何培养疗“心”的人？如何避免“身心俱焚”？如何让疗“心”像治疗新冠病毒感染者一样形成相对完整的体系……太多太多的“如何”，像一个个巨大的问号，对中国心理学界乃至整个社会发出带血的、含泪的叩问。

这样的叩问，像紧张、急促、绝望的敲门声，一阵紧似一阵。

“当当……”

“咚咚……”

“啪啪……”

可是，门在哪里？这样的声音不是手掌、拳头敲击医院、卫生所的大门发出的声音，它更像一个个心理疾病患者心跳的声音。可是，谁也看不见谁的心，包括自己的。它真的像心跳的声音。从文学的角度讲，心是有心门的，可是，到底是谁的心在跳？而谁，又能进入不安的心门？

关闭心门易，开启心门难。难的是理念、技术和方法。

打开心门，与其说需要一把钥匙，毋宁说需要一个教练。

在史占彪看来，疫情不仅是一场生命教育，也是一场心理教育。

在不同的疫区，我见到了至少 20 多种有关心理抗“疫”的书，绝大多数图书都是在新冠疫情暴发不久后出版的。不久到底有多久？多则 4 个月，少则两个月。略懂图书编著、出版周期的读者都知道，一般情况下，一部选题精准、理论成熟、观点明确、内容翔实且富有专业性、系统性、科学性、指导性的专业图书，无不凝聚着编著者大量的智慧和心血，汇集着编著者丰富的实践经验，成书耗时少则三年五载，多则七八年，甚至十几年的也不鲜见。但疫区的这些心理抗“疫”图书，仿佛一夜间“千树万树梨花开”，很快成为疫区医院、学校、机关、企业、社区的抢手货。武汉某社区的一位大妈对我说：“书，对！我指心理援助方面的书，我从来没有如此强烈地渴望读书，读心理援助方面的书。”

各类心理专业用书的迅速出笼，是疫情防控期间的一个奇迹。

“中国知识分子只要想办事，没有什么办不成。”医生康世态对我说。

我这才知道，很多心理工作者为了编撰、出版专业性、实用性图书，采取了集中人马、集中力量、集中智慧、集中选题的办法，同时十几人、几十人分工合作、排兵布阵，面对一个个母题和子题，攻山头、抢阵地，与疫情赛跑，与时间赛跑，同时也和自己赛跑，最终快速形成创作、编撰、出版一条龙，让智慧的火花高速冲破时空的藩篱，最终抵达疫区民众心灵的彼岸。

为此，很多人废寝忘食，通宵达旦，夜不能寐。

“雷神山、火神山是怎么建起来的，这些心理书籍就是怎么‘建’起来的。”一位出版家对我说，“您一定想不到，这些书大部分质量都属上乘，只有一小部分书有待进一步修订和完善。疫区，太需要这些书了。”

刘正奎对我说：“新冠之前，我国有关心理抗‘疫’的专业用书，几乎没有。”

也就是说，这些书籍大都是在疫区开展“安心”行动实践的产物。

《安心行动——心理教练对话战“疫”》就是一部这样的书。

这部书的主编，就是史占彪。

十几年前，史占彪曾任北川、玉树灾区心理援助站站长等职。

在武汉的那个秋夜，我又一次见到史占彪。那天的史占彪，正在和中国红十字基金会字节跳动医务工作者人道救助基金的杨洋等人对接相关业务。我这才知道，早在5月12日，该基金会就宣布了启动医务心理支持项目“安心计划”，并联合中国心理学会、中国科学院心理研究所的专家团队为基金资助的感染新冠肺炎的医务人员和殉职医务人员家属免费提供心理支持。史占彪说：“字节跳动医务基金已经为3732名抗疫一线的医务工作者提供了资助。”

8月19日是中国医师节，那天，字节跳动医务基金发布纪录片《安心》，史占彪就是《安心》的主角之一。影片中，史占彪为观众带来了医务工作者们与“心魔”抗争的故事。

用中科院心理所所长、中国心理学会原理事长傅小兰的话说，史占彪教授身经百战，近些年在中科院心理所培养了近500名心理教练，这支专业的心理教练团队平日里训练有素，在这次抗击疫情“安心”行动中发挥了重要的作用。

史占彪曾多次主持重大公共危机事件灾后重建的心理援助和心理危机干预工作，有着丰富的临场实战经验。这次新冠肺炎疫情来袭，史占彪又作为“抗击疫情‘安心’行动”的第一批成员积极参加送“安心”工作，抵达疫区的前50天中，他就配合刘正奎，参与联络全国近100位专家、组织400多名心理援助志愿者开展了一系列“安心”大讲堂、对外心理援助热线服务、心理志愿者联合督导等活动，在抗击疫情、促进“安心”的行动中发挥了重要的作用，对社会稳定起到了积极的正向带动作用。“安心”行动系列公益讲座邀请相关领域专家为奋战在全国各地进行心理危机干预和心理援助的志愿者们普及心理学专业知识、提供科学指引；由心理教练领衔定制的21场“安心大讲堂：‘亲子对话的技术与艺术’系列公益直播讲座”，在特殊时期，为师生互动和亲子沟通送去了及时雨，为居家学习时期，孩子的身心健康和父母科学有效的温暖陪伴指引了新方向。

作为“安心”行动的特邀观察员，我有幸于2020年3月28日见到了《安心行动——心理教练对话战“疫”》的初稿，两个月后，这本书即由化学工业出版社隆重推出，我应约写完序言的时间是3月30日。这些年来，我陆续给一些学者、作家的著述写过几十篇序言，每篇序言耗时多则两三天，少则一日，但这篇序我只花了大约两个小时，而我肩负的其他所有文债、约稿统统为这篇序言的创作让路。

我同时注意到，傅小兰为该书撰写序言的落款日期是3月18日，中国心理卫生协会荣誉理事长、亚洲社会心理学会原主席、国际心理联合会执行委员张建新为该书撰写序言的落款日期是3月27日，刘正奎的序言落款日期是3月31日。

无“心”之人，看不出这些序言的落款时间里潜藏的奥秘。

都在争时间，抢时间，占领时间的高地。

因为大家都非常清醒，时间在这里，已不只是时间本身。

《安心行动——心理教练对话战“疫”》之所以受到疫区心理工作者、心理援助志愿者、心理问题人员及广大民众的青睐，是因为这部书传授了“教练”心理援助的方法和技巧、传输了“安心”的经验和心得、梳理了各类心理问题的根由和脉络，同时结合大量案例，以点带面地告诉读者如何才能“安心”，如何教别人“安心”。书中有“教练”的智慧，也有“教练”的魅力。

何谓心理教练？约翰·惠特默在《高绩效教练》一书中提出：教练是释放人们的内在潜能，使他们做出极致绩效表现的技术。教练要帮助当事人激发潜力、培养能力、提升觉察力、增加责任感、培养自信心。书中还提到，教练是一种管理的方法，一种做人的策略，一种思考的模式，一种存在的方式。

张建新认为，心理教练技术起源于体育运动。教练努力为来访者营造一个支持性、推动性的环境，以便帮助当事人探索自己在生活中想要什么、去实现抱负、去完成目标等，并将效果体现在绩效的提升上。教练的角色就是帮助当事人做出行动的承诺，并保持行动的动力。张建新同时认为，《安心行动——心理教练对话战“疫”》倡导的心理教练理念与实践，不仅将对疫情期间的心理援助工作有重大的示范意义，而且还将惠及广大民众，更为未来的心理助人活动的规范化和职业化的发展之路提供了一种新型的思维范式、沟通形式、管理模式、生活方式。

史占彪在书中特别提出：心理教练是由心及理、激发潜能、教练合一、助人成事的技术。具体来讲，心理教练需要围绕当事人的需求目标，通过觉察个体或团队的心理过程，借助对人性的尊重和信任，通过倾听、提问、分享、回应、反馈等技术流程，作为对话伙伴与当事人一起反思与探索，激活当事人的动力与潜能，进而达成当事人自我完善、自我提升、自我成就的效果。

在史占彪看来，心理教练必须具备教练意识、教练技术和教练状态三要素。教练思维是一种不同于常规的思维方式，不仅需要时刻保持教练意识、保持觉察，还需要借助一系列技术加以实现。在运用技术的过程中，特别需要营造氛围、拓展空间、保持教练状态，才能做到“引人入胜”。

在实践教练技术时，还需要把握学术、技术和艺术的平衡：灵活性、创造性、顿悟式的“艺术”意境是心理教练的魅力之所在；看得见、听得懂、说得清、学得会的技术，是心理教练大众化的前提；而经典心理学、现代心理学、积极心理学、人性心理学、后现代心理学等学科中的学术思想和理论，才是心理教练的基础和根基。

和史占彪的交流中，他谈了这样一些观点：心理教练脱胎于心理治疗和心理咨询领域，但又有别于二者。“教练”带着现实的临床实践性，心理教练以其独有的特色——积极的角色定位、面向未来的视角和促进发展的目标——应用于新冠肺炎疫情下的心理援助工作，在合作对话中快速缓解人们的心理焦虑和不安，从资源驱动中唤醒人们的能量和潜力，从未来导向中让人洞见希望。

一位武汉的读者告诉我：“疫情期间，我们这幢大楼有三个人感染新冠死了，整栋大楼的居民全部隔离。那些日子，我惶惶不可终日，每天胡思乱想，常常掰着手指头算日子，总担心一不留神被感染。有一天，社区工作人员送来了《安心行动——心理教练对话战“疫”》这本书，这本书似乎有一种能让人豁然洞开的神奇疗效，我读了几页，心里一下豁朗了。”

《安心行动——心理教练对话战“疫”》包含了七个方面的内容，有理论阐述，有具体方法，有实践案例，易学易懂，操作性强，既可以助力社会心理工作者开展助人工作，又适合大众运用于日常生活和工作中。书中尤其对居家办公、校园导师、亲子沟通和企业发展进行了专门的应用分析和论述，对如何做好心理援助志愿者服务进行了专门的指引，还汇集了后现代心理学专家代表们对疫情的经典反思。傅小兰认为：“这样一本从疫情中走来、将实战经验汇聚集结而成的书，必将为灾后重建和帮助人们适应工作生活的新秩序带来参考，为助人者提供全新的助人方式，拓展其助人的视野和宽度。”

史占彪认为，编著这部书，是受到了贺林·安德森、肯尼斯·格根、吴熙琄、海森·慕昂、彼得·萨伯、许维素等中外后现代心理学前辈、专家的新理念、新思维的启发。后现代心理学是一种符合时代精神和社会需求的全新理念，却又和中国传统文化思想一脉相承。他说：“疫区的心理援助，急需这种新理念、新思维与中国实际的结合。”

多年来，史占彪从和骆宏、曾海波、赵然、祝卓宏、李焰、沈宣元、李明等心理学界同行的纵深交流中清醒地认识到，在心理问题早已演变成社会问题的中国，心理教练的学术、技术和艺术的运用，迫在眉睫，时不我待。而本次新冠疫情的暴发，让他蓄势以待的学术思想骤然“爆发”。

“安心”团队进驻武汉的当天，史占彪就暗自铆足了劲儿，必须有一个新的开始。他给自己和团队确定了原则：学出来，做出来，活出来，跳出来，写出来，带出来。

说干就干，一批年轻有为的心理学教授、学者、博士迅速汇集到他麾下：孙秀丽、舒曼、夏玮玮、李杰、苏晓丹、李春秋、徐燕、宋飞、程义兴、陈岩、沈怡桐、史占凤、郝娜、唐冬云、王雪梅、郭红英、刘志霞、杨志欣、刘艳、黄东、王洁、顾江萍、李勇、董媛、钟辉、温亚其、葛秋丽、王洪艳……

他们有的撰写某章某节，有的提供典型案例，有的整理文字资料，有的核对信息数据……

什么叫“众人拾柴火焰高”？这便是了；什么叫“咬定青山不放松”？这便是了；什么叫“直挂云帆济沧海”？这便是了。

于是，书中除了心理教练对话技术为心理援助提供技术支撑、心理教练的概念与理念、心理教练的特征与特色、心理教练的技术与技巧等理论性章节，还自然而然地引出了疫区民众感同身受的诸多话题：避免卷入，做好自我关照；建立亲和，构建理解基础；迈出一小步，困难事优先解决；持续构建，寻求内部资源；如何调整心态与状态；如何保持正常的人际互动；如何养成良好的生活习惯；如何做好高效时间管理；心理教练技术和亲子沟通艺术；孩子是自己生命的主人……

这些话题，几乎涵盖了疫情防控期间的所有热点，这些热点问题的普遍性和现实性，曾一度让疫区民众陷入深重的迷茫和无奈。《安心行动——心理教练对话战“疫”》从理论和实践的双重角度，一一做了回答。所谓回答，当然对应的是设问。

比如：如何居家授课？如何活跃网络课堂？如何与学生互动？如何与家长合作？教师如何自我教练？

再比如：企业高管如何与员工谈心谈话？企业高管如何自我教练？如何助力企业绩效提升？如何组织网络高效会议？如何提升企业凝聚力？对话如何助力疫情背景下的内部 EAP 服务？

——自我关照，对！我不妨从《安心行动——心理教练对话战“疫”》中选取这个话题。这个话题的核心理念是“避免卷入”，它不光是“安心”的重要手段，也可借之一窥该书全貌，从中看到这本书的现实性、操作性和心理援助理念。

网上有一个提问：“如果一个人掉进水里，周围只有你一人，而你又不会游泳，该不该跳下去？”许多网友说：“不该跳。因为你不会游泳，若是跳了，你不但救不了他，而且你也要像他一样找人来救你。最好一边报警求救，一边观察周边有没有能在水中漂浮的东西可以让他骑、抓、拉的。”

情同此理，作为心理援助志愿者，在所有原则中，首先要遵循的就是保护好自己，只有保护好自己才能更好地助人。下面和各位心理援助志愿者分享心理援助的一些基本原则，这些原则是心理援助志愿者在参与心理援助工作时的依据与参考，为有序开展心理援助工作提供专业的保障。

在这场疫情中，我们没有一个人是孤岛。此次疫情传播速度之快、影响人群之广、影响心理之深远，是我们目前始料未及的，疫区的人不用说，疫区之外的人也是人人自危。

2008 年，在汶川地震中，有许多热心的心理援助志愿者奔赴灾区，到了灾区以后，他们发现现实的问题比想象中的要复杂得多，充满了无助感，甚至有的志愿者内心深处的创伤也被激发出来，不但无法起到心理援助作用，反而为灾后救援添加了不必要的麻烦。当时在四川灾区流行一句话：“防火、防盗、防心理咨询”，尽管这话说得有些片面和偏激，但也提醒着那些热心的心理援助志愿者要防止因过度卷入而造成对自己的伤害。

心理教练关注由心及理、助人成事。心理援助志愿者了解自身的局限性，只有增强自己的内心力量，用相对健康、完善、充满能量的状态，才能支持更多的人……

撰写这段文字的作者，叫舒曼，一位资深心理专家。

一位工作在武汉的女心理志愿者对我说：“我是河南人，完全是凭着良心到武汉的。一开始，我居然没能保护好自己，难以避免地被‘卷入’了。我负责实施援助的是一位姓邓的中学教师，她的丈夫、母亲感染病毒去世了，父亲和女儿也被隔离了，家里就剩下邓老师一个人。她每天哭泣不止，有轻度抑郁症状，我陪伴了她几天，也忍不住哭了几次。大约第七天，我突然意识到，我自己的心理也出了问题，很明显，我被邓老师的情绪‘感染’了，如果不是通过阅读《安心行动——心理教练对话战“疫”》受到启发，我恐怕也走不出来。”

可她，还是走出来了。

这就是心理教练的力量，也是心理教练的价值所在。

截至 2020 年 6 月，我累计收到 17 部有关心理战“疫”的著作。我把其中的部分著作赠给了某县社区一线的工作人员。有一天，我突然接到一个电话，对方说：“疫情暴发以来，我一直坚持在一线搞疫情防控工作，读了这些书，我好像读懂了自己，也读懂了别人。”

——读懂自己，读懂别人，这样的话语，让我眼前一亮。

附：

聚焦“心震”的对话与唤醒

——序史占彪新著《安心行动——心理教练对话战“疫”》

秦　岭

人人都有一颗心，但没有谁心如磐石。所谓玻璃心，因为易碎。

中国人中具有心理危机、精神疾病等的“心震”群体早已达到了临界点。让心成为碎片的，莫过于各种抑郁症、恐惧症、焦虑症、PTSD、精神分裂症……如果死者的归宿是天堂，那么，我们生者何以救赎、抚慰在“心震”中苦苦挣扎的那颗心?

“枯木逢春犹再发”，复苏一颗心，需要技术，更需要教练式对话。《安心行动——心理教练对话战“疫”》就是指导心理工作者和心理志愿者开展心理援助、引导心理创伤人员走出心灵废墟的“锦囊妙计”，就其“教”与“练”的功能而言，无疑具有教科书、工具书的属性，其编著者是中国科学院心理研究所心理教练首席专家史占彪教授。本书与其说在直面新冠疫情，传授走出“心震”的方法和经验，毋宁说在面对一扇扇封闭、纠结、惶恐、痛苦的心门，手把手地教练解开心锁的秘诀。“长恨春归无觅处，不知转入此中来。”庚子年的春天尽管在新冠疫情的裹挟下面目全非，但在《安心行动——心理教练对话战“疫”》的田园里，早已“草树知春不久归，百般红紫斗芳菲”。

2019年我和央视节目主持人白岩松对话时，他说过这样一句话：“无论是灾区还是非灾区，心理援助的缺口其实非常大，理念和技术层面也需要同时跟进。”在我看来，史占彪和他的团队就是这样的“跟进者”。

史占彪告诉我：“早在2020年1月28日，我们中国科学院心理所就以武汉疫区为中心，面向全国实施了‘安心’行动，目前已经有100多位心理专家、500多位心理援助志愿者为疫区提供心理援助服务。”我本人作为“安心”行动的特邀观察员，尽管目睹并见证了史占彪卓尔不群的决策力、判断力和执行力，但仍然没有想到洋洋30万言的新“货”竟会在如此短的时间内破茧而出，这是“逆行者”才有的雪中送炭，也是史占彪的效率、担当与姿态。

此刻，新冠疫情正在世界范围内恣意妄为；此刻，死亡、确诊、疑似、隔离、防控、救治、测温等“热词”炙烤着人类的脆弱神经和心理世界；此刻，口罩以呼吸的名义让地球人的模样与其他物种区别开来，许许多多颗遭受重创的心，被心理危机和精神疾病五花大绑……披览本书使我意识到，所谓“此刻”还真不是一个简单的时间概念，过去与将来到底有多少个“此刻”，我不知道，但我知道所有“此刻”里发生过的战争、地震、火山爆发、瘟疫、泥石流、爆炸、雪灾、洪涝、暴恐袭击、车祸、投毒等自然灾难和人为灾难给人类带来的死亡和心理创伤，与新冠疫情别无二致。也就是说，史占彪的《安心行动——心理教练对话战“疫”》不光是留给“此刻”的书，它还在回应历史的“此刻”，也必将留给现在的“此刻”和未来的“此刻”。

《安心行动——心理教练对话战“疫”》在“此刻”既有指导性和针对性，同时又具备精准而开阔的辐射面。文本分为“心理教练及心理援助”“心理援助的原则与实施”“心理教练与居家办公”“心理教练与亲子沟通”“心理教练与校园互动”“心理教练与企业发展”“后现代心理学对疫情的经典反思”“心理教练经典工具箱”等章。各章的主题既彼此独立，同时又紧扣心理干预和心理援助的要义，真可谓“安心有道”。在“心理教练”与“对话战‘疫’”之间，史占彪没有简单地就事论事，而是立足武汉，将湖北、全国乃至全球的人们在新冠疫情时期的心理变化、心理创伤、心理危机等现状进行了综合梳理，分设论点、视点和观察点，采用指导与践行、理论与操作、经验与技术、案例与分析相结合的方法，分门别类地进行“传道授业解惑”，其中不少“招法”与全社会普遍关注的心理问题热点、难点、焦点进行了无缝对接。比如，疫情时期白领们居家办公的心理适应性问题，延期开学背景下教师和学生的心灵沟通问题，封闭在家中上网课的孩子们的心理恐慌问题，企业停产或复工期间从管理层到普通职工的心理压力问题，新冠病毒确诊、疑似人员就诊和隔离期间的心理疏导问题，解除封城之后流动人口的心理障碍问题，等等。这些问题，无一不事关国计民生，无一不事关生活秩序，无一不事关世间百态。归根到底，本书在面对面引导你反思与觉察，无论面对什么样的灾难和命运，只要你那颗动荡不安、举棋不定、杂乱无章的心还是心，还在跳，就完全可以或安放，或回归，或复苏。风雨之后，阳光依然。

“文以行立，行以文传”，作为当年“5·12”汶川地震灾区北川心理援助工作站站长，史占彪非常清楚2008年以来在北川、玉树、舟曲、天津港等地的地震、泥石流、爆炸现场积累的心理援助经验对这次新冠疫情期间心理援助的示范和借鉴意义。他用交叉说理、纵横对照的方法，把这些经验融入疫情时期“心理教练”与“对话战‘疫’”的经纬，这样的理念和架构，既有助于指导、引导、辅导疫情时期的心理援助工作，同时又适用于生活常态中的心理疗伤。于是乎，走进本书的读者无论是心理工作者、心理问题人员还是心理健康的民众，都能从中找到自己与心的距离、与心的关系、与心的对话。

史占彪也是我的长篇纪实文学《走出“心震”带》中的主角之一，我与史占彪以及日本心理专家富永良喜、高桥哲的“四人谈”，成为书中的一个亮点。我至今记得一位北川人的感慨：“地震时，我全家有三人遇难，我当时真不想活了，如果不是史占彪老师和他的团队伸出援手，我可能过不了心理危机这道鬼门关。”

这带血的感慨并不遥远，那么，它如今在哪里？它悄然隐遁在万千口罩的后面。

只有《安心行动——心理教练对话战“疫”》没戴口罩，它在教练，也在对话。

是为序。

2020年3月30日于天津观海庐

第十章

乘浪：从“自助安心训练营”抵达彼岸

第十章 乘浪：从“自助安心训练营”抵达彼岸

作者按：“安心”行动启动以来，我至少披览过30多篇一线心理专家、心理咨询师、心理志愿者的心理抗“疫”感言，其中中国科学院心理研究所全国心理援助联盟副秘书长、“安心”行动武汉工作站和长沙工作站副站长钱炜的《乘浪：从“自助安心训练营”抵达彼岸》引起了我的注意。我在想，假如把和钱炜一样在疫区打拼的韩茹、吴坎坎、魏悦、黄鑫们的感言悉数编入，我这本书，就是另一种景观了。

2020年，你好吗？

突如其来的疫情，始料未及的改变，如同新浪吞噬旧浪。

你的内心，是否经受着改变之浪的冲击？

是什么样的力量在支撑你、指引你？

——题记

当生命遭遇心理创伤的滔天巨浪，我们扬帆出海，与苍生同舟共济，在无情的风暴中陪伴他们向“安心”的彼岸靠拢，再靠拢，直至一同上岸。

“几度风雨，几度春秋”，我曾带队为遭遇校园伤害事件的学生开展心理危机干预和哀伤辅导；为在森林大火中痛失战友的消防队员提供心理援助；为中国国际救援队和反家暴工作者提供世界卫生组织心理干预方案“问题管理加”的训练……我在武汉带领的团队，是被刘正奎老师命名为“杏仁核”的心理援助团队。杏仁核——大脑的危机预警中枢，也是“安心”行动的品牌项目之一，它更像我们“自助安心训练营”研发团队的番号。桅杆之下，是舰，是海。

庚子年，我们结伴，乘浪而行。

巨浪将至

1 月 21 日——武汉封城的前两天，我正在深圳市宝安区妇联开会，讨论如何将“问题管理加”应用于反家暴工作。作为简体中文版的译者之一，我了解“问题管理加”这套由世界卫生组织针对心理援助资源不充足的国家、地区研发的心理服务工具，它简单快捷、易操作、有询证基础，可谓开展心理援助的利器。“问题管理加”中国应用的总负责人，是刘正奎。

午间，突然接到得到 App 编辑的电话，我抱歉地表示一定在春节完成我的课——“跟钱炜学自我疗愈”。此前，我曾两次在得到大学的开学典礼上演讲，和 3000 多名现场学员、参与直播的数万名学员分享心理援助心得，并带领学员们进行正念冥想训练。我实在太忙、太累了，致使向得到 App 编辑承诺的课程一拖再拖。

下午，与新冠肺炎疫情相关的信息汹涌而至，如滔天巨浪。

一项对当年“非典”病人的调查显示：在疫情发生三年后的随访中，42% 的随访者反映存在精神疾患，PTSD 发生率为 23.2%，抑郁症发病率为 16.6%（引自刘正奎、刘悦、王日出《突发人为灾难后的心理危机干预与援助》)，新冠疫情给患者带来的心理影响，则可想而知。我意识到，巨浪将至。

如何迎浪？我立即拨通了刘正奎老师的电话。“‘杏仁核’，准备启动吧！”面对任何大风大浪，刘正奎的语气总是沉稳而坚定。

我紧急召集团队。时值春节，尽管“杏仁核”核心成员身处天南地北，却无一人缺席。然而，我们面对的一切陌生和危险，远超想象。疑似与隔离、死亡与变数、感染与传播……我们要考虑的第一个问题是：如何应对？

“我们研发一套‘问题管理加’＋正念冥想的‘自助训练营’吧！”当我发出这个倡议时，“杏仁核”团队的成员们沉默了一瞬，随即热烈回应：“就这么定！”

时不我待，我们的研发紧锣密鼓。经过反复论证，我们确定以“问题管理加”作为“训练营”的核心框架，将心理援助资源和网络科技相结合、助人和自助结合，然后——迎浪出海。

项目研发的日子，几乎是以分秒来计算的。我把自己“关”在书房里，“长”在电脑前。面对疲惫，我用正念冥想与时光的威逼博弈，卸载着来自四面八方的压力。终于，“训练营”的基本构架渐渐浮出水面：以7日为一个周期，以科学心理测评为基础，以“问题管理加”为框架，以多种心理学科研成果为指引，以正念冥想和多种心理干预技术为途径，以“自助训练营”为形式，帮助使用者通过测评、学习、训练、任务完成等模块，进行自助心理疏导。

逐渐成形的“训练营”简洁、明快、实用，令人欣喜。

米开朗基罗在完成“大卫”这尊雕塑时说，他见到大卫就在石中，他只是将大卫释放出来。我和调研组、内容组、技术组的工作，就像是集体在完成一件雕塑作品，同时也是集体在释放点燃的激情。

白天，我和研发团队一起推动“自助训练营”的主题呈现；夜里，根据研发方向录制正念冥想引导音频。

万籁俱寂时的正念冥想，既帮助我自己“暂停”思维的奔跑，释放身体和情绪的紧张，也是“自助安心训练营”帮助使用者自我调适的关键。

为了最大限度避免噪声，我每天半夜三点进行录制。有几夜，窗外风雨交加，我蒙着被子、打着电筒完成当日录制，窘迫的环境里内心的声音却格外清晰——分享生命中这不完美但无比生动的一刻，用心声传递能量，邀请人们在风暴中感受山的稳定、湖的澄澈、原野的自由。

录制—工作；工作—录制。这是我的春节吗？我居然未和家人共进过一餐。5岁的儿子有时会给我送来一个橘子、一碗热饭或者一粒维生素片。有一次，孩子轻轻地带上门，小声地问门外的家人：“妈妈到底在做什么呢？”

是啊！我，我们这是在做什么呢？

作为“杏仁核”内容团队负责人的彭巍带着陈思亦、唐依妮查阅文献、汇总资料；远在异国的林再思、胡珍、何相伯按照不同的主题查找英文资料，陈倩以最快的速度翻译主要内容……

开发负责人吴东宏根据现实需要决定实现“训练营”的最便捷途径。在刚刚成为父亲的吴东宏研发压力大到爆表的极限时刻，我却没有时间安慰他……

刘正奎老师的《突发人为灾难后的心理危机干预与援助》为这项充满挑战的任务提供了理论支持。他不仅亲自审阅“自助训练营”的论证文案，而且有求必应，有问必答。

“杏仁核”团队呈现出巨大的爆发力：线上协作、文字呈现、软件应用、音视频播出、图片展示、信息交流、迭代跟进……

巨浪将至。“杏仁核”火力全开。起锚，出海！

1月23日是大年二十九，武汉封城了。

大年初一，我给得到App的总编蔡钰老师打电话，算是拜年，更是致歉——我将要全心投身“安心”行动，“自我疗愈”的课程再次推迟。蔡老师说：“钱老师，我们等您！您那边有什么我们能做的？”当时，我迫切需要我在得到大学开学典礼上的正念冥想训练视频授权。蔡钰老师脱口而出：“全力支持！”

一天后，得到 App 创始人罗振宇和脱不花一致决定：捐赠 100 万元，定向支持抗疫医护人员和“自助安心训练营”等开展线上、线下心理援助工作。

我很感动，但并不意外——作为拥有众多学者专家支持、服务超过 4000 多万终身学习者的知识服务机构，这与其“躬身入局者，皆为我辈”的理念相吻合。得到的学员们获知我的选择，三天内捐款又增至 205 万元。

大年初四，中国心理学会、中国科学院心理研究所、得到 App 和上海宋庆龄基金会联合启动“助人者心理援助计划”。

“晴天响雷敲金鼓，大海扬波作和声”，1 月 27 日，“自助安心训练营”1.0 上线——心理援助之舟，向着巨浪中的江城武汉和守卫她的医护工作者驶去。

心海迎浪

四季轮转，并不总是阳光明媚。

生命起伏，总会有不期而至的状况发生。

当疫情以它狰狞的面孔向我们熟悉的生活袭来，

团聚的温情猝不及防地被隔离所替代。

我们对未知感到惶恐，我们在一起经历考验。

勇气和智慧带来希望，爱让我们重获力量。

这是“训练营”1.0 版本正式上线时的开篇语。

您守护世界，我关心您。

这是“训练营”的初衷与承诺。

穿行在疫情风浪中的“训练营”，直接面对着成千上万使用者的痛苦情绪和心理需要。而“训练营”的两大核心功能，是我们帮助使用者“迎浪”的关键：

第一个核心功能是“安心”——了解自己，方可真正安心。“训练营”为疫情中的不同人群提供心理健康水平自测。完成测评后，使用者会即时收到测试报告。易于理解的雷达图和简洁清晰的文字描述，从不同维度解读测试结果，并根据结果搭建不同路径，为使用者匹配不同梯度的心理援助资源。这是“训练营”探索的另一个模式，即“自助调适初步智能化”。

另一个核心功能是“自助”——稳定自己，重获力量。坚持七日自助训练的使用者，可以在一定程度上缓解压力、改善睡眠和提高情绪调节能力。训练内容可根据个人进度反复查看、跟随音/视频引导进行练习。“七日训练”完成，参与者可再次参与测试，以评估训练的效果。

“只需要扫描二维码就可以参加,很方便。”这是很多医护人员对“训练营”的反馈。

对于在疫情期间穿着厚重防护服、奋战在抗疫一线的医护工作者和很少接触心理援助的人们而言，“训练营”大大降低了他们获得心理支持的门槛。即使方舱医院里的医生无法使用手机给患者进行演示，但他们依然在防护服外贴上了写着“扫我”字样的“训练营”二维码，充当着“训练营”的“移动”宣传员。

疫区民众对自助安心训练的热切期待，大大出乎我们的意料。工作之初，我未曾预料到：项目研发会面向不同群体迅速拓展、延伸，直至完成 4 个版本;随着疫情发展和心理援助工作的纵深开展,系列“训练营”会经历三次升级、数十次迭代更新。

研发—应用；再应用—再研发。

多团队协作、多任务叠加成为我们的工作常态。除了大量的原创内容设计之外，我还一直在“杏仁核”制订计划、调兵遣将，夜以继日地集中攻关……

“训练营”公众版上线前夜,我又一次拨通彭巍的电话,她立即回应。深夜里，坚守岗位的她仍在和天各一方的董凡、秦媛、闻舒辰、张冠宇线上联合攻关。彭巍对我说:“看着窗外寂静的北京城，希望我们是星星点点的烛火。”

为了火速推进“自助安心训练营·医护版”的研发，我以“自助安心训练营·公众版”为引擎，和当时在武汉精神卫生中心工作的周勇杰医生及多位援鄂医疗队的医生开展了数次在线讨论，主题涉及健教、稳定化技术、音视频等等。

在任务繁重、人手极其紧张之时，“岭南伙伴”负责人李婧妍慷慨地把两员大将肖丽婷和钟乐怡交给了我的研发团队，她们带领“杏仁核驰援小分队”的青年志愿者们，成了我们重要的生力军。

我们一面借人，一面派出骨干支援整个“安心行动”。王益沁充分发挥他的专业技术优势，确保全员线上协作和视频会议顺利召开。同时，他带着“岭南伙伴”的练嘉慧、周镇南、罗雪丹等人承担了“安心”行动中的“安心大讲堂”“千家机构”“大学生心理委员”“绘本家园”等项目的数百场直播工作，为 55 万人次提供了服务。

2 月 16 日，“自助安心训练营·亲子版”上线，该版侧重从家庭、社会角度为医护人员及其他抗疫工作者家属提供心理疏导和支持。

2 月 23 日，“自助安心训练营·医护版”上线，并于 3 月 3 日登陆“学习强国”，该版用于疫情中的医护人员进行自助调适并为心理疏导提供支持。

2 月 28 日，“自助安心训练营·个人版”在武汉方舱医院落地，并与“医护版”一起登陆“学习强国”。个人版是面向所有患者定向开发的版本，也可以作为医护人员的支持工具，帮助医护人员疏导患者的情绪，调节身心。

至此，“训练营”4 个版本的 1.0 版，全部上线完成。

心理援助和自我疗愈的结合、“他助”和“自助”的并轨，使“训练营”如虎添翼，渐入佳境。我们乘势而上，又探索出台了“后台助教轮值”“在线心理疏导系统”“自助调适初步智能化”等多种基于“安心训练营”的心理援助模式。令人振奋的社会反应，从医院、社区、学校、企业纷至沓来：

“我一直在社区网格内为居民服务。临近的社区有人感染病毒去世，我和居民一样非常紧张恐慌。‘训练营’里的‘山的冥想’让我紧绷的神经得到放松，我会稳掌船舵，带领我的网格居民和亲朋好友闯过疫情这道关。”

“坐在椅子上，聆听钱老师那宁静温暖的声音，我感到凌乱的心开始慢慢下沉，觉知内在的空间由模糊渐渐变得清晰，由慌乱变得有序，呼吸开始深长而通透，压力渐渐散去……”

“今天给爸爸妈妈推荐了这个，希望他们能保护好自己。”

“老师温柔的声音像广阔的天空，轻轻凝视着我这座大山，充满了关爱和包容。每当自我怀疑和焦虑之时，我都想完成这份练习，让自己看到风暴的短暂，欣赏山体的四季变化，让自己如山一般稳定。”

“这些天一直睡不好，昨晚做完与山同坐的冥想，我放松地入睡了，今天精神很好。”

……

武汉市优抚医院的龚医生与我分享了他的收获——他和妻子都在医院一线抗疫，两个女儿暂居祖父母家。武汉解封后，女儿们回到家中，晚上却常常在床上蹦跳不睡。夫妻俩格外发愁。龚医生以玩游戏、听故事为由，和两个女儿一起跟随“亲子版”进行正念练习，很快，自己和孩子们一起放松，进入了梦乡。不久，龚医生把“医护版”推荐给了同事们，把“公众版”推荐给了家人，还在适合的病房里鼓励患者使用“个人版”。

在“训练营”后台分享中，我们看到有些人遭遇突发事件之后，痛苦、恐慌程度较深，需要更深入、持续的心理支持。

“杏仁核”学员管理负责人原芳迅速组织并带领着100多位“问题管理加”工作者组成的心理援助团队，在后台每日轮值，支持着成千上万的使用者。在和湖南省人民医院护理部主任万欢联合推动的该院医护人员心理援助行动中，原芳带领援助团队迅速反应，分组进入医护人员的心理健康疏导群，结合心理服务与疏导群实时互动，引导医护工作者完成练习并为其答疑解惑。很快，这种“特别值班小组”模式在多家医院得到推行。而当时，感冒中的原芳咳嗽不断，在手机、电脑、数字、表格、成员管理、团队协作中切换角色、坚守一线。她的丈夫每次做好饭都得端到她手里并“监督”她吃完。

这是“在线心理疏导系统”中的一段互动：

使用者：自从到社区报到后，每天我都很担心，害怕自己被感染，或者把病毒带到家里，因为家里还有两个小孩。我时常有胸闷、心跳加速的感觉，整个人都很烦躁。

助教：非常理解！在这种时期，害怕、恐慌很正常，这些情绪也会促使我们格外小心地保护自己和家人！试试课程里面的放松练习，如果这还不足以帮到你的话，可以打电话进行心理咨询。出门之前注意戴好口罩，做好防护措施，进门后喷洒消毒液之类的消毒用品，保持室内空气流通，勤洗手。每天抽出时间做一遍八段锦安稳身心，记得回来记录自己的心情，保持交流！

使用者：在家这么长时间了，心里有些烦躁，不知道什么时候是个头，买不到口罩，也不能出去。借这个机会多学习学习吧。

助教：不能出门的时间是有些长，难免烦躁焦虑；但这也是时间管理的好机会，可以做一些自己喜欢但平时没时间做的事，比如写日记、整理照片、冥想、读书、烹饪等，还可以做一个时间计划，比如几点起床，什么时间学习，哪天做些美味可口的甜点——相信你的生活会丰富起来，时间是宝贵的，珍惜它就能充实愉快地度过。

而这些，仅仅是工作日志中一个小小的侧影。

截至 2020 年 11 月初，“训练营”系列累计为 23 万多人次提供了心理援助服务。

中流击水

诗云：“江城五月落梅花”，可江城武汉送给我和彭巍、吴东宏的五月天，燠热中浮泛着沉郁的气浪，这是我们心理援助“线上＋线下”双轨并行模式实践开始之时。

“我们非常希望培养自己人学会‘问题管理加’，为医护工作者的身心健康服务。”很多医院的负责人、医护人员给我们提议。社会需求，就是我们的工作导向，于是我们立即筹备针对医护、抗疫一线人员的“问题管理加”公益特训班。

5 月 10 日，由上海宋庆龄基金会、腾讯公益慈善基金会，以及浙江支付宝公益基金会支持的“‘问题管理加’公益特训班”正式启动。中科院心理所党委副书记、纪委书记、副所长陈雪峰出席开班仪式并致辞。专家团队成员除了陈雪峰、刘正奎、吴坎坎等老师和我之外，还有中国科学院心理健康服务体系首席科学家张向阳老师，美国斯坦福大学教授、美国国家 PTSD 中心前主任约瑟夫·鲁泽克，斯坦福大学医学院精神与行为科学系临床副教授童慧琦老师。

武昌区妇幼保健院的张奔奔医生是“问题管理加”公益特训班的学员之一。疫情期间，她所在的医院承担了抗疫的繁重工作。保健院的两位院长和张奔奔医生都参加了特训班的学习。同事曾抓拍到她在工作的间隙穿着厚厚的防护服学习的照片，让人怦然心动。

我曾问过她：“这样学习是否感到辛苦？”

“很喜欢‘问题管理加’，希望能掌握好，为更多医护工作者和患者的心理健康服务。”张奔奔说。

在公益特训班，专家们多次为 100 多位来自全国各地的医务工作者直播授课,帮助学员提升心理服务能力。从“训练营”到“公益特训班”，与其说丰富了“安心”行动的品牌内涵，毋宁说是披荆斩棘探寻路径的艰苦实践。

时光如梭，“六一”到了。我们把目光投向了疫情期间武汉唯一一家收治新冠患儿的定点医院——武汉儿童医院。截至武汉解封，有数百位患儿在这里得到救治，2200 多名婴儿在这里诞生。在体验性减压和亲子活动中，我们和医护工作者以及他们的家人、孩子一起，庆祝升级后的“亲子版”正式上线。那天，坐在一群孩子中的吴东宏脸上挂着欣慰的笑容。

没人知道，疫情期间的吴东宏曾被困在湖南省一个偏远山村。为了确保“训练营”内容及时上传，他四处寻找网络信号。某个暴雨天，村子停电，他开着车在冰雹的袭击中艰难摸索，苦苦测试，寻找信号。

“中流击水，奋楫者进”，同样的工作强度和状态，贯穿了我们的整个 6 月和 7 月。

每当未曾谋面的线上“战友”相逢在“线下”,激动的心情就无以言表。

当我们第一次与吴江主任带队的“问题管理加”小组成员在武汉优抚医院见到彼此的“真容”时，那感觉，就像是一次注定的会师。

“会师”当天，中国心理学会优抚医院武汉心理工作站和“助人者心理援助计划”项目点正式挂牌。

不久，我们开始为武昌区妇幼保健院的医护人员进行减压、养育、情绪管理等主题培训和团辅，和李丹院长围绕“问题管理加”的框架进行工作规划，对武汉市江夏区第一人民医院、武汉红十字会医院医护人员的心理援助也如期开展。

武汉市江夏区第一人民医院呼吸科主任胡芬，从疫情暴发到医院最后一个隔离病区清零，一直战斗在最前线。她亲手送出院的200多位康复患者中，没有人见过她被防护服遮掩的面容，她的孩子也只能偶尔在视频里看到她。那天，她带我走进隔离区，见到了一位年仅5岁的小患者。小患者一定从我的笑容和目光里感到了善意，因为她止住了哭泣，给我展示她在贴纸书上的画，努力把她新学会的字写给我看，告别时，她脸上泛起羞涩的笑容。

一个细雨绵绵的日子，我和团队来到了湖南省人民医院，“安心”行动长沙工作站随之建立，“问题管理加”团体辅导同时启动。全国首个由“问题管理加”支持的情绪管理门诊在这里开诊。

7月里，和我们一样“乘风破浪”的，还有高考生。高考前那周，我在金银潭医院与黄朝林副院长一起开完会后，就匆匆跨进临时借用的一间办公室，在电脑前开始高考心理调适直播。网络的那一端，是武汉中学的高三考生们。随后，我受武汉电视台之邀，专门为考生们录制了考前减压系列视频。我看不到即将奔赴考场的青春身影，但我知道，每一位亲爱的同学，都听到了我的声音，感受到了我的支持。

好消息接连而来。武汉儿童医院社会服务部肖翠萍主任给我发来微信：儿童医院的心理健康骨干小组招募完成。我立即带领团队重返武汉儿童医院，和刘智胜副院长以及医务部、护理部负责人一起规划、启动了武汉儿童医院项目点的“问题管理加”人才培养工作。

7月底，我们依托武汉优抚医院、湖南省人民医院两家“安心”行动成员单位，分别在武汉、长沙建立了心理援助工作站，并很快投入运行。同时，这两家医院和武汉儿童医院、武昌区妇幼保健院相继成为“‘安心’行动·助人者心理援助计划”的项目点。

截至 2020 年 10 月底，我们的项目点开展了 40 多场心理健康讲座、团辅和骨干人才培训，直接服务医护人员 1406 人次。由于疫情防控及条件所限，线下工作服务不可能像“训练营”那样快速覆盖数十万人，但在那些难忘的场景里，我们感受到了另一种意义。

御浪而行

在武汉，当我们和医护人员一样身穿防护服为患者提供心理支持的时候，我常常会忘记口罩系带留在两颊的深深勒痕。常常，那里有一种隐隐的疼。可那疼，并没有封锁我的微笑。

当然，也没有影响我冷静地观察、发现和思考。

虽然我们拥有心理援助云平台和专业团队，但为医护人员开展心理援助仍然充满种种挑战。对疫情一线的医护人员来说，在援助他人的同时，自己也有可能成为受伤者。而我们，同样有此风险。

这种现象，在心理学上称为“替代性创伤”。尽管疯狂一时的疫情基本龟缩不见，但医护人员的眼前仍会出现疫情暴发初期的创伤画面，有的人至今仍然在服用抗焦虑的药物。甚至，许多医护人员会痛苦地反复问自己：“如果我那时做了不同的决定，患者会不会就能挺过来？”

这种“替代性创伤”，往往是弥散的、持续的、复杂的。“安心”团队为他们提供心理支持，如同暗夜行舟，小心、警觉，却尤显珍贵。

“你如何帮助人们穿越心海巨浪，获得自我疗愈？”有人问我。

我回答：“正念冥想，是我们穿越风浪所持的那盏灯。”

曾记得，一位女医生有危机干预诉求。情况紧急，我几乎是小跑到她面前的。处于情绪风暴中的她满面泪水，浑身颤抖，巨大的痛苦席卷了她。我急需一个安宁的咨询空间，但这里是医院的走廊一隅，杂物堆砌，灰尘遍布。我翻找出两把椅子，擦拭之后，我们坐下，危机干预中我引导她开始了专属于她的正念冥想：

呼，吸，感受胸中巨浪；

呼，吸，感受胸中巨浪；

呼，吸，感受巨浪滔滔深处的安宁；

坐，在当下安坐；坐，为痛苦留出空间；

坐，我不是我的痛，用同情和慈爱拥抱这伤痛。

……

体验正念冥想，这是女医生的第一次。走廊，变成了疗愈的空间。她的呼吸逐渐和缓，颤抖慢慢平复，泪水奔涌而出。正念冥想的力量如同巨大的双翼，让心灵从被痛苦裹挟的狭小空间中凌空而起，重获自由；又像安稳的船只，载着我们御浪而行。

冥想结束，女医生慢慢睁开眼睛。她的口罩完全被泪水打湿，眼睛里，出现了彩虹才有的光泽。

“用善意拥抱苦痛，像拥抱孩子，也像被自己拥抱。”她轻轻地对我说。

7 月 6 日，在金银潭医院张定宇院长的支持下，我们决定在该院开展“问题管理加”公益特训，培养一批兼职心理健康工作骨干，和我们一起建设心理健康工作的新模式。

8 月 18 日，在中国医师节来临之际，该院 70 多位医护人员正式开始参加“问题管理加”特训，他们将通过学习、练习和督导，将“问题管理加”的方法应用到自助、同辈支持和患者支持的工作中。

为了推进心理健康骨干队伍的建设和服务模式的落实，我们团队和院方骨干组成联合班委，由我和王琼娅副院长担任联合班长。特训班线上与线下联动，基础课、专家课、团体督导并行。同时，我为此次特训班特别增设了新模块——小组团体。我和“杏仁核”团队的骨干分别带领各组开展工作。这也是疫情发生以来“杏仁核”核心团队的第一次相聚。

在之后的两个多月里，我们先后开展了6次专家课、8次小组团体活动、7次专家专题督导，以“每周课程＋成长团体”的形式开展浸润式学习。同时紧张推进的，还有“训练营”的第N次内容更新、上传、公益特训班毕业考核和其他大量的站点工作。

工作，密不透风；项目，千头万绪；节奏，狂风骤雨。我们团队中多数是女性，身在异乡，与家人相望不相闻。白云悠悠，江水逐流。回望头顶西楼月，它陪伴的只是我吗？

我们并不孤单，因为我们活着。生命之所以存在，是因为我们的祖先曾举灯穿过艰难，在瘟疫、疾病、地震、突发事件中得以幸存，从而有幸让我们的生命得以延续。此刻，在人类需要举起智慧、勇气与慈爱之灯辛苦跋涉、渡过难关之时，在生命的长河里，你、我、他亦身在其中。

“什么力量激励着你？”有人问我。

“与巨人同行，见漫天星斗。”我说。

其实，这是我在金银潭医院心理援助工作日记中写下的一句话，那一刻，我想到了张定宇院长。作为一位目前无特效药的渐冻症患者，他在疫情期间的事迹，明月可鉴，已无须我赘言。

“生命在倒计时，你就会拼了命去争分夺秒。”定宇院长对我说。

跟定宇院长一同工作时，很多时候，我也需正念急行方能跟上他的决策和思路，包括他的意志、理念和效率。我只有义无反顾，只有选择力量和希望，才能完成乘浪之旅。

诺贝尔和平奖得主埃利·威塞尔曾说：“苦难给予的不是特权，这完全取决于你选择如何使用它。若你用它来增加自己或他人的痛苦，你就是在贬低它，甚至是背叛它。总有一天，我们会明白，苦难可以令人升华。”我无意比对自己，但我敢说，我敬畏境界和升华。

11月1日，我又一次接受邀请，在得到大学开学典礼上作了题为“乘浪：喧嚣世界内心疗愈”的演讲。学员们对我说：“从 1 月到 11 月，您的历程，是把‘跟钱炜学自我疗愈’这门课写在了心理援助的战场上。”

觉察你此刻的呼吸、安坐的身体，

觉察你内在的光芒，

世界在等待你的灯塔之光。

相信你的尊严和善良，

有人求助，你就是援手；

遇见欺瞒，你就是底线。

当环境冷漠，你就是温暖，是慈爱。

你，是一座呼吸着的灯塔！

这是我在现场带领大家进行正念冥想“星网”中的一段引导语。

置身其中的3000多名现场学员，几多泪水，几多欢颜，数万名参与直播的学员纷纷在线留言。

演讲结束后，我应武汉金银潭医院之邀再赴武汉，在2020湖北省医院大会传染病防控专场作了题为“世界卫生组织‘问题管理加’：公共卫生领域探索与实践”的报告。除我之外的其他报告者，大多来自武汉金银潭医院、全军感染病研究所、华中科技大学协和医院、华中科技大学同济医院……

在这样的日子里，我想了很多。我想到了刘正奎老师的嘱托：“当未来的人们开始遗忘，我们仍将继续守望。”我想到和吴坎坎老师电话会议后的那次讨论，我们伴随着夜幕如切如磋。我想到那么多难忘的匆匆身影和一张张微笑的或流泪的面孔。我还想到全国各地兄弟团队那些熟悉的或未曾谋面的“战友”……

我们共同守护的九州通衢之地，已从至暗时刻迎来破晓黎明。荆楚大地的儿女们，如黄鹤楼前的滚滚长江水，生命不止，奔流不息。

御浪而行，而彼岸的船家，在朝我们招手。

第十一章

“后背”计划

信息时代，网络决不缺席

人，既有前胸，也有后背。没有坚实牢靠的后背，就不可能“敞开胸怀”。

——“后背”计划，是新冠疫情暴发不久后，一家网站迅即推出的一项心理援助项目工程。“后背”就是在疫情防控的大后方，借助网络媒体平台为心理援助提供强大的综合性、立体性、专业性、社会性服务，其中包括理论指导、智力支持、技术整合、资源配置、项目研发、心理疏导、专业培训和科普宣传。

就社会功能而言，它是前方的后方，也是后方的前方。

承载“后背”计划负重前行的网络平台，叫“壹心理”。我在“千家机构”成员名单中看到了这样的注解：黄伟强，“壹心理”创始人、中国心理学会心理学服务机构工作委员会委员。

“新媒体时代，‘安心’行动必须善于依靠全社会的力量，整合民间资源，特别是要充分调动、呼应新媒体的主观能动性。”吴坎坎对我说，“‘后背’计划从横空出世到开展系列活动，在同行业中无疑是有启发性的。”

刘正奎认为，一个优秀的网站，往往能综合反映社会某一领域的情况，传统的心理援助如果不和网络世界联姻、牵手，不光会落伍，而且会走上不归路。

这也是我和黄伟强对话交流的开始。

黄伟强是地地道道的广东人，却说着一口漂亮的普通话，语言表达逻辑非常清晰。他说：“作为心理人，说话就是表达内心，它和我们从事的职业一样，标准，是必须的。”

新春伊始，作为“全国心理服务机构”的成员单位负责人，远在广州的黄伟强每天关注着来自武汉的疫情。这个大年三十，给黄伟强留下了不可磨灭的记忆。按惯例，这是微信群里互祝新年快乐、发红包的日子，可新冠对新春的恶毒搅局，一时让黄伟强的年夜饭变得无滋无味。“做好一切准备，随时准备行动起来！”黄伟强在微信群中对他的团队说。

黄伟强意识到，这次疫情带来的巨大灾难，不亚于17年前的“非典”和12年前的汶川地震。疫情带给广大民众的心理“灾难”，不可也不能被忽视。

经过一夜的思考，“后背”两个字，像一道陡然升腾而起的火焰，让黄伟强眼前一亮。这是大年初一的早晨，黄伟强迫不及待地拉了一个微信群，“后背”计划随之出笼，主动并入“安心”行动的大循环、大部署、大战场。新的开始，急切而沉重。

“后背”计划的目标只有一个：及时给身处疫情中的普通人、医护人员、病患及家属提供专业的心理知识援助，为大众提供心理支持手册、心理咨询服务、心理健康自评量表、创伤应激陪伴及心理直播等多项免费服务，从不同层面、不同领域、不同角度帮助受疫情影响的人们走出心理困境。

大摇大摆的新冠疫情一定没有料到，当它叩响中国民众心理门环的时候，“后背”计划早已冲到了疫情防控医护人员、病患及其家属的背后，高高构筑起了一面“防护墙”。

这面“防护墙”，是心理援助的又一个支撑点，也是又一个桥头堡。

“后背”计划公布后，2000多名心理志愿者踊跃报名，经过严格筛选，最终有 180 多名具有专业背景和重大危机处理经验的心理咨询师脱颖而出，免费为医护人员、病患及家属提供心理疏导服务。

黄伟强对我说:“我们是双向行动，一面自己做，一面密切配合‘安心’行动并轨前行。我和‘安心’团队的刘正奎、吴坎坎等老师经常见面，告知他们项目的实施情况和其他有关情况，并听取他们的意见和建议。”

在短短不到 3 个月的时间里，“后背”计划累计为 400 万人提供了包括疫情公益心理援助专线、个人心理健康测评在内的多项免费心理服务。

“通过‘后背’计划，我线上目睹了武汉火神山、雷神山医院建设的情况，简直太震撼了。”武汉居民刘嘉蓝对我说。

重庆的朋友董尚斌说:“武汉解封之后，我们企业终于复工了，我去广州、北京、上海、杭州、温州等地出差时，每次一进地铁，就能看到‘后背’计划携手吴晓波频道‘890 新商学’打造的公益视频，心中陡然有了温暖。”

疫情期间，“后背”计划之所以无处不在，是因为“后背”和民众的彼此呼唤。我呼唤你，你呼唤我。

为此，“后背”团队还发动了在广州、北京、上海、青岛、深圳、成都、杭州等 7 个城市的多家线下咨询中心，让其相互联合，一同向周边地区拓展和辐射，提供更全面的心理服务，帮助更多有心理需要的人。

“疫情期间，我们的‘后背’团队主要开展了九项重点工作。”企业品牌经理苏宁女士对我说。

提起这九项工作，黄伟强、苏宁等人娓娓道来。

——全面开通疫区公益心理援助专线，联动 200 多家“暖心”知名品牌。累计筛选出有专业背景和重大危机处理经验的 180 多名心理咨询师上线，接听公益专线，提供心理疏导。联动 200 多家品牌心理机构，为 15000 多名受疫情影响的民众、医护人员、病患及家属提供了心理支持。

——上线免费疫情健康在线测评。测评研发团队根据专业量表研发，包含 25 道精选问题和 6 页专业报告，从抑郁、恐惧、疑病、易怒、强迫和轻信 6 个维度评估。测评问题和结果被人民网、人民好医生、学习强国等平台重点推荐，还登上微博热搜，引发全民关注，已有 400 多万用户通过测评了解自身心理状态。

——资深专家解读疫情心理，联合制作并发布《疫情心理健康报告》。邀请心理专家徐凯文对《疫情心理健康状况自评量表》的 400 万用户数据进行分析，以直播互动形式公开解读疫情下的大众心理状况，累计 2000 多人参与直播。另外，公众号发布报告，阅读量累计超 10 万人次，并获知乎等平台官微转发。

——心理专家坐镇，直播详解艰难时刻下的心理调节。连线人民网《疫情 24 小时》栏目连续 6 日直播，与全国网友共同见证武汉火神山、雷神山医院的建设与落成。“后背”计划咨询师整点连线，单日平均观看量 50 万人次。除了人民网《疫情 24 小时》直播栏目，“后背”团队还与多个平台落实 37 场心理专场直播合作，合作平台包括人民网、荔枝 FM、百度百家号、天猫直播、小红书、猎聘、快手、抖音、蜻蜓 FM、搜狐视频、考拉直播等，最高单场观看量达 150 多万人次。

——免费开放各类心理课程，守望相助。免费开放 70 多堂心理课，“90 天读书会员”VIP；“冥想星球”免费提供正念冥想系列课程；免费为“后背”团队志愿咨询师开放“危机干预”相关课程，提升服务者干预能力。

——发表《心理支持手册》《自我心理保护方法》《疫情心理健康报告》《武汉众生相》等原创文章并发布短视频，为公众提供心理疏导，记录疫情下普通人的悲欢。除此以外，“后背”团队还联合了 7 位心理学内容创作者，共创作14条优质抗疫视频，被抖音官方平台、中国科普研究所和中国科普作家协会收录，总播放量250多万次，并被地方科协系统推荐播放，累计影响超9000万人。

——“后背”计划人生答疑馆上线创伤应激陪伴团，累计有400名专业答主加入陪伴团，200多名心理危机题主获得跟进和安抚，访客超过100万人。

——提供在线服务督导，专业把关服务质量。由专委会顾问王建平、赵旭东、仇剑崟以及业内资深专家李晓驷、林聪仁、杨发辉、王东等人组成督导团，对180多名心理援助专线咨询师进行培训督导，帮助他们提升专业水平和服务质量；由专委会顾问江晖、王亚南，资深心理咨询师李强、林聪仁和龚建芬组成危机干预小组，为疫情期间的复杂危机事件处理提供指导；咨询师支持小组由“壹心理”平台主导、严勇江（穿行）指导、咨询师自愿参与，组成了11个不同风格的支持小组，帮助咨询师形成朋辈支持的氛围，在疫情的特殊时期进行咨询师的自我关照。

——“后背”团队除了策划和发起直播，同时也为有直播需求的心理机构提供专业而完善的直播技术支持，先后为北京大学、武汉心理医院疫情心理危机干预系列讲座提供直播技术支持。1月31日—2月9日，张岚、童慧琦、方心、李小龙、赵旭东等5位心理专家指导民众怎样安抚情绪、度过危机，近6万人次参与直播互动。

苏宁认为，国家层面的关注、公司的多年积累、团队的快速反应、高效的产品路径，是打动人民网、学习强国等几百家合作方的“敲门砖”。

也就是说，项目做得实，做得稳，做得好，靠的是人才。

黄伟强对我感慨：“‘后背’计划的成功实施，为今后类似的援助积累了丰富的经验，将有助于提高心理行业的援助效率，帮助更多的人。”

董素馨是心理咨询部客户运营主管，具体负责心理咨询业务的顾问团队管理及对外市场合作。在“后背”计划的实施阶段，她推进了与人民网、学习强国等媒体平台的合作，开展了全网400多万网民参与的疫期心理健康普查线上活动。与此同时，还成功联合了人民视频、百度、抖音、快手、小红书、搜狐等平台开展了近30场公益心理直播，协助万科、贝壳找房、招商证券等多家知名企业为员工提供在线心理援助等。

大年三十除夕夜，董素馨一边看春晚，一边和团队讨论发起公益心理热线驰援疫区事宜，没想到她的这一设想和黄伟强提出的“后背”计划异曲同工，不谋而合。

疫情暴发后的早期，公司的一些成员身处冰岛、香港、广东、湖北、福建等地，一些专家组成员则身居澳大利亚、北京、上海、杭州等地，但让人感动的是，尽管大家不在同一个地方，却都不计报酬地坚持上阵，每天奋战长达16个小时，但求能帮助更多有需要的人。

苏宁说：“这种强大的凝聚力和自觉性，现在想起来依然让人眼眶湿润。”

突然想起一件事，有位天津的女士“宅家”十余天后，心情十分烦躁，经人推荐，她连续多日关注“后背”团队的线上心理援助活动，后来，心情慢慢平静了下来。

这位女士说：“通过‘后背’计划，我有三个发现：一是疫情期间陷入孤独的不是我一个人；二是通过专家的讲解，我发现了人间的温暖；三是浏览了大量悲催案例后，我发现自己其实是幸运的。”

能从心理阴霾中走出来的人，都是幸运的。

新媒体的力量

我最初关注“后背”计划，源自“壹心理”网站上发布的一个帖子。

2020 年 5 月上旬，该网站出现了不少失业者、中小学生表露自杀迹象的帖子，其中以小学生居多，有一个小学生救助者上传的帖子标题是:“我是一名小学生，因为疫情结束马上开学想……自杀？”

从帖子的表达方式和内容看，求助者应该是小学五六年级的孩子，心理处于极度混乱的状态。为了保持文本稚嫩、凌乱的原貌，我只对文本进行了必要的断句并加了标点符号。帖子内容大体如下（括号内为作者附注）:

快开学（了），但刚开始网课不知道在哪看，爸妈和姐姐也不管我，就偷懒了，现在连寒假作业也没写完，课也没上，没有关注班级消息……

6 号开学，我不知道怎么办？

我也不知道我为什么想自杀，或许想换一种生活，或许怕老师……怎么说呢？反正我知道世界上压力比我大的人多得很，也有许多关心我的人……可不知道为什么我就想自杀。

……

我作文不好，啰嗦还让别人不清楚到底咋了。现在就快开学（了），我单词没背，公式没记，作业没写，老师不喜欢我，（我）朋友不多。

我自己也不清楚，就是不想活了……我为什么想自杀，我也不清楚，难道是突发奇想吗？订了计划现在后悔了，可又一想订都订了。

我好奇怪，有人告诉我怎么办吗？

让我感到吃惊的是，类似的求助帖子还有不少，同样以这个年龄段的学生居多，比如有一个标题叫“网课期间我偷了懒，现疫情结束，开学想自杀怎么办”，内容如下（括号内为作者附注）：

网课期间，因为父母工作忙没时间管我，我就偷了懒，课没听，作业没写，手机被收了，只能用电脑。明天中午要返校了，我的作业还是没写完，老师要找我算账，我真的怕。

学校要求必须住校，我可能有点社交恐惧症，没有什么朋友，在班级里像个小透明，挺孤独的。一遇到有人批评我、骂（我），我就想自杀。

我唯一的爱好就是画画，我把用来听课写作业的时间全用来画画了。刚开始上网课时，作息时间都是正常的，但是当我在一些社交软件上看到了“低龄触”（网络漫画圈用语，指年纪小的优秀画手），比我小，画得还比我好时，我就开始全心投入画画，想要超越她们（此类画手多为女性），其他的什么也不管了。结果就导致了现在的状况。我跟父母说了我的想法，他们只让我专心学习，手机被收好久了，喜欢的事干不成了，觉得活着没意义了。

但是在离开这个世界之前，我也希望有人帮我向父母提个意见，让他们了解一下我的状况。父母忙，没时间，我也没勇气跟他们沟通，谢谢你读完了。

很多热心网友立即伸出援手，小心翼翼地对发帖人进行了心灵抚慰和劝导。有些网友可能是心理工作者，行文具有专业性；有些可能只是普通网民，文笔朴实浅显。两者反映了社会上的不同人员对“壹心理”平台的信任和关注。

这里，我只摘录网民针对第一个帖子的回复。

署名“两只豆子”的网友写下了这样的留言：

小朋友，你太可爱了吧！你要是真这样死了，到了下面，阎王问起来，他老人家也要笑死啊！

1. 你呢，不要把事情想得太严重。你都想到自杀了，说明你还有悔过之心，不是完全厚脸皮的坏孩子，所以，和老师、父母好好说，痛哭流涕地说也没关系。主要是看你的态度，如果你还愿意用好好学习来弥补，相信他们会原谅你的。

我，作为一个大人，最不喜欢那种完全放弃自己，自私自利，凶狠恶毒的孩子。如果你是个善良的孩子，哪怕你笨一点儿，学习不好，或者头脑发昏，一时做了错事，但有改过之心，愿意今后好好努力，我是非常愿意帮助你把课和作业都补起来的。

2. 这件事，是一个教训，而不是压垮你的坏事。如果你是个男孩子，你应该就知道“承担”是什么意思了。今后你成长为一个男子汉后，要承担的责任会更多。如今你是一个小学生，学习就是你的责任和义务，这是你自己的事，就像吃饭是你自己吃的一样，并不是说父母、姐姐不管你学习，你就不学习了。如果这件事能帮助你反省，让你成长，这就是一件好事，不要怕后果，不要怕，大不了挨顿打呗。

3. 你还是小学生，姐姐告诉你，小学落下的知识，补起来太容易了。不要怕，不要慌，这学期你就挤出一些玩耍的时间，把落下的课和作业都补起来就好了。

4. 当一件事搞砸的时候，我们都会想逃避，但逃避的后果是，事情会变得更糟糕，万一你自杀未果，造成瘫痪什么的，哎呀妈，太痛苦了！这不是更折腾自己吗？所以还是勇敢面对被自己搞砸的事吧。

5. 你现在呢，要做一件事，就是趁还没开学，赶快补作业吧，能补多少补多少。或者，你还可以做一件事，就是去“自首”，主动承认错误的话，或许惩罚会轻一点。

（以上建议仅供参考）

署名“夏草”的网友在每一段留言之前，都贴了一个“心”形符号，他（她）的留言如下（括号内为作者附注）：

♥抱抱你，孩子，你的焦虑、难过我感受到了。孩子，你的担心和自我否定是自己想出来的，事实上你过度焦虑了，你所担心的场景从未出现。你的作文水平很好，条理清楚，叙述清晰，语言通顺，真情实感胜过一切。我是教师，我喜欢你。

♥疫情的发生让我们大家都开始思考人生的意义和活着的价值，能够活出自己的样子，做真正的自己就好，作业没做、网课不会上，没关系，孩子，告诉你，不是你的错，这个年龄的孩子大多数都这样，我们学校六年级上网课的学生不足三分之一。大家很多都不会上网课，能听懂多少就学多少吧，热爱生命、热爱生活是第一位的，其他都是次要的。

♥将心情写在本子上是正确的宣泄情绪的方式，等你到校，你会发现像你一样的学生有很多，你并不孤单，在这个平台上，我（回）答过像你这样（有）疑虑的中学生和大学生，我是（从教）18 年（的）中学教师，也是（从教）6 年的小学教师。孩子，接纳自己的不完美才是完美，不过分要求自己，老师有可能批评你，但不是不喜欢你。

♥世界和我爱着你！

以下是署名“大木”的网友的留言：

小朋友你好！看到你就好像看到了我自己，那时的我和你一样大，开学的时候我通常是通宵补作业都补不完的，那个时候总是害怕上学，因为可能被老师批评，会在全班同学面前丢脸。

我希望你能明白，这不是你的错。现在的我，很庆幸当时坚持了下来。慢慢长大吧，长大真的很美好。

慢慢长大，坚持下来，初中的生活很精彩。世界那么大，还有很多地方要长大了才能去，还有好多事情要长大了才能做。希望你长大了做个酷酷的人、比老师厉害多了的人。

以下是署名“杨爱萍”的网友的留言：

不能自杀，你只是遇到了学习上的一些困扰，作业现在看看能补多少补多少，可以主动请姐姐或其他人帮忙。父母把你养这么大不容易，你还有很多有趣的事没有体验，坚决不能自杀！

以下是署名“乔爱亮亮”的网友的留言：

我很理解你，因为马上要开学，作业没写完，怕被老师臭骂一顿，怕被家长打，压力很大！

寻寻觅觅，冷冷清清，凄凄惨惨戚戚。

其实小学的东西很好补的，你多学一会儿，少玩一会儿，很快就补回来了。

别想着自杀，人生的道路本就不是一帆风顺的，坚强些吧！

加油！

以下是署名“妍”的网友的留言：

没有体验过人生的美好就这么走了也太亏了吧。

请相信，总有一天，你会拨开云雾见天日的。

有位署名“回答小助手”的网友不仅对求助者进行了劝慰，还搜集、提供了一些求助机构的信息：

不要放弃呀，我们都在。

我找了一些援助电话，可以都打打看！

网友提供的心理援助信息有：“危机干预热线”“全国心理援助与咨询服务机构联系信息大全”。有些网友还善意提示：欢迎加入“自杀危机解忧馆”，分享我们的秘密。

更多的网友以上传美图、表情包的方式，给求助者送上了“抱抱”。

但让人惊愕的是，也有个别网友不但对求助者的心情表示理解，而且也表达了想自杀的意图，比如，署名“头像烤了真香”的网友是这么留言的（括号内为作者附注）：

咱们情况居然一样，课没听，作业欠一堆，老师同学不理睬，（我）也想自杀，哈哈哈。

就这类留言，我和刘正奎、吴坎坎进行了讨论。

我抛出的话题是：如何看待网民留言回复中有失偏颇的安抚语言？

刘正奎认为，有自杀倾向的低龄孩子，一般都对死亡怀有恐惧心理，有时会借助不同的渠道表达出来，这一点和有自杀倾向的少年乃至成人是有区别的。这些网民能够争先恐后地为这位小学生提供“良方”，出发点必须肯定，有些观点和见解也比较准确，对孩子有一定的“疗效”；有些观点和“安抚”尽管有失偏颇，但也不能完全地否定。心理援助既要高大上，又不能忽视民间的惯常语境和世俗观点，在某些条件下，只有还“援”于民间化、生活化甚至世俗化，才能更加贴近生活本身，贴近孩子所处的现实环境，让孩子切身感受到心理援助的真实存在。

“网站有了人间烟火味儿，反而容易引起求助者的共鸣。”吴坎坎说。

心灵温度

苏宁告诉我：“在疫情的特殊压力下，‘后背’团队心理援助专线面对的危机个案量，相比日常咨询倾诉量要多得多。”

她给我举了一个例子，负责危机处理的工作人员思雅，最高峰时一天接到了十个来自志愿者的危机反馈，这其中，有抗诊的，有产生自伤、自杀想法和行为的。

2020 年 2 月 3 日，“后背”团队的心理咨询师陈琼刚接通电话，对方就说：“老师，我怕吓着你，我想自杀。”

这是一位因疫情在家隔离的女士，她在电话那头哭诉：“不管是爸妈还是老公，都不理解我，现在又碰上疫情，我感觉自己很孤单，很压抑。”

陈琼在和她坦诚交流家庭、死亡等话题的同时，迅速对她的心理状态做了评估。陈琼意识到，这位女士并不是真的想自杀，而是希望被理解和接纳。

经过两次沟通，女士的心理状态好转了很多。她对陈琼说：“你能倾听我的话，而不避讳自杀这个话题，让我感觉轻松了很多。”

有时候，通话的结束，并不意味着服务的结束。有一天，一名心理志愿者接听电话时，发现求助者的情绪已经非常崩溃，并直言不想去医院就医。志愿者在安抚其情绪后，也向其反复说明了逃避就医的风险，并表明希望能获知求助者的具体地址。但求助者立即挂了电话，再也没法联系上。

志愿者只得把求助者电话上报给所在地方的相关单位。

“后背”团队发现，“心理台风眼”效应在疫区同样存在，这使大家颇感意外，于是团队适当改变、调整了心理援助方式。

“心理台风眼”效应是我国心理专家李纾于2008年在汶川地震灾区进行科学考察时的重要发现，由此形成的理论成果被国际心理学界认可并大量应用。我当年创作《走出“心震”带》时还专门采访了李纾。“心理台风眼”效应的核心观点是：随着灾情严重程度的增加，居民对健康和安全的担忧反而随之降低，即：非灾区居民对健康和安全的担忧反而高于灾区居民。

“后背”计划刚刚付诸实施的阶段，几乎所有心理咨询师和工作人员都期待电话另一头的求助者是湖北甚至武汉的民众，但事实上，不是每位志愿者都能遇到“目标用户”。

心理咨询师李芬在服务于心理援助专线期间，先后服务200多人，她第一天上线接待求助者时，就发现对方大都来自湖北以外的地区。

李芬有些失望，后来她向“后背”团队的工作人员反馈：“一开始确实和我的预想有出入，因为我最期待服务的是处于灾区正中心的人。”

面对这种情况，李芬立刻去找了督导，并且和其他志愿咨询师进行了交流，当她发现大家也有类似的情况和心境后，她想通了。事实上，非直接和疫情相关的来电同样考验着咨询师和工作人员。特别是疫情相对缓解之后，暴露出的很多问题并非和疫情相关，而是原有问题的激化。

“后背”团队最新统计数据显示，求助者中只有18.67%来自疫情重灾区，主要是当地的医务人员、患者、患者家属和居民。

“心理台风眼”效应在疫区的“重演”现象，尽管也在“安心”团队的意料之中，但如此具体的第一手资料，仍然弥足珍贵。

某些求助者的电话出人意料的任性和主观。留给李芬印象最深刻的是一位语气咄咄逼人的求助者，开口就很冲：“我找你没别的事情，就是看你的签名不顺眼。”

原来，为了方便求助者，心理咨询师的详细资料在专线的网络页面上是公开的。李芬的页面签名是这样的：万物都有裂痕，那是光照进来的地方。

“我就是来找你吵架的。就说说你这句话吧，你凭什么这样说？”求助者继续追问。

李芬略微一怔，立即保持了镇静，她温柔地回应：“我把这句话当签名，一定是有感同身受的地方，这就是我的裂痕，让你这束光照进来了。如果我没有这个裂痕，你不会看到我。你现在对这句话不满意，那就是你的裂痕，你给了我照进你的通道，所以我们才有缘联系。”

李芬的回应妙语连珠，语气温馨如月，似春江水暖，冬日阳光。

求助者的情绪马上平稳了，说：“好吧好吧，我说不过你。”

在经历了这次“对话”之后，李芬感觉自己成长了。她笑言道：“来吵架的案例都解决了，今后碰上再复杂的案例，我都有信心坦然面对。”

另一位专线志愿者李丽列举了一些这样的案例：求助者和老婆吵架了、孩子写作业不听话了、因为疫情停工自己没有工资来源了……

家长里短的都是现实问题。李丽坦言：“如果话题实在和心理问题不相关，我们就得用最委婉的方式，温和地拒绝，既不能让来访者生气，又要保持服务的专业度。”

随着疫情的蔓延，求助者日渐增多，整个团队的工作越来越繁重，压力也越来越大。

1月底，持续不断的工作，让团队疲惫不堪，志愿者的负面情绪达到了极点。负责危机事件处理的工作人员思雅明显感觉自己的情绪状态不佳。每天一睁眼，思雅都害怕有志愿者在微信群中发来新的心理危机案例，担心自己如果不及时跟进，求助者想不开，真的会跳楼……

终于，思雅在视频会议上吐露了自己快要崩溃的心声。经验丰富的心理咨询师穿行立即敏感地意识到问题的现实性和紧迫性，当即提议：“马上为团队自身设立一个心理支持小组。”

团队内部心理支持小组的设立，为全体成员释放工作中的情绪开了一扇“窗”。每周的某个固定时段，大家相互支持，相互鼓励，各抒己见，很快缓解了压力。

思雅回忆说：“从此以后，在某一周连续工作的日子里，我会清楚地知道这周会有一个时段能够让我尽情地吐槽和发泄，释放压力。我知道自己不是一个人，支持小组给了我很多力量。”

除了咨询师和工作人员间的相互扶持，为热线提供心理服务的老师，也收到了来自外界的理解和关心。

有一天的子夜时分，咨询师张雪梅接到一位 16 岁女孩的求助电话。女孩的父母在云南，因为疫情无法回家。张雪梅安抚好女孩的情绪后，女孩突然问：“您为何这么晚还在线？”

“因为还有很多担惊受怕的人需要我的陪伴呀。”张雪梅回答。

“那我还是挂断电话吧，把您的时间留给更需要的人。”女孩轻轻地说。

平时，张雪梅都是值夜班。最让她感到温馨的是，每次通话即将结束时，求助者总会对她说：“谢谢！你一定多注意休息。”或者说：“您也保重啊！别太累了。”

“求助者的问候和祝福，让我感受到这份职业的神圣。”张雪梅说。

我曾线下采访、接触过 60 多家社会心理服务机构的负责人，线上采访过近 300 名心理专家和心理咨询师。我发现，绝大多数社会心理服务机构都有自己的网站或网页，强大的新媒体平台，让他们的心理咨询业务得到了更好的发展。

而“后背”计划，完全是自己的模样。

第十二章

给心搭建一个小屋

“心社联动”与“安心小屋”

“安心小屋”，一个美丽而温馨的名字。

“我终于把自己那颗无序而乱跳的心，安顿下来了。”湖北某县居民刘怀仁对我说。

我故意问他：“你怎么安顿的？”

“在一个神秘的小屋。”

心，在身体里；身体，在小屋里；小屋，在社区里；社区，在城镇里。

“安心小屋”的横空出世，可谓经过大浪淘沙。

“安心小屋”是从“‘心社联动’送‘安心’项目”中“脱胎”而出、同时和“千家机构”同频共振的又一心理援助平台。

“‘心社联动’送‘安心’项目”是由中国社会工作联合会主办，中国社会工作联合会“美好社区计划”办公室、中国社会工作联合会社区工作委员会、中国心理学会心理服务机构工作委员会、中国心理学会心理危机干预工作委员会、中国社会工作联合会心理健康工作委员会、中国社会工作联合会重大自然灾害与突发事件社会工作支援服务队、中科博爱心理医学研究院等多家单位共同打造的心理援助与心理危机干预平台。

“‘心社联动’送‘安心’项目”简称“心社联动”，旨在将心理支持与疫情防控整体部署相结合，通过“社工＋心理”联合服务，引导专业力量服务本地社区、家庭和重点群体，持续提供心理援助和危机干预，缓解因疫情产生的应激反应。

武汉封城不久后，“心社联动”随即启动。

早在2020年1月27日，“心社联动”就组织全国百强社工机构中的社工、医务人员、心理志愿者参与了武汉地区线上抗疫志愿服务。

1月30日，“心社联动”系列培训首期直播课程开播，截至2020年2月10日，共开展8期，累计1.1万人次参与培训。

2月2日，中国社会工作联合会“美好社区计划”办公室与中国心理学会抗击疫情“安心”行动执行委员会联合发起“抗击疫情‘安心’行动——‘千家机构’送‘安心’项目”,面向全国招募社会心理服务机构。

2月20日，“心社联动”项目及社会心理服务机构举办系列培训，累计19场，共3800人次参与培训。

3月3日，中国社会工作联合会在前期工作的基础上与中国心理学会抗击疫情“安心”行动执行委员会联合发起“立足社区·抗击疫情:‘心社联动’公益行动”，面向全国招募社工机构。

3月6日，“‘心社联动’公益行动”第一批76家社工机构通过审核并公示。

3月8日，武汉封城的第四十七天，“心社联动”捐助武汉协和医院的医护人员291块国内首批自主研发的静观减压手表。这款手表专门针对抗疫中的一线医护人员而研发，可以监测、预估身心压力的节律性高峰，并提醒医护人员在压力高峰期间进行自助式静观减压，帮助他们在一线高压工作中自我调节，纾解紧张的情绪，以更好的身心状态投入战“疫”之中。

3月13日，“‘心社联动’公益行动”第二批47家社工机构通过审核并公示。

……

面向全国招募“心社联动”首批成员单位的公告一经发布，就有

800 余家机构报名，审核公示 523 家，其中 372 家为心理机构，151 家为社工机构等社会组织。这些机构和组织分布在 29 个省市，其中武汉市 17 家，襄阳市 8 家，黄石市 1 家，荆州市 2 家，松滋市 1 家，随州市 1 家，孝感市 2 家，宜昌市 2 家，咸宁市 2 家，十堰市 1 家，恩施市 1 家。

紧接着，第二批、第三批招募工作相继启动。

谈到“心社联动”项目在武汉地区的推进和实施，傅春胜认为，必须做到点、线、面的结合。点，就是落地一两个街道、隔离点、社区建立试点，打造“五社一心”服务模式；线，就是与地方民政局、政法委等对接，建立工作路径，在当地党和政府的统一部署下开展工作；面，就是与武汉本地民政或专业协会等合作，建立一个工作站、若干服务站，深入社区开展工作，总结模式并推广。

但是，如何才能既为受到疫情影响的重点群体及一般社区居民提供一站式灾后心理援助，同时又能优化模式、打造线上社会心理服务平台，如何能在疫情之后，继续为社区居民提供常态化心理服务，营造美好社区，助力全国社会心理服务体系建设，这是傅春胜苦苦思考的问题。

傅春胜算是我在心理学界、社工界的老朋友了，他是中科博爱心理医学研究院院长、中国心理学会心理服务机构工作委员会副主任、中国社会工作联合会心理健康工作委员会副主任。当年我深入北川采访灾后心理援助工作时，他曾给我提供了大量有价值的采访信息。傅春胜精力充沛，思维敏锐，全国各地开展的心理援助活动，几乎都留下过他的足迹。

“只有以问题为导向，才能从根本上解决问题本身。”傅春胜说。

应该说，问题是客观的，着眼点是清晰的，立足点也是明确的。万事俱备，就缺一个叫得响的名字。

那天深夜 12 时，傅春胜和他的团队正在为新平台的名称苦思冥想，一旁的魏悦突然脱口而出：“叫‘安心小屋’吧。”

大家一致通过。3月3日，“安心小屋”应运而生。

文静、清秀、睿智的魏悦本科毕业于北京大学心理学系，硕士研究生毕业于中国科学院心理所。她早在2006年就开始从事心理咨询工作，2008—2014年，她即成为中国科学院心理研究所组织的心理援助核心项目团队成员，具有丰富的一线心理危机干预工作的经验。2013—2019年，她统筹组织过千人规模的全国心理学大会十余场。如今的魏悦，是中科博爱心理医学研究院副院长、中国心理学会青年工作委员会委员。

魏悦是傅春胜的得力助手，也是左膀右臂。

“我们‘安心小屋’有三大定位：一是作为社区服务载体，做好疫情之下的心理援助，减轻可能的心理伤害和社会影响，化解可能的社会矛盾和戾气；二是疫情之后，立足社区做好常态化心理服务，助力全国社会心理服务体系建设；三是从心理服务切入，延伸到社区老年人、儿童等人群，涉及婚姻、家庭等领域，助力基层社会治理和社区服务创新。”魏悦向我介绍。

“安心小屋”，实际上成了“心社联动”公益行动的社区服务载体。

“安心小屋”工作组分为评估、外联、培训、宣传、网站、秘书等6个小组，骨干成员有魏悦、柳艳杰、牛瑞、郝健羽、张珊、吕亚妮、孙倾雅、张珂、李艺、刘成浩、杨卫东、王刚、任南南等。

“安心小屋”的职能为：在疫情防控阶段，为重点对象提供心理援助和心理干预；在疫情之后，为社区居民提供常态化的心理服务。

“安心小屋”的理念为：立足社区，发动社区，服务社区；人人有责，人人尽责，人人享有。

“安心小屋”的八大服务系统为：预警评估，智能自治，分级转介，个案咨询，危机干预，培训督导，科普宣传，文化活动。

“心理”和“社工”，“社工”和“心理”。再没有什么大联合像“安心小屋”那样把“心理”和“社工”联系得如此紧密，如此妥帖，如此如胶似漆。

在“安心小屋”领导小组成员名单中，我看到了中国社会工作联合会副会长兼秘书长刘京，中国社会工作联合会副会长王国英，中国社会工作联合会副会长刘良玉等社会工作者的名字；同时也见到了中国科学院心理研究所研究员、时任中国心理学会理事长韩布新，天津师范大学教授、副校长、中国心理学会原理事长白学军等心理专家的名字。在执行委员会成员名单中，有这样一长串的名字：刘正奎、史占彪、杨海波、戴爱姣、宋万召、李文思、魏悦、吴映军……

“这是一支联合‘部队’，是社会工作者与心理专家的强强联合。”武汉某社区主任对我说。

“对‘安心小屋’的创立和推进，刘正奎、史占彪、杨海波等老师都进行了专业指导。”傅春胜说，“作为心理援助机构，‘安心小屋’和‘千家机构’同频共振，携手前行，资源共享，大家都为了一个共同的目的：安心。”

魏悦认为，社会心理服务体系和社会工作是天然的“近亲”关系，“心理”和“社工”的交叉性和互补性，势必需要人才的共享和资源的整合。

也就是说，“安心小屋”的功能定位与发展方向，完全是开放的、长远的、可持续的。只不过，疫情期间的社会心理问题，提前把“安心小屋”推到了公众的面前。

傅春胜特别向我提到来自吉林的志愿者苏洋。多年前，苏洋在一家中国500强企业做销售，工作顺风顺水。5年前，他接触静观正念方面的知识后，对生命有了新的认识。2020年3月6日，他驾驶房车长途跋涉几千里，直奔被疫情包围的武汉。

第一时间和“安心”团队会合、第一时间进入角色的异地志愿者，就是苏洋。12 天后，他加盟傅春胜团队。

“我喜欢去危险的地方，是不是有点个人英雄主义啊？！”苏洋在电话中对我说。

是，还是不是？我竟然一时找不到答案。

苏洋在武汉参与心理援助长达 7 个多月，在此期间，他只在 7 月中旬回过一次吉林老家。

“屋”里“屋”外

任何新事物的实践与推进，都不可能是一帆风顺的。

傅春胜认为，“安心小屋”的构架搭好后，先要把“屋”里的事情落实好。在他看来，首先，要站在社会治理的高度看问题，社会心理服务体系是社会治理体系的一部分，是国家治理体系现代化的重要内容之一；其次，要突出“社会”“社会心理”“人文关怀”，着重解决宏观社会心理问题，侧重解决全社会面临的普遍性、群体性的社会心理问题；再次，社会心理服务体系建设将引导人们关注公共管理和社会治理中的心理规律问题，应探索依循心理行为规律和心理学方法实现科学社会治理的重要路径。

为了确保“安心小屋”项目落地，2020 年 3 月 19 日，中国社会工作联合会“心社联动”公益行动首批工作队赶赴武汉，进行了系列调研。

“当时，我们分头到的武汉。我从北京出发，前往武汉的高铁上空荡荡的，我那节车上就我一人，有点像一个人的旅行。”魏悦告诉我。

那次调研，工作队走访了 21 个社区。

当时的武汉尚未解封，大街上显得格外冷清，可进入任何一个社区的党群服务中心都完全是另一番场景。以年轻女性为主的工作人员，个个戴着厚厚的口罩，有为小区隔离户发放生活日用品的，有用手机和被确诊者的家人沟通情况的，有通过网络填报疫情数据的，有向下沉干部介绍情况的，有发布当日信息的，有在小区门口执勤的……

社区的工作人员非常辛苦，非常认真，非常投入，有时连一口水都顾不上喝，但是，那疲惫的神情、红肿的眼睛、沙哑的嗓音……很多工作人员连话都说不出来。

工作队在社区组织和居民中发现的各种心理现象和心理问题，令人揪心。

魏悦说：“看到社区工作人员累成那个样子，我心里很不是滋味儿。”

社区工作者和居民的心理压力，基本是联动的、连带的，有时甚至是互为因果的。傅春胜告诉我，与医护人员相比，社区工作者缺少相关医疗知识且长期在一线接触确诊和发热病人，更容易出现心理问题。傅春胜他们在走访调研中也发现，很多社区工作者有严重的失眠、焦虑、抑郁、易激惹、情绪不稳定等问题，且长期处于高压的工作状态，容易引发职业枯竭，影响日常工作和家庭生活。这些都需要有针对性地开展有序的个案心理咨询和团体心理减压活动，如静观、体验式沙盘等，通过压力疏导来避免 PTSD。

作为“安心”行动特邀观察员，我自己也采取线上咨询的方式，对“屋”外开展了调研。从 2020 年 5 月开始，我对武汉、黄石、长沙、天津、北京等十几个省市的 20 多个社区工作者和部分居民进行了线上咨询，发现存在的心理问题与“安心小屋”团队调研得出的原因、结果和有关数据大致相似，涉及心理压力、心理问题、心理创伤 120 多种，列举部分如下：

1. 武汉市某社区有 2300 多户居民，其中子女在国外、省外定居的“空巢”老人有 200 多户，残疾人 80 多户，孤寡老人 9 户，而社区工作人员只有 11 个。截至 2020 年 5 月中旬，该社区确诊 28 人，死亡 5 人，自杀 1 人。11 个工作人员每天工作 14 ～ 16 小时，一不能照顾自己的父母，二不能照顾“宅家”的孩子。由于社区疫情严重，工作人员也不敢回家，担心把病毒带给亲人，其中有 4 名工作人员出现心理应激反应。

2. 孝感市某社区平均每天接受市、县有关职能部门和单位的检查、调研 4 ～ 6 次，接收各类纸质、电子文件 2 ～ 4 份；每周参加上级组织的各类疫情防控会议 2 ～ 4 次，上报各类材料、数据 3 ～ 5 份，走访住户 10 ～ 23 家。有 2 名工作人员的精神状态几近崩溃，有 1 名工作人员出现轻度抑郁症状。

3. 北京市某社区每天组织 3 ～ 8 人骑自行车分别前往 14 个小区、路口、隔离点给下沉干部分发有关资料 1 次，提供食品 2 ～ 4 次，护送疑似患者前往隔离点若干次。有 6 名工作人员因接触过确诊患者，出现严重的焦虑症状。

4. 武汉市某社区由于确诊患者信息泄露，全体工作人员遭到死者家属、亲友的围攻，参与围攻的人数多达 40 人。2 名工作人员愤而辞职，1 名工作人员顶不住精神压力，犯了心脏病。

5. 黄石市疫情早期，由于不清楚病因，在某社区的工作人员帮助患者前往医院就诊时，其中 1 名工作人员感染了病毒，造成全体工作人员的恐慌。

6. 大连市某社区工作人员由于忙于各项事务，基本没有关注新闻、手机信息的时间，导致对毗邻社区的疫情信息动态掌握不准确，从而造成居民对社区的严重不满，拒绝配合社区工作。街道办事处和有关部门也多次对该社区工作人员提出批评。社区书记、主任满腹委屈，却无处诉说。

7. 武汉封城后，某社区主任赵某的母亲确诊，赵某年仅 9 岁的女儿“宅家”上网课，在外地工作的丈夫回不了武汉，赵某自己又分身乏术。赵某因回过一次家，同事们担心她从母亲那里带来了病毒，都对她避而远之，这使她十分苦恼，每次和女儿聊天视频时，都以泪洗面。

8. 孝感市某社区得到某慈善机构配发的大米 800 袋，但社区有居民 2100 户。如果平均分配，显然不可能；如果选择性地配送，极易引发矛盾。最终，社区书记决定等其他物资送到社区后，再综合价格平均分配。3 天后，积压在社区的大米被居民拍了照片，引发了聚集性上访事件，负责此项工作的社区主任被迫辞职，并出现了明显的抑郁症状。

9. 青岛市某社区因疫情严重，医院收治各社区病人有时间差，收治该社区病人比临近社区晚几天，居民怨声载道，社区承受着很大压力，感觉不公平，但也无可奈何。社区工作人员只好承担了分诊工作，集体学习看胸片，参与确诊、重度疑似、轻度疑似的分类工作，精神处于高度紧张状态。

10. 疫情早期，武汉市某社区 2 例确诊患者情绪崩溃：其中一个年轻男性患者因医院没有收治条件，在小区内裸身乱跑；另一中年女性患者闯入社区办公室，向工作人员下跪，并用措辞激烈的语言威胁工作人员，导致安保人员当场不辞而别，社区工作人员既担心疫情扩散，又束手无策，心情高度紧张。

11. 绥芬河市某社区的工作人员全力以赴、尽心尽力开展工作，但部分居民对社区工作人员仍不理解，比如一旦工作人员接听电话不及时、他们提出的诉求得不到满足，就大吵大骂，这让工作人员非常郁闷，却又无力解释。

12. 重庆市某孕妇临盆，却不敢去医院，因为担心感染病毒。所有家庭成员出现焦虑症状，其公公婆婆连续两天失眠。社区工作人员把蔬菜送上门后，孕妇家人拒绝开门，担心工作人员带来病毒。

13. 武汉市某小区有确诊患者 21 人，有天深夜，一居民因债务纠纷跳楼自杀，一些居民怀疑其是因忍受不了病毒的折磨而跳楼的，造成整个小区人心惶惶，很多居民不再服从社区管理，有些居民甚至不顾相关规定，逃往亲友所在社区。

14. 某小区一对中年夫妇确诊后在家隔离，其中一名患者因对社区提出的要求没有得到满足，多次违规下楼，并故意在电梯、小区院内吐唾沫，引起社区工作人员和部分居民的恐慌，致使两名工作人员当即辞职。

15. 天津市某社区“宅家”的个别居民出现了心理扭曲的情况，在社区微信群中不断谩骂、指责社区工作人员，对工作人员造成了心理伤害。

……

傅春胜带领的工作队通过调研，进一步明确了“立足社区、发动社区、服务社区”的工作理念，确定了“自助＋互助＋他助”“线上＋线下”的服务方式。

调研的过程，是观察和判断的过程，也是调整和完善方案的过程。

“调研，首先要发现问题，这是全面实施‘安心小屋’的关键。”傅春胜说。

4 月 20 日，这是“心社联动”团队值得纪念的日子。

这一天，“心社联动”的第一个“安心小屋”落地江岸区塔子湖街道金桥汇社区。来自中国社会工作联合会、湖北省社会工作联合会、江岸区民政局、江岸区塔子湖街道等机构的相关领导和专家，来自金桥汇社区、逸飞社工服务中心、社区物业、设备捐赠方北京朗心致远科技等单位的多方代表出席启动仪式。金桥汇社区共有住户 3777 户，其中 476 户是老年住户。社区有工作人员 10 名，下沉干部 21 名，物业人员 100 名。

4 月 21 日，“心社联动”的第二个“安心小屋”落地东西湖区金银湖街道花城社区。6 月 2 日以后，第三个“安心小屋”落地东西湖区常青花园第三社区，第四个“安心小屋”落户武昌区杨园街道余家头社区。

我见过一张全国“安心小屋”心理服务公益行项目启动仪式的照片，傅春胜指着照片中出席仪式的人员，逐一向我介绍：“湖北省心理学会秘书长王伟、武汉市社会工作联合会副会长陈兰兰、常青花园第三社区书记白宓、团体沙盘心理技术（心阖沙盘）创始人于晶、‘心灵密友’平台合伙人尚妍、湖北东方明见心理健康研究所联合创始人呙冬冬、携手前程（武汉）教育咨询有限公司董事长杜奇桦、东西湖区予童社会工作服务中心主任潘兰、武汉市武昌区首义路街创益无限志愿者服务中心创始人周英……”

某社区工作者闫丽丽对我说：“那次启动仪式，让我们基层社区工作者见识了什么叫心理科学，什么是真正的心理干预技术。”

让闫丽丽大开眼界的，是“心灵密友”平台合伙人、运营专家尚妍在启动仪式上的“拿手好戏”。那天，尚妍对“心社联动”项目某个月的数据进行了展示和分析，重点介绍了用户画像、测评结果、心理对话等方面的数据，对B端产品功能进行了更新，进一步保障了用户隐私，并对社区进行数据授权管理。

让闫丽丽难以忘怀的，是那天团体沙盘心理技术（心阖沙盘）创始人于晶的首场公益讲座。讲座的主题是：武汉“安心小屋”社会工作与团体沙盘心理技术应用专题公益培训。讲座中，于晶现身说法，通过“感受沙子—摆放沙具—分享表达”的方式，进行了一场沉浸式的沙盘操练。

“心理援助如果离开技术，必将一事无成。”史占彪对我说。

在史占彪看来，“安心小屋”必须秉持“三用三放”原则，即：用心、用情、少用力；放空、放下、不放弃。

4个“安心小屋”项目的落地，可直接服务2万余名社区居民，延伸覆盖12万名社区居民。

为了挖掘并整合好地方资源，扶持并培育一支“不走”的本土团队，工作队与武昌区融智家庭社区指导中心、东西湖区予童社会工作服务中心、汉阳区玺蕴社会工作服务中心、武昌区首义路街创益无限志愿者服务中心等 4 家社会组织建立了链接，立足社区开展疫区可持续心理援助“心理专业机构＋社会组织联动孵化服务”项目。

魏悦责无旁贷地担任起“心社联动”送“安心”项目副主任的重任，并身兼“心社联动”武汉工作站副站长，带领 100 多名工作人员、志愿者开展心理援助与社会工作。

至此，“安心小屋”团队的所有项目迅速展开：社区心理义诊、社区云课堂、特殊困难群体走访……面向新冠病亡者家庭和新冠康复家庭的心理援助与支持，面向社区志愿者、社工、社区社会组织开展团建、赋能培训……

干，就得出经验；干，就得出方法；干，就得蹚路径。不久，“安心小屋”针对个体心理服务与社会心理服务，充分利用信息化手段和人工智能技术，设置了八大服务系统：预警评估、智能自助、分级转介、个案咨询、危机干预、培训督导、科普宣传、文化活动。

“‘安心小屋’，一下子让我们有了一种归属感。尽管我们每天忙忙碌碌，身体疲惫，但心里踏实了许多。”社区工作人员王颖说。

踏实，那是因为悬着的一颗心，“安”了。

魏悦在她撰写的《心理援助纪实》中，有这样一句话：“你守护社区，我守护你。”

安得“小屋”千万间

第一位走进“安心小屋”的来访者，是谁？

我在查阅《“心社联动”送“安心”项目表》时注意到，某省某社区“安心小屋”的第一位来访者，是一位姓王的女士。王女士有个儿子，17 岁，读高一，因患有先天性心脏病和哮喘后遗症，加上先天发育不良，个子只有 1.6 米，比同龄人要矮小很多，没什么同龄小伙伴。

王女士是社区的工作人员推荐来的。工作人员曾多次动员她：“如今我们社区有‘安心小屋’了，您可以去聊聊。”

王女士对魏悦直言，她是冲“安心”这个名字来的。

大年初一本来是阖家欢乐的美好日子，可就在这一天，王女士的丈夫却被疫情剥夺了生命，新春佳节骤然变成了伤春“苦节”。丈夫生前为了支持王女士的工作，同时为了悉心培养、照顾孩子，操持了大部分家务。夫妻俩女主外男主内，邻居和同事常羡慕王女士“找了个好老公”。丈夫离世的半年前，王女士因身体原因提前退休，每月只有 3000 元退休金，没有其他家庭收入，同时要还 1700 元的房贷。可偏偏就在这时，丈夫却染上病毒，匆匆丢下娘俩，撒手人寰。

短短两个月，王女士体重骤减了 15 斤，睡眠困难，大把大把地脱发，抑郁症状折磨得她度日如年。父亲的离世，同样给儿子造成沉重打击，“宅家”的日子里，儿子常常不停啜泣，神思恍惚，学习成绩明显下降。在家里，母子俩心照不宣，母亲不敢提丈夫，儿子不敢提父亲，与对方说话说不到五句，就各自匆匆躲开抹眼泪。如今王女士微薄的退休金只是杯水车薪，未来的日子何去何从？懂事的儿子常常向妈妈询问家里的经济情况，并表示自己要省吃俭用，这让王女士心如刀绞。

这还不是最可怕的，最可怕的是作为新冠病亡者家属，王女士忍受不了邻居甚至亲戚朋友对她的提防，儿子也担心今后同学们会对自己产生戒备心理。王女士不敢接受丈夫生前的朋友、熟人提供的任何帮助，儿子不敢听同龄人喊“爸爸”两个字。儿子近期出现了新的情况，他的脾气突然暴躁起来，经常把愤怒情绪朝母亲宣泄。母子俩想搬家或转学到一个没有熟人的地方去，可实在没有这个能力……

王女士前来“安心小屋”咨询的当天，本来是母子俩约好要去给逝者扫墓的日子，但是，儿子不愿见到当天开车来接他们的爸爸生前的同学，表现出了激烈的抵触情绪。那天，母子俩扫墓的计划只好取消。

王女士的精神完全崩溃了，儿子的情绪更加消沉了。

在《“心社联动”送“安心”项目表》里，我详细浏览了魏悦在咨询建议、心理教育、认知调整、亲子关系调整、社会支持系统链接、备注等各项栏目中填报的内容。这些内容里，有判断，有分析，有思考，有方案，有说明，有签字。它们像心灵的处方，但又不同于处方。

王女士离开“安心小屋”以后，情绪明显有了好转。

“面对错综复杂的家庭问题、亲子问题、丧亲反应，如果我们不及时进行评估、判断并进行心理抚慰，后果会很可怕。”魏悦对我说。

该社区的工作人员告诉魏悦，这样的案例在新冠病亡者家属中不在少数，在“安心小屋”落地之前，工作人员不知如何才能安慰他们，像王女士这样愿意走出来接受心理疏导的、比较有求助意识的还是少数，很多丧亲家庭成员宁可默默承受内心的痛苦，拒绝社区工作人员的来访。

在魏悦看来，社区心理工作还是要从科普开始，让大家意识到心理创伤就像没有包扎的伤口一样，需要及时治疗才不会感染，使病情恶化。

“‘安心’小屋，还真能‘安心’。”很多社区居民对这个新生事物有了认识。

众所周知，社区是若干社会群体或社会组织聚集在某一个领域里所形成的一个生活上相互关联的大集体，是社会有机体最基本的部分，是宏观社会的缩影。疫情暴发后，千千万万的社区需要“安心小屋”，可每落地一个“安心小屋”，谈何容易？

“为什么他们社区能建立‘安心小屋’，而我们社区不能？”

“我们也需要‘安心’，需要‘小屋’。”

……

这是社区工作者的呼声，也是心理创伤人员的渴望。

傅春胜告诉我：“全国各地的很多社区对申请‘安心小屋’项目抱有极大的期待，但是，我们必须考虑社区的软、硬件建设和其他辅助设施，如果条件不达标，就无法为居民提供优质的服务，因此，为‘安心小屋’挑选怎样的社区落地，我们可绞尽了脑汁。从社区对‘安心小屋’的普遍需求看，我们目前所做的一切，远远满足不了现实的急切需要。我们能做的，就是竭尽全力，一家一家地去落地，条件成熟一家，就落地一家，并让它充分发挥作用。”

通过详细阅读傅春胜提供给我的资料，我才知道，作为一站式系统化社会心理服务载体的“安心小屋”，其落地社区须具备如下条件：

——物理空间：依托社区内部适宜场地和空间，灵活布置“安心小屋”，作为服务基地和活动空间；

——硬件设施：与空间相配套，适合社区各项活动使用，如实用且必要的心理减压、情绪宣泄设施设备等；

——软件服务：与服务目标和服务人群相匹配的各类人群服务标准、

服务内容、测评工具、课程体系、心理自助智能应用系统等；

——服务队伍：前期由社区工作者等专人负责，逐渐培养一支可持续在社区开展心理服务的常态化队伍。在当地街道、社区的支持下，组建完善的“社区＋社工＋社区社会组织＋社区志愿者＋社区公益慈善力量＋心理健康工作者”的“五社一心”工作团队。根据不同社区的情况，服务团队构成可有差别，组建扎根社区的稳定服务团队。

诚如刘正奎所言，“小屋”虽小，但是管理要“精”“专”，服务人员要进行系统的专业培训,空间的设置要科学,要精细。“安心小屋”要“小中见大”“小中见精”“小中见美”。

形象，精准，贴切。刘正奎的连珠妙语，生动诠释了“安心小屋”的外延和内涵。

从 5 月 28 日开始，第二批“安心小屋”开始面向全国招募，先后有湖北、广东、山东、福建、北京、上海、江苏、山西、陕西、辽宁、甘肃、河南等地有关城市的 30 多个社区或有关机构正式签约，并持续落地。

傅春胜团队按照项目辐射范围，把“安心小屋”的覆盖面划分为华中区、华北区、华东区、华南区、北部区等五大区域。

至此，“安心小屋”以武汉为中心，向全国各地辐射。

有了在武汉积累的经验，傅春胜和其他心理专家一起，密切联系各地疫情防控的具体实际，适时对第二批 30 个“安心小屋”的运行调整了策略，决定将“安心小屋”打造成各地的区域示范服务基地，由“安心小屋”专家团队提供专业咨询诊断服务，厘清当地社区现状、为机构或社区定制优化方案，并根据社区的实际情况，特别策划针对信访人群、社区矫正人员、困境儿童、吸毒人员、失独群体、精神障碍康复群体等特殊人群的心理服务方案。

这一举措，既满足了疫情期间的心理援助需要，也符合社区的常态化运行和管理模式，很快受到广大社区工作者的欢迎。

像极了一呼百应，“安心小屋”的数量迅速攀升：40 家，100 家，200 家，300 家……

“作为一名基层心理咨询师，面对这样的疫情和疫情对民众的心理伤害，我的工作终于从盲目变得清晰了。”青岛市的心理咨询师张萍对我说。

广州市某社区工作人员李静告诉我：“疫情完全改变了我们的工作方式和内容，‘安心小屋’使我们有章可循。”

7 月 28 日上午，由中国社会工作联合会主办，中国社会工作联合会社区工作委员会、中国心理学会心理危机干预工作委员会、中国心理学会心理服务机构工作委员会、中科博爱（北京）咨询有限公司等联合承办的疫情防控常态化社会心理服务体系建设暨全国“安心小屋”启动仪式在云端顺利召开。会议由李文思、傅春胜共同主持，来自全国 16 个省市的 30 家安心小屋落地机构代表参加了会议，刘京、刘正奎、闫洪丰、戴爱姣、王兴等出席了会议，爱心企业代表北京朗心致远科技有限公司、山东道图电子科技有限公司、读者大学等也出席了会议。

在那次具有标志性意义的大会上，刘正奎表示，“安心小屋”在武汉疫情严重的时刻发挥了积极的作用，现在疫情防控走向常态化，疫情会长期影响人们的生活、工作和学习，所以“安心小屋”在此时期仍然需要发挥作用，不同阶段可以采取不同的心理服务模式，逐步形成一个完整的社会心理服务体系。

“安心小屋”不仅在全国遍地开花，而且馨香四溢。

走进来，走出去

“安心小屋”效果如何，体会最深的是社区工作者。

我走访武汉市某社区时，社区网格员张媛媛对我讲述了她的亲身经历。

疫情早期，由于大家对新冠的认识、了解不够，加上医院病床不够用，一些居家隔离的居民情绪急躁，社区工作的压力非常大。“安心小屋”落地社区后，心理援助知识、心理科普知识成为社区宣传工作的重点内容之一，广大居民通过线上听课、观看视频，懂得了许多自我调节心理和情绪的常识。2020 年 5 月中旬的某一天，小区居民老孙找到了张媛媛。

当时的张媛媛正在线上为微信群里的居民讲解“安心”行动团队开发的一个心理援助应用程序，老孙的突然出现，让她的心情紧张起来。

“您请坐！”

“不坐了，我是来向你道歉的。”老孙说，“我给你们带来了一箱牛奶。”

张媛媛的眼泪“哗”地就流了出来。

3 个月前，老孙的对门邻居、老汪的妻子被诊断为疑似病例，老孙担心自己和老伴被感染，于是动员另外两户邻居，用废旧沙发、桌椅封堵了老汪家的门，不让任何人与老汪家接触。平时，老孙和老汪的关系非常和睦，彼此来往频繁，但是，当得知老汪的妻子被诊断为疑似病例后，老孙全家吓得惊慌失措，于是出此下策。张媛媛接到老汪的求助电话后，立即给老孙做思想工作，并讲解有关政策，希望他解除封堵，结果老孙不但不听，而且朝张媛媛怒吼：“你懂个屁！如果我们家有谁被传染了，你能负这个责任吗？”

无奈之下，张媛媛只好通知安保人员，准备强行搬走封堵物。

“谁如果敢动这些沙发、桌椅一个指头，我就敢和谁动拳头！”老孙继续怒吼，“我不光是为自己，也是为了大家。如果不担心，谁会愿意这样做呢？”

在安保人员的协助下，封堵物最终被清除，但是，老孙每次见到张媛媛，总要讥讽几句：“一个破网格员，真把自己当干部了。”

那些日子，张媛媛一见到老孙，就赶紧躲开，悄悄抹眼泪。

如今，老孙来道歉了。他说：“其实，我理解你们的辛苦。唉！那些天，我实在被疫情搞怕了，搞糊涂了，搞神经了。你想想，这里死人，那里死人，我的心情能好吗？最近通过线上听课，我知道自己大概属于有焦虑症、狂躁症的那种人，如果再不向你道歉，就说不过去了。”

在魏悦回访社区的记录里，我看到了一位社区党委书记的回应：“我们需要心理帮助，尤其是我们社区工作人员，这段时间大家太耗神费力了，网格员一天接打几百通电话，每天从医院到隔离点接送病人，有时情绪崩溃了，一边工作一边哭，哭完还要赶快工作……我们自己也会聊聊，但是没有你们专业，如今有了专业知识，轻松多了。”

疫情期间，某社区的一位党委书记丁某始终坚守在一线接送患者，身心劳累过度和长时间高度紧张，以至于连自己怀孕了都没有察觉。直到濒临流产，她才知道自己有孕在身，而这时，她身体已经不再具备孕育新生命的生理条件。

后悔、纠结、自责让丁某痛苦不堪，难以自拔。

丁某住院期间，魏悦他们始终和她保持微信联系，并通过一些放松的音乐和静观练习的指导语协助她调节情绪，终于让她的情绪得到缓解。

丁某出院后，马上投入到社区的全民检测工作之中，她告诉魏悦：“我特别喜欢‘安心小屋’，每天都要到这个音乐放松椅上坐一坐，这个时候心是静的，‘安心小屋’这个名字起得真好，每个人都需要安心。”

而有一些令人揪心的案例，至今让魏悦难以释怀。

疫情之前，生活在某小区10楼的老甄和老伴、外孙住在一起，女儿杨某和女婿在外地工作，祖孙三代的大日子、小日子温馨而美好。不久后，老甄外出买菜时感染了新冠病毒，先后在雷神山、火神山医院治疗了两个多月，隔离点工作人员考虑到老甄的老伴和外孙属于密切接触者，对老伴和外孙采取了合理的隔离措施，并电话通知老甄的女儿杨某回家照顾老人和孩子。那些天，杨某一边照看母亲和儿子，一边通过视频和病榻上的父亲聊天，鼓励父亲安心养病。谁也没有想到，更大的悲剧正悄然袭来……

一天早晨，谁也不知是什么原因，7岁的孩子和杨某从10楼同时坠落。

杨某当场死亡，而孩子由于没有直接着地而是压在母亲身上，只是腿部骨折，没有生命危险。

老甄病愈出院后，无法接受女儿离世的噩耗和外孙伤残的事实。一开始，他只是在痛苦中自责：“我要是不出去买菜就不会得这个病，女儿也就不用回来，女儿不回来，就不会死……”

老伴也对他心生怨恨，整天念叨：“是你的病，拖累了我的女儿。”

小小年纪的外孙，心理受到极大伤害，大脑一会儿清醒，一会儿模糊，他不敢回忆自己和妈妈坠楼的过程，甚至不敢面对妈妈已经离世的残酷现实。

老甄开始迁怒于隔离点。在他看来，如果隔离点不通知女儿回家，悲剧就不会发生。于是，他接连不断地到社区、隔离点上访，甚至大吵大闹，讨要说法。

社区工作人员束手无策，只好请求“安心小屋”的心理咨询师给予协助。

心理咨询师通过多个视角对老甄进行了心理干预，比如：女儿坠楼的主观性；老甄的缠访是否符合女儿的遗愿；老甄务必正视被巨大的伤痛“一叶障目”的现实处境；除了上访，眼下亟待关注的现实问题是什么；疫情和女儿坠楼之间的关系；女儿回家的初衷与最终死亡有无内在联系……

最终，老甄的心理状态慢慢有了好转。

社区工作人员通过努力，安排老甄到安保岗位工作，并持续对老甄和他的老伴、外孙做进一步的心理疏导。

魏悦对我感慨：“心理咨询无法改变已经发生的现状，但可以改变我们看这个世界的心态，那些伤痛和刺的背后有无奈，更有深沉的爱。”她还说：“有时候，内心的愧疚是根刺，伤害自己也会伤害他人，‘安心小屋’随时都面临着各种各样的挑战，这恰恰是‘安心小屋’的意义所在。”

意义所在，是初衷，也是愿景。

第十三章

武汉手记六章

洪山路 1 号

那个月色朦胧的夜晚，我曾骑着共享单车，围武汉市洪山路 1 号院绕了一圈。

意犹未尽，我又绕骑一圈。城市早已进入睡眠状态，而我骑车独行的路线，像一个好奇的问号。

洪水的洪，高山的山。要说世上能阻挡洪水泛滥的最强者，唯有巍峨的高山。我没有时间领略、打听洪山二字作为地名的内在含义，但我能隐隐感受到一种强大的阻力，把咆哮、涌动的社会心理洪流，死死阻挡在荒滩泥淖的对岸。

第二天，我在刘洋的陪同下，直接走进了洪山路 1 号院的纵深处。

这里位居武汉市武昌区一隅，是中国科学院武汉分院所在地。这里有中国科学院的武汉物理与数学研究所、武汉岩土力学研究所、武汉测量与地球物理研究所、武汉病毒研究所、武汉文献情报中心和水利部、中国科学院水库渔业研究所等 9 个独立机构，此外，中国科学院研究生院在这里设立了武汉研究生教育基地。

中国科学院武汉分院机关 1 楼的 129 会议室，就是心理援助武汉工作站。

——129，让我想起当年八路军 129 师的番号，当年的 129 师，是一支抗日劲旅。

129 会议室并不大，大约只有 15 平方米。中间有一张椭圆形的会议桌，四周围着十几把椅子。主墙上有一块占据墙面三分之二左右的喷绘标识，上书：中国科学院心理研究所、中国科学院武汉分院心理援助武汉工作站。

喷绘标识上左右分设两张聚光图片，左边展示的是中国科学院心理研究所机关，并标有“1929—2019”字样，意在纪念心理所成立 90 周年。右边展示的是中国科学院武汉分院。

左边的图片选择了彩色背景，色泽艳丽，春意盎然；右边的图片选择了黑白背景，沉静庄严，雾霭弥漫。左右两边的主色调一明一暗，对比分明，两者传递的信息里，有期待，有默契，有唤醒，有渴望，也有彼此深情款款的遥望。

“这是谁设计的？”我问刘洋。

刘洋却腼腆起来。后来我才知道，这样的设计就出自刘洋本人之手。“当时时间非常紧迫，我设计完后，请吴坎坎老师审核了一下，经刘正奎老师同意后，就匆匆上墙了。”

刘洋告诉我，心理所心理援助工作队陈雪峰、刘正奎、吴坎坎一行于 2020 年 3 月 7 日晚抵达武汉后，马上开始工作，当晚就到武汉疫情防控指挥部报到了。工作队遵循属地化管理和帮忙不添乱原则，在当地统一指挥下开展工作。与此同时，工作队马不停蹄地深入社区调研，与当地高校、社会心理服务机构等对接和沟通，克服一系列现实困难，尽可能直接、真切、全面地了解一线心理服务工作的开展情况，细化一线心理服务需求。工作队每晚形成详细的工作日报，向所务会和武汉协调办公室汇报。

3 月 9 日上午，陈雪峰、刘正奎、吴坎坎一行和中科院应对疫情科技攻关组武汉协调办公室沈毅、杨旭，武汉分院分党组书记李海波、综合处处长韩轶、科技处王勇处长和副处长叶昀等，在武汉分院 3 楼会议室一起研讨共建心理援助武汉工作站事宜，并最终确定在武汉分院设立心理援助工作站，作为了解一线情况、开展一线服务的重要平台。

当时确定的初步计划是:“安心”团队将从三个层面系统推进疫情防控心理服务。一是立足武汉，面向全国，开展科学有序、持续高效的疫情防控心理援助与危机干预工作。二是针对传染性疾病这类特殊的突发公共卫生事件，重点研发疫情防控“多技术融合的心理干预”关键性技术和网络服务平台，结合中国科学院心理健康服务平台，探索多技术支持下心理援助的新模式。三是瞄准国家重大事件应急管理体系建设目标，研究我国应急管理社会心理服务体系建设的目标和途径，探索推进应急管理社会心理服务体系的法治化、制度化、规范化、标准化建设，为建立健全应急管理体系提供一线经验和知识积累，发挥心理所国家战略科技力量不可替代的重要作用。

至此，洪山路 1 号院多了一个由刘正奎以工作站站长为名义总负责的办事机构。一般而言，办事机构有长期的，也有临时的。而这个特殊的工作站到底将长期存在还是临时存在，决定权当然在权威心理专家那里，可根子却在新冠病毒手里。

与其说多了一个办事机构，毋宁说多了一个元素。

与其说多了一个元素，毋宁说多了一种深刻的意味，或者说，多了一抹让武汉人能看到、能感觉到、能体味到的亮色。

我见过一张照片，照片中的陈雪峰、刘正奎、吴坎坎都戴着口罩，背景是书有“中国科学院武汉分院”几个字的巨大幕墙，幕墙的后面，是一大片郁郁葱葱的树木。

129 会议室只有一个窗口，窗外的两棵大树一副虎背熊腰的样子，浓荫如盖的树冠郁郁葱葱，彰显着旺盛的生命力。两棵大树之间还有一棵小树，它修长、挺拔，在两棵大树的呵护下，枝条直插云端……

风过处，杜鹃声声，那急促而富有节奏的鸣叫，似乎很远，又似乎很近。

“我们的工作站不同于汶川地震以后的所有心理援助工作站，受条件所限，同时为了工作的现实需要，我们工作站分了多个项目组，分布在武汉的一些医院周边或社区之中。”刘洋对我说。

这一点，我是了解的，比如史占彪团队就租住在金银潭医院附近的一家普通宾馆里，那里，仿佛洪山路 1 号的一个分支，可惜我行程匆匆，未能前往。

某天晚上，我执意前往刘洋他们租住的地方参观了一番。

忘了是谁告诉过我：“我们还有个洪山路 1 号，这个 1 号在八一路 87 号。”

八一路还有个洪山路？ 87 号还有个 1 号？路名和门牌号哪有重叠的？我以为自己听错了，所以当时不以为意。

后来才知道，这指的是韩茹、黄鑫、范越、刘洋、陈迎、王婧伊等人的“大本营”。

“安心”团队的许多重要决策、部署、安排，都通过这里付诸实施。

这里更像洪山路 1 号的前沿阵地，或者说，像前沿哨所和前沿的补给站。

这是与武汉分院宾馆毗邻的一处普通民宅，位于八一路 87 号，楼房砖混结构，临街，与周边鳞次栉比的楼房没有什么两样。进得 4 楼 401 房间，迎面是一个客厅，一侧有 4 个小居室。

客厅的主墙上，也贴着“中国科学院心理研究所、中国科学院武汉分院心理援助武汉工作站”的字样。我恍然大悟，洪山路 1 号在心理工作者眼里，早已超越了现实意味，有了象征性和标志性。

我注意到，客厅的一张桌子上，除了大量心理援助资料、图书和有关器具，还有方便面、火腿肠、餐具等。工作的紧张节奏和“过日子”的烟火气息，让这小小的民宅显得别有意味。

平时，他们去金银潭医院食堂就餐，工作繁忙时，只好点外卖充饥。每逢周末，就自己买菜做饭，算是按照自己的口味改善一下伙食。

我在武汉时，其他人正好离开“1 号”分头忙乎，刘洋、陈迎等人留守处理相关事务。刘洋说：“有时候，我做饭，陈迎洗锅。她的锅洗得还可以。”

像是肯定，更像是调侃。陈迎“嘿嘿嘿”地乐了，她对我说：“原来不懂的，到这里，就懂了；原来没有干过的，到这里，都会干了。”

遍布全国各地的“千家机构”，其实就是遍布全国的“洪山路 1 号”。

谁的眼泪在飞

一只狗，两只狗，三只狗……十只狗……二十只狗……

她又哭了，眼泪“哗哗”直流，握着方向盘的手不停地发抖。平时的下午六七点钟，武汉的大街上正是下班人流的高峰期，可那些疫情中的日子，笔直、开阔的马路上没有人，只有狗。

大狗小狗，小狗大狗，它们或蹲，或卧，或溜达。狗是否和人一样有严重的心理恐慌，她不知道，但她能判断出狗的疲倦、饥饿和无所适从。

她使劲鸣喇叭，狗就是不走。

她自问：“我们的武汉，这是怎么了？”

“武汉病了。”这样的回应，来自她的心里。

她是武汉优抚医院院长梅红彬。优抚医院是隶属于武汉市退役军人事务局的公益医疗机构，是一所主要为退役军人提供医疗康复、疾病预防、卫生指导和医疗保健的综合性医院。从 2 月 14 日开始，该院成为新冠肺炎患者定点收治医院，支援该院的有来自内蒙古、甘肃、广西、山西、云南等地的 5 支援鄂医疗队，共 500 余名医疗队员。

庚子年，谁不知道武汉华南海鲜市场？优抚医院与华南海鲜市场相距仅 200 米。

梅红彬告诉我，2 月 24 日，医院和援鄂医疗队经过认真分析、仔细研判，明确本次心理救援的主要服务对象共三类人员：第一类是新冠肺炎患者；第二类是一线医护人员（包括武汉市优抚医院医护人员和 5

支援鄂医疗队队员）；第三类是驻地酒店提供安保、后勤、物质、车辆等服务的工作人员和志愿者等。

“那些日子，我泪点很低，同事们也是。”梅红彬的眼里飘着泪花。

原定 1 月 17 日举行的春节联欢会，因为当时与日俱增的不明肺炎病例被迫停止。

——恐慌，当时医院上上下下一片慌乱。20 日左右，大家获知此病可以人传人，慌；23 日武汉封城，更慌。“我们连夜召开紧急会议，我让大家火速回家带好行李返回医院，做好长期不回家的准备。”梅红彬说。

医院有一对双职工，丈夫 60 多岁的母亲感染病毒后已经出现白肺现象，由于当时几乎所有的医院床位都紧缺，丈夫恳求院方把母亲接到“自家”医院，可是，当时的优抚医院已经无能为力……院方一边紧急联系金银潭医院，并排队候诊，一边对夫妻俩进行安抚。

“我们夫妻俩都是行医的，可连自己的亲人都救治不了。”丈夫神情茫然地说。

妻子差点给院长下跪。当时，包括梅红彬在内的许多院领导，泣不成声。

不到一个月，优抚医院被感染的医护人员就多达 17 个。

“要说心理创伤，是全民创伤。”睡眠心理科主任吴江对我说。

疫情期间，吴江一家三口被阻隔在武汉、黄冈、仙桃三地，彼此无法照应。当时吴江工作压力大，母亲十分清楚吴江工作的特殊性，每天都打电话给他，但吴江大多数时间都无法接听。尽管他向母亲报了平安，但母亲总是不相信。那段时间，他一接到母亲的电话就觉得很烦躁。两个月之后，到了“五一”期间，大家才有了团聚的机会。

“母爱如山，但这山，也是压力。”吴江哭了。

因感染新冠病毒不幸离世的武汉市中心医院医生李文亮家，就在吴江家的楼上。

“心理危机，几乎无处不在。”吴江给我举例说，“医院曾治疗过一个女大学生，她一直想跳湖，后来又学跳楼。还有一位男生为了跳楼，不断测算坠楼的速度和昏迷、死亡的时间。有一位老人在医院被确诊后，选择离开医院，后来自杀了……”

精神科二区主任方向明泣不成声，医务科的袁露不时递给他纸巾。

方向明的父亲已经 80 岁高龄，是一位资深村医。疫情期间，老人家在老家黄冈，身上套着用普通塑料布做的“防护服”，坚持走村串户为乡亲们看病。他在电话中对方向明说：“大疫当前，这事，我这个当医生的不干，谁干？”老父亲的一句话，让方向明泪如泉涌。

当时方向明年仅 8 岁的孩子无人照看，而岳父和岳母都做过肺部手术，方向明心急如焚，却没有任何办法，孩子只能请岳父母照管。

袁露一度哽咽，为梅红彬、吴江、方向明的心曲，也为自己。

袁露的表弟被确诊了，姨妈给她打来电话希望她帮助弟弟尽快住院，袁露只好通过视频沟通解释。自己的亲人遭受大难，她作为医生却无能为力，这让袁露非常难过。她说：“面对亲人，我自己无论付出多少都是应该的，可是……”

梅红彬、吴江、方向明、袁露的眼泪，像绵绵的秋雨。

我这才知道，春节过后，医院就密切关注刘正奎的“安心”团队线上开展的一系列心理援助活动了，全国一些有条件的心理援助机构也开始采取线上或线下的方式紧急行动起来。2 月 24 日，深圳首支“心理”医疗队进驻武汉市优抚医院，随后，第二批、第三批、第四批、第五批“心理”医疗队及时跟进，通过线上、线下等方式，对新冠肺炎患者开展精神联络会诊、心理巡查及心理救援。其中仅第五批“心理”医疗队，就对 800 余名医护人员进行了有针对性的心理支持、疏导、干预和心理健康评估。“心理”医疗队先后成立3个巴林特小组、2个室内正念减压小组、16个室外舞动放松小组开展活动，累计发放“安心礼盒”700余份、“心理口罩”300余份，发放对象包括武汉市优抚医院及内蒙古、甘肃、广西、山西、云南5支援鄂医疗队的医护人员等。

所谓“安心礼盒”，包括一本《安心手册》、一张“抗疫一线医务人员安心音频书”卡、一张音频App的有声书卡和两只N95口罩。

吴江说：“我最难忘的，是‘安心’团队的刘正奎老师。”

吴江最难忘第一次和刘正奎见面的场景，他原以为像刘正奎这样的大专家，一定是清高孤傲的性格，没想到刘正奎一亮相，首先对医生们抱拳行礼，并谦称：“我们拜码头来了。”

吴江认为，刘正奎行事、待人接地气，有内涵，一下子就拉近了心与心的距离。

据吴江回忆，6月19日下午，抗击疫情武汉心理工作站授牌仪式在武汉市优抚医院举行，刘正奎和优抚医院副院长余道信共同为工作站揭牌，钱炜以及医院相关领导共同出席了授牌仪式。刘正奎在致辞中表示，武汉心理援助工作站将会与医院形成优势互补的关系，更好地服务于武汉地区的心理援助和心理服务工作。

钱炜与吴江共同为抗击疫情“助人者心理援助计划”项目点揭牌。

优抚医院院长梅红彬任武汉心理工作站联合站长，张向阳任首席科学家，钱炜和吴江共同任副站长。

授牌仪式的举办标志着中国心理学会与武汉市优抚医院合作的开始，通过工作站和项目点进行资源整合与具体项目的开展，为优抚医院的医护工作者提供科学专业、全面有序、持续高效的心理服务，并培养专业的心理援助骨干力量；探索医护领域心理干预、心理服务的新模式，并在工作站和项目点的框架下建立本地化的专业心理援助队伍，为医护人员的身心健康提供持续的支持。

那天的授牌仪式结束后，钱炜为优抚医院的医护工作者进行了身心减压的专题讲座。一位医生对我说：“钱炜老师教我们的正念冥想练习，让我们的身心得到了放松，睁开眼，觉得世界都明亮了。”她还说：“钱炜老师团队的几个人都很能干，他们叫吴岩、彭巍、丁丁、咖啡……”

7 月 16 日，钱炜在优抚医院开展了“医护工作者身心减压”活动，为 50 多人次医护工作者开展“增加积极情绪的力量”专题讲座。

这里的医生们提起“杏仁核团队”“七日自助安心训练营·医护版”微信小程序，总是有话要说。

吴江认为，除了“安心”团队丰富、多元的心理援助活动带给医护人员的心灵抚慰之外，刘正奎、吴坎坎、钱炜的人格魅力和待人艺术也深深感染了大家。他们有理念，有气量，有恒心，有底气，待人平和、朴实、真诚，就像自家的亲人。

“钱炜的团队像一个巨大的熔炉，把我们内心深处淤积、凝结已久的所有纠结、委屈、郁闷都熔掉了。”吴江说，“我始终记着钱炜的微笑，她好像始终在微笑，那样的笑优雅、恬静，让人觉得如沐春风，有一种无形中的力量。”

袁露告诉我，钱炜曾给大家讲过一个故事：有一个挑水工，每天往山上挑水，但由于水桶有破损，一些水遗洒到途中。但在挑水工看来，遗洒的水并没有浪费，它滋润了沿途的花草……

我认真地听着每一个人的讲述，而泪迹，仍然晶亮。

有时候，飞起来的眼泪，是无法擦干的。

忧郁的黄鹤楼

“不登黄鹤楼，等于没到过武汉”，此话流传久矣。

黄鹤楼和南昌的滕王阁、岳阳的岳阳楼，被誉为“江南三大名楼”。这些年来，我也算行走四方之人，可这三大名楼，我一个也未曾涉足。

如今到了武汉，我却丝毫没有登黄鹤楼的欲念，不是不想，而是没心思。

在武汉十月的风中，远眺长江南岸、蛇山之巅的黄鹤楼，我在想，当年的大诗人崔颢、李白、白居易、贾岛、陆游、杨慎、张居正们，到底有过怎样的心理创伤和精神波澜，才会有诸如《登黄鹤楼》中的“昔人已乘黄鹤去，此地空余黄鹤楼”？才会有诸如《黄鹤楼送孟浩然之广陵》中的“孤帆远影碧空尽，唯见长江天际流”？那密不透风的离愁别绪、惆怅怨艾里，会有焦虑、抑郁、PTSD 吗？其实，恰恰是这种共鸣感极强的心灵悲情和吊古怀乡的情愫，恰恰是这种情深不滞、意永不悲、辞美不浮、韵远不虚的艺术力量，使我对黄鹤楼的神往和偏爱发酵，可我始终无法拾级而上。

刘洋提醒我：“既然来了武汉，黄鹤楼还是要登一登的。”

武汉大学教授钟年先生转给我一篇他的大作，题目叫《黄鹤楼概述》，这应是《黄鹤楼志》的第一章，我由此得知，现在的黄鹤楼并非三国时代初建的黄鹤楼，也不是清代同治年间重建的黄鹤楼。近 2000 年来，黄鹤楼屡建屡废，仅在明清两代，就被毁 7 次，重建和维修了 10 次。

如今的黄鹤楼，落成于 1985 年 6 月，主楼以清同治楼为蓝本，却比早先历代之楼更为高大、壮观、雄伟。

黄鹤楼原来伤痕累累过，泣泪斑斑过，只不过，它挺过来了。

但是，断断续续俯瞰了武汉三镇 1800 多年的黄鹤楼一定不会想到。2020 年 1 月 23 日到 4 月 28 日，它曾“闭关”近 100 天……

寂寥,冷清,落寞。黄鹤楼像搁浅在江岸上的一叶孤舟。那些日子里，黄鹤楼下的红油热干面没有了，糯米包油条没有了，小摊小贩的吆喝声没有了，前来欣赏、朝拜它的熙熙攘攘的旅人没有了。很多武汉人痛心疾首地仰天长叹:“庚子年的黄鹤楼，是‘打烊’的节奏吗？”

黄鹤楼是武汉人的精神故乡。据说当时很多武汉人“宅家”长吁短叹时，都要小心翼翼地提到黄鹤楼:“此地”，真的“空余黄鹤楼”了吗？今后的武汉，真的“唯见长江天际流”了吗？

当然不是一语成谶，可真的像极了某种冥冥之中的预言。“日暮乡关何处是？烟波江上使人愁”，到底是诗人内心的玄机，还是黄鹤楼的宿命和精神困厄？

隔离在家的武汉人，调侃地把“故人西辞黄鹤楼，烟花三月下扬州”改编成了“新冠西辞黄鹤楼,烟花三月我下楼”。此中心理,苦兮？愿兮？

“你既然是来考察心理援助的，难道不想知道黄鹤楼的忧郁吗？”湖北的一位作家给我发来微信。

一语点醒梦中人。假如我不知道黄鹤楼的忧郁，一定是我的心理出问题了。

就这样，我走进了黄鹤楼。游人已经非常之多，但如今的多和往昔的多不一样。我登楼之时，武汉解封已经半年，但光临黄鹤楼的每一个人几乎都戴着口罩。排队时，彼此拉开近一米的距离。

人能看清黄鹤楼，可黄鹤楼看到的人，却犹抱琵琶半遮面。

警示牌上写着这样的话：一旦发现异常情况，将立即启动黄鹤楼公园应对新型冠状病毒肺炎应急预案，做好信息上报、发布预警、及时隔离、排查情况、场所消毒等工作，必要时封闭相关点位或者园区……

迎面是一排高高竖立的钢管脚手架，恰恰遮住了黄鹤楼的大半英姿，仿佛在天地之间给黄鹤楼戴了一只巨大的口罩。我这才知道，为了引发人们游览黄鹤楼的兴致，有关方面会在这里不定期举办各种演出，那些脚手架是专门架设灯光用的。而黄鹤楼的门票也在不断地优惠，优惠，再优惠，直到我抵达时，黄鹤楼的管理部门又出了新规：庚子年，免费。

担心和害怕，让时不时擦肩而过的游客“面面”相觑，表情里布满了警觉和怀疑。说是“面面”相觑，更像“半面半面”相觑。口罩不是“面”，是布料，人类的“面”从来没有像庚子年时这样，统一成了口罩的样子。谁也不知道狡猾的新冠病毒是否会卷土重来，是否会经过变异以另一种形式扑“面”而来。

有位年轻的母亲给孩子照相，孩子突然提出意见：“我要摘掉口罩。”

“不可以。”母亲坚定的语气照样是从口罩后面发出来的，她面露愠色，对孩子说，“咱俩不是说得好好的嘛，登黄鹤楼，全程不摘口罩。”

“可是，我只露出半张脸，算什么纪念呀。”孩子委屈地说。

“其实，半张脸，可能更像纪念。”母亲说，“它会让你记住，黄鹤楼忧郁过的日子。”

“不！我只想开心。”

……

孩子口罩里的那张小嘴巴，一定是噘着的吧。只见她干脆撑开十指，把口罩之上的半张脸也严严实实地遮挡住了。母亲的眼里飘着泪花，她手中的相机颤抖着，颤抖着，最终，母亲放弃了拍照，叹息一声：“好吧，不照了。”

我的心情顿然有一种雾锁烟笼之感，还有点小小的复杂，为黄鹤楼，为这位母亲和孩子，当然，也为自己。我在想，假如我是一位心理师，我能解开这母女俩的千千心结吗？

刘洋说：“秦岭老师，在这里，您可能会诗兴大发。”

我回答道：“眼前有景道不得，崔颢题诗在上头。”我其实引用了别人的感慨，别人谁也？竟一时忘记。

陪伴我的“导游”是来自山东的心理志愿者陈迎，她是西南科技大学心理学教授辛勇的学生。陈迎已在武汉志愿服务好几个月，未来的时光里，她将前往英国伦敦读研。陈迎说话细声慢语，像极了冬日暖阳下的一只猫咪。她的脸上总是轻轻漾着一种浅浅的笑容，对话时笑，低头时笑，走路时笑，回眸时笑。那笑容分明是在微微翘起的嘴角挂着的、搭着的、嵌着的，仿佛与生俱来。黄鑫、刘洋告诉过我：“自从志愿者团队里有了陈迎，我们都有了口福，她把从山东老家寄来的好吃的，全和大家分享了。”

我心里一热，当清苦成为习惯，这些背井离乡的志愿者们，就更懂得珍惜。

站在高高的黄鹤楼上，陈迎指着远处一个高悬铜钟的牌坊考我们：“你们猜，上面其实有两个字，我看你们能不能猜出来。”

我和刘洋猜了好久，仍然一头雾水。

“它既是‘春’字，也是‘寿’字。”陈迎继续解释，“整个牌坊和大钟的形体都在告诉我们：春无头，寿无边。”

我被她抖的这个包袱逗笑了。我可能是笑出了声的，可我的笑脸只有口罩知道。我不知道陈迎是否在用她作为心理工作者的职业敏感调节气氛，但她的一言一行分明在我这里起到了明显的效果，我的内心深处，似觉有了一抹亮色。

我似乎有观察、探究黄鹤楼的心思了。黄鹤楼高5层，总高度51.4米，建筑面积3219平方米。黄鹤楼内部由72根圆柱支撑，外部有60个翘角向外伸展，主楼由十多万块琉璃瓦铺就而成。主楼屋顶错落，翼角嶙峋，气势雄壮。黄鹤楼楼外铸铜黄鹤造型、胜像宝塔、牌坊、轩廊、亭阁等一批辅助建筑，将主楼烘托得更加壮丽。主楼周围还建有白云阁、碑廊、山门等建筑。整个建筑群风格独特，与蛇山脚下的武汉长江大桥交相辉映。

黄鹤楼，果然形如黄鹤，展翅欲飞。

而我的内心，仿佛与宇宙意象融为一体，与日月同贮于时光的某处。

“更上一层楼”时，再眺，武汉三镇的风光尽收眼底。

“你看，火车。”陈迎用手一指。

是一列满载货物的巨龙般的火车，从黄鹤楼一侧“轰隆隆”地飞驰而过。武汉人的日子，似乎找回了一如既往的流程和规律，假如不继续戴口罩的话。

离开黄鹤楼前，我顺手捡了一枚凋零在翠竹根部的早已干枯的皮片，皮片呈土褐色，像遗落在岁月表面的一张老照片。我疼惜并带走它，到底是为了缓解黄鹤楼的忧郁，还是纯粹为了让自己记住黄鹤楼的忧郁？我自己也不知道。

印象最深的是黄鹤楼上清人符秉忠的一副楹联：

爽气西来，云雾扫开天地憾；

大江东去，波涛洗尽古今愁。

面对天地之憾，怎一个“扫”字了得；面对古今之愁，怎一个“洗”字了得。

姜还是年轻的“辣”

这是武汉十月的秋夜，却一如北方的初夏，华灯初上，金风送爽。

我在刘洋、陈迎等心理志愿者的陪同下，见到了姜辣。那晚临街的大排档，简单，却丰富，一溜儿全是兴致盎然的食客。姜辣对我说：“疫情期间，这里冷冷清清，如今，又恢复了人气。”

那天晚上的姜辣乌发披肩，刘海齐额；弯眉，杏眼；身穿乳白色长袖衬衣、米黄色裙子，衣袂飘飘；拎一只鹅黄色的小包，苗条的身姿像一株春日里的玉兰树，显得亭亭玉立。

姜辣告诉我，从除夕夜开始，她会尽量每天安排一小时在家保持正念、练习瑜伽，也会每天看着窗外的变化，记录一下心情；或者，远眺高高的黄鹤楼，感念它如同一位守护家乡的年轻将军，可如今，它受伤了。她愿意和武汉的父老乡亲们一起守护它，珍爱它，期待它雄姿英发，羽扇纶巾，康复归来。

每个漫长的夜晚和寂静的白天，她都会静静地注视那些似乎显得突兀的高楼大厦，周边是过于宁静的景、路、桥。她会想：那不远处的过街天桥下，是否有还未回家的人呢？那匆匆疾驰的救护车里，载送的是确诊患者吗？那位伫立在风中一动不动的大叔，是内心受了伤吗？

姜辣的“辣”,“辣”在有主见、有理念、有魄力。她决定要干的事儿，能一竿子插到底。疫情暴发之初，湖北省心理学会副理事长邓晓红教授就征求她的意见：“如今社会心理危机比较严重，你们华夏是否有打算？”

华夏，指姜辣和合作者联手创办的武汉华夏心灵教育咨询有限公司。

“有！”姜辣说。

于是，在中国心理咨询师协会筹委会工作委员会、湖北省心理学会两级学会的支持下，姜辣、李良华他们开始在现有的心理咨询师队伍和心理救援工作体系上搭建平台，并联合湖北省红十字会心理救援队，迅速开展了心理咨询师选拔和培训，并开通了心理热线。当时的武汉，风声鹤唳，人心惶惶，大街上车少人稀。

扑面而来的工作，使她暂时忘却了紧张和害怕。每天匆匆回家，匆匆离家。她担心在街上染上病毒，不敢和家人一起吃饭，碗，分开洗；门，各自关。有一次，因和华南海鲜市场附近的朋友见过面，她只好在家自行隔离了 14 天，隔离结束后，马上赶往公司。

2 月 25 日开始，姜辣在微信朋友圈里转发了武汉大学心理专家钟年撰写的《战疫、抗疫、和疫——从心理自觉到文化自觉》《三八节的祝福 / 女性智慧与天下太平》等文章，并附钟年本人的诗朗诵。

我是在姜辣的公司座谈时见到钟年的，早年毕业于北京大学心理系的他，儒雅、睿智，有点像电影演员李雪健，却要比李雪健帅气、魁伟不少。我俩聊完神话聊江河，聊到“武汉”地名的由来时，我俩同时恍然大悟。古老的汉水后来分为西汉水和东汉水。我的老家天水在汉水之头，而今，我们都在汉水之尾，所有的话题，立刻显得意味深长。

“‘安心’行动开展工作，非常需要姜辣这样的人。”刘洋对我说。

姜辣却说：“其实我做得很少，倒是跟着大专家们学到了许多东西。”

从 3 月 2 日开始，姜辣和同事付焱、郭朔邀请了季青华、孙卫红、王凌云、王燕飞等十余位资深心理咨询师，在湖北交通广播《1078 大家帮》心理疏导节目中现身说法，宣传心理科普知识，抚慰听众心灵。

这次活动持续一个多月，共推出 30 期。“我们都知道，有一个声音，是姜辣的，那种辣里，是有香味的。”小区大妈李颖对我说。

在我看来，姜辣的内心和性格有强大的张力，可她却时刻保持着知识女性特有的内敛和胸襟。她说，在武汉，心理学界的同行几乎都在行动、发声，武汉大学、华中师范大学等高等院校纷纷搭建心理抗疫平台，武汉市精神卫生中心第一时间公布了“心心语”心理援助热线，湖北省婚姻家庭研究会王增珍会长、潘应红副会长指导开通了“春风”热线，视频直播点击量达到 100 多万人次……

武汉封城那天，姜辣收到了史占彪发来的信息。

“史老师曾在汶川地震时担任北川心理援助工作站站长 3 年，对他，我心中一直非常钦佩，也非常好奇。”姜辣对我说。

3 月 6 日，姜辣得知中科院心理所的陈雪峰、刘正奎、吴坎坎一行三人即将逆行武汉，她立即给家里囤积了足够两个月食用的米、面、油、牛奶等生活必需品。3 月 15 日，姜辣赶到心理援助武汉工作站报到。

“当天晚上，给我印象最深的是刘正奎老师。”姜辣说，“刘老师给我们讲解了‘五社一心’的工作思路，让我大开眼界。”

这是姜辣的公司成为“千家机构”成员单位的开始。

姜辣告诉我，从刘正奎、吴坎坎那里，她听到了有关心理援助的前世今生，更加理解了心理援助工作本身，也更加体会到文化对于人心的疗愈和抚慰作用。在姜辣看来，人，总难免行至艰难处，在那最艰难的几步里，心若能被一双温柔的手轻轻托起，便是一种抚慰。

最初，姜辣、李良华跟着陈雪峰等专家到金地、东亭等社区，以及武汉市疾病预防控制中心、金银潭医院等有关单位调研。从 4 月 16 日开始，姜辣、李良华与黄鑫一起跟着韩茹为金银潭医院第一批隔离轮休医务工作者开展为期 14 天的心理服务。提起韩茹，姜辣的内心充满钦佩，她说：“韩老师对整个工作做了妥帖的考量与设计，她带着我和黄鑫，不仅针对性地给我们安排了各自的工作任务，还手把手地进行指导。”

在韩茹的指导下，姜辣、李良华他们组织公司的心理咨询师以电话、面对面沟通等方式为武汉金银潭医院、武汉市中心医院的近3000名医护人员提供心理援助，其中电话干预272人次。他们组织36名心理咨询师志愿者和精神科医生线上入驻了30个重点社区，进行了36例线上心理干预；曾面向武昌区，以问卷的形式评估了163名社区工作人员的心理状况，一对一、面对面访问了19名网格中心接线员；曾先后组织力量进入广西大厦美居酒店、中南路丽枫酒店、武汉铁路局党校、大中医院以及位于东湖高新区的九峰等5个隔离点；安排14名心理咨询师志愿者到隔离点现场值班，前后心理测评了70人，心理干预43人次。

“在公司，李良华比我们更早地介入了‘安心’工作，而且工作量非常大。”姜辣多次向我提起她这个有开阔视野、有大局意识的“老搭档”。

在微信朋友圈里，我听到了由黄鑫专门为医务工作者们录制的“养心之旅”音频。音频里，是姜辣的声音，轻柔，温婉，如潺潺流水，如云卷云舒。

亲爱的朋友早上好，今天你好吗？

不论是阳光，还是细雨，每一个清晨都独一无二；

不论是挺身而出的战斗，还是紧绷之后的疲乏，每一个你都格外珍贵；

片刻悠闲，片刻宁静，几处风景，三两情思，在这个清晨，记得给镜子里的自己一个微笑，搓搓手，摸摸脸，揉揉肩。

张开双臂，双手环抱自己，对自己说一声：“亲爱的，早上好！”

亲爱的朋友晚上好，南宋著名理学家蔡元定先生在《睡诀铭》中写道：先睡心，后睡眼。

所谓先睡心，即抛开杂念，让情绪和意识放松下来。

现在，请你轻松地躺下来，轻轻地闭上眼睛，把你的身体、头、脖子、双肩，胸部、背部、腹部、臀部，以及双腿、双脚都调整到最舒适的状态，我们来做深呼吸。

深深地、缓慢地吸气，

深深地、慢慢地吐气；

吸……

呼……

吸……

呼……

愿你在深长的呼吸中，让心慢慢安睡。

亲爱的朋友，祝你晚安！

走进金银潭医院

在武汉，我走进的第一家医院，是金银潭医院。

2019 年 12 月 29 日，武汉首批 7 名新冠肺炎患者就转到了这里，于是，这里成为全民抗疫之战最早打响的地方。那一天，是湖北省中西医结合医院医生张继先上报疫情的第三天。

金银潭医院由此成为最早接诊新冠肺炎患者的定点医院，也是收治重症和危重症病人最多的医院之一。作为武汉最大的传染病专科医院，金银潭医院是湖北省、武汉市突发公共卫生事件医疗救治定点医院，该院原为武汉市医疗救治中心，是武汉地区唯一一家具有近百年历史的公共卫生医疗救治基地。

疫情期间，金银潭医院收治的全部为新型冠状病毒感染的肺炎确诊患者。

“金银”二字，让我想起耳熟能详的中药——金银花。老家甘肃天水的山坡上，生长着很多金银花，它有清热解毒、抗菌消炎、疏散风热的功效，适用于治疗丹毒、感冒、温热病等。

中草药名成为一家著名医院的称谓，我不知道这是巧合，还是冥冥之中的安排。“什么金子银子，到了这里，就是金银花了。”我对刘洋说。

金银潭医院的院长，就是后来被授予“人民英雄”国家荣誉称号的张定宇。张定宇说：“我必须跑得更快，才能跑赢时间；我必须跑得更快，才能从病毒手里抢回更多病人。”可他自己早已被确诊患有渐冻症，双腿日渐萎缩，通过央视直播的表彰大会，很多观众目睹过他举步维艰、蹒跚而行的情景。

张定宇带领医院干部职工先后救治2800余名患者，其中不少为重症、危重症患者，而他的妻子也被新冠病毒感染。“当时的张院长，已经顾不上自己的妻子了。”一位医生对我说。

副院长黄朝林后来荣获“全国抗击新冠肺炎疫情先进个人”称号。他至今记得首批新冠肺炎患者转往金银潭医院的经过：“那天是星期天，我上午在病房转了一圈，下午刚回家休息，突然接到武汉市卫健委的电话，要求我火速赶往湖北省中西医结合医院去‘排查可疑病例’。”黄朝林当时立即给同事、ICU主任吴文娟打电话，让她也快速赶去。

从那天起，黄朝林长达42天没有回家，日夜带领医护人员战斗在前沿阵地。

1月10日晚，刚刚脱去防护服的黄朝林离开门诊，正走在前往办公室的路上，突然有一对小夫妻“扑通”一声跪倒在他面前，两人是一位新冠肺炎危重患者的女儿和女婿。黄朝林见状，来不及重新戴好自己的口罩，赶紧将他们扶起来。3天后，这对夫妻被确诊感染。十多天后，黄朝林也被确诊，当时，他的血氧饱和度不到93%，属于重症。

黄朝林目睹了太多的死亡，对自己生命的未来，他也产生了恐惧。

黄朝林病情稍有好转，就以医生、业务副院长、专家组成员、研究者、重症病人、药物受试者6种身份再一次与新冠病毒展开了殊死搏斗。

“和我一样，我们很多医护人员在奋起反击时付出了代价。”黄朝林对我说。

我这才知道，金银潭医院的医护人员先后有21人感染新冠病毒，大多数医护人员的心情处于高度紧张、恐惧状态，其中有明显心理创伤的人员高达50%。

如今的武汉，除了人们口罩遮颜，大多数街头已经基本看不到人类与新冠病毒激烈对峙、博弈的悲壮场面，但在金银潭医院，依然能感受到剑拔弩张、高度紧张的气氛。

在一些病区，医护人员仍然全身披覆防护服，护目镜、医用口罩和手套一应俱全。在刘洋的陪同下路过新冠复查室、新冠肺炎复诊门诊、静脉采血室等科室时，我的心情顿然复杂起来。我非常清楚，这里，曾经经历过什么，而今，这里又在经历什么。

在这里，“安心”行动不光是过去进行时、现在进行时，极有可能还是未来进行时。在“医护对话空间”一侧的墙上，我看到了这样的字样：“欢迎扫码加入‘自助安心训练营·医护版’”“同情疲倦”“步行试验”“知情同意”“心理测评”……

院办主任俞薇向我介绍员工的心理状态时说，当新冠肺炎病毒可以人传人的信息发布后，医护人员承受了巨大的心理压力和心理创伤。有位老护士曾对她说：“今天的病床上原本躺着一位确诊患者，可是第二天，病床上又换成了一个新面孔。有段时间，几乎每天病床上的面孔都不一样。作为医护人员，那种无助感，无法形容。”

俞薇用了一个非常形象的成语：兵荒马乱。

从 4 月 14 日开始，“安心”行动在金银潭医院开展的系列活动，可谓争分夺秒，掷地有声。当天 8 时 30 分，史占彪、韩茹、黄鑫、张全前往金银潭医院按照入组标准招募复诊人员参与心理疏导、科研攻关，并发放情绪监测手环，招募人员共计 30 名。13 时 30 分，韩茹、黄鑫和姜辣陪同金银潭医院第一批隔离医护人员前往碧桂园隔离点提供心理服务、开展科研工作。22 时，吴坎坎、韩茹、范越、张全、黄鑫召开工作站每日例会，汇报各方工作进展、所需支持，以及第二天的工作安排……

刘洋告诉我，从 4 月 16 日起，金银潭医院开始分批次安排医护人员在碧桂园宾馆隔离疗养。在刘正奎的安排下，武汉工作站派出心理所助理研究员韩茹，让其带领硕士生黄鑫、王靖伊，与湖北华夏心理的姜辣、汪绮先后组成两批专家团，在疗养点为第一批和第二批疗养队提供为期28天的心理服务，先后服务医护人员251人。

在“安心”团队和金银潭医院之间“穿针引线”的，是吴坎坎。

记得黄鑫对我说过，那些日子，专家团成员因地、因时制宜，结合服务对象的特点，创造性地开展了心理讲座、心理咨询、团体辅导、心理测量、自助音视频相结合的综合性心理服务模式，并将最前沿的心理学硬件设备与专业读物免费发放给医护人员，使他们能够更好地自我觉察，自我提升。其间，专家团还邀请了斯坦福大学副教授童慧琦，心理所的史占彪、龙迪、陈蒽静和李甦等专家为医护人员做了多场专场讲座。

疗养前后的心理测评结果显示，医护人员的身心状态有所放松，疗养工作成效显著。

4月18日上午，吴坎坎、范越、陈科璞、常潇月前往金银潭医院与史占彪、张全、马骋会面，为陈科璞、常潇月下一步在金银潭医院开展研究工作做计划安排。

4月19日，史占彪、张全、马骋三人在金银潭医院为51名常阳患者提供心理援助。

4月21日，“安心”团队在金银潭医院正式挂牌成立“医护对话空间”。

4月27日，刘洋接替吴坎坎，负责统筹相关工作。

第三届“中国医师节”来临之际，金银潭医院医护人员心理健康素养与能力提升——首期“问题管理加”公益特训班开班仪式在金银潭医院隆重举行。刘正奎、钱炜出席了现场的开班仪式，陈雪峰线上远程发表了致辞。张定宇表示，希望公益特训班的举办能有效地提升金银潭医院医护人员的心理健康素养和心理健康服务能力，并希望通过持续开展的“问题管理加”培训为金银潭医院培养一支专业的心理健康工作队伍，从而使金银潭医院的综合医疗水平得到进一步提高。

此次公益特训班于 8 月 18 号正式开班，金银潭医院 70 多位医护人员参加首期培训。培训分为两个阶段，第一阶段的重点是自助能力的培养，第二阶段的目标是助人能力的提升。

“刘正奎老师讲授的‘解码心理与行为奥秘——心理学与生活、工作’，给我留下了深刻印象。”一位医生对我说，“史占彪老师的讲课主题很有针对性，他讲课的主题叫‘做好自我关怀、积极面对小烦恼’。”

从 8 月 20 日起，后期培训陆续开展。第二次专题讲座在金银潭医院学术报告厅开讲。第三次专题讲座则采取线上方式，由陈雪峰主讲“突发事件后的心理应对”，并从“突发事件带来的心理应激反应”“突发事件心理应对的科学方法”“关爱心理会让生活更美好”“从经历苦难中获得成长”等四个方面诠释了主题。与此同时，陈雪峰还和金银潭医院医护学员一起分享了《中国国民心理健康发展报告（2017—2018）》，并重点介绍了其中的“心理健康素养”调查，以及与医务工作者相关的数据。在讲座中，陈雪峰帮助医院的医护工作者们从“知识”“技能”“意识”等方面了解心理健康素养的组成，强调掌握“技能”是提高心理健康素养的关键。在吴坎坎的主持下，第四次讲座于 9 月 9 日举行，张莉、李红光为 30 多位医护学员做了主题为“工作与生活中的心理学——医护人员心理健康”的现场专题讲座。第五次讲座则由钱炜主讲，她讲授的主题是“您守护生命　我关心您——医护工作者身心减压”。

护士胡莉霞告诉我，当年抗击“非典”时，她也在一线工作，当时金银潭医院的医护人员无一例感染，疫情也没有扩散，可这次，随时都有被感染的可能。她一天都没有休息过，就连节假日也无法休息，属于自己的时间仿佛被清空了。胡莉霞认为心理援助十分有必要，她接触过

“安心”团队的韩茹、孙秀丽等人，有他们的心理疏导，她的心情好了许多。

医院职工李姗姗说，她当时的心理压力非常大，听了“安心”团队的几次讲座后，紧张情绪得到了缓解。她至今记得当时被安排隔离疗养时，“安心”团队给大家建立了微信群，专家们经常在群里向大家分享各种心理自疗方法。

“有心理援助工作者在身边，觉得社会在关心我们，理解我们，心里踏实了不少。”后勤人员邱璇对我说。

俞薇告诉我，她当时每天忙得团团转，医院组织一线医护人员和部分科员分批前往碧桂园隔离疗养，但医院党办、院办、工会等部门的很多员工分身乏术，仍然坚守在岗位上忙于事务。“我平时的思路是比较清晰的，可那时，感觉思维逻辑往往串不起来，比如组织工作人员给医护一线配送、发放饭菜时，有时突然不知该送往哪个诊室。后来刘正奎老师提醒我，我已经处于心理应激状态，有认知障碍。”俞薇说，“刘正奎的判断很准确，让我重新认识了自己。”

一位医生向我描述了她对吴坎坎的印象，她说：“每次见到吴坎坎老师，总觉得很亲切，他脸上似乎一直挂着微微的笑容，从他的表情里，我读到了耐心、善意和淡定。而自己的心情，也轻松了许多。”

曾经在金银潭医院一线抗疫的上海精神卫生中心副主任医师张晨曾说过这样的话：“先救命，再‘救心’。我们一方面要治疗还在医院的患者，另一方面还要培训志愿者、社工等不同群体，让他们知道在基层该怎么处理和解决心理、精神类问题。”

先救命，再“救心”，命和心都得救，二者一旦缺一，命就不是命，心，也就不是心了。

绘本家园

我第一次听说“绘本家园”这个概念，是在武汉。

走进洪山区梨园街东湖社区，一个规范、宽敞、功能齐全的社区服务中心赫然映入眼帘，武汉市第一家“绘本家园”示范馆就设立在这里，它在社区青少年活动中心的基础上打造而成，功能更加完善。

我这才知道，绘本在西方国家已经有 100 多年的历史，但在我国的出现和推广却只有十几年。绘本是一种独特的图书形式，也叫图画书，特别强调文与图的内在关系，对于开发儿童智力、丰富儿童的精神世界、调整儿童的心理世界有着十分积极的作用。

“打造‘绘本家园’，真是让中科院心理所的韩茹等老师费心了。”社区党委书记刘汉昇对我说。

在刘汉昇的带领下，我怀着好奇心，走进了“绘本家园”示范馆。

示范馆的布置精巧别致、宽舒有度、色彩明快，阅览和活动功能兼备，每一个摆设、每一种元素都洋溢着无限的童趣。书架上展示着琳琅满目的各类儿童绘本，内容涵盖了自然科学、人文历史、习惯培养、情绪管理、人际沟通等十几个品类。放眼望去，有《被嘲笑的大嘴鸟》《中国山川》《安徒生童话》《中国古代神话故事》《白兔夫人》《神笔马良》……

据刘汉昇介绍，“绘本家园”的馆藏绘本多达 2 万册。

记得我和韩茹在天津座谈时，她曾告诉我：“疫情发生后，家庭成为父母和孩子的主要活动空间，融洽的亲子关系有助于营造和谐健康的家庭氛围。”

在韩茹看来，绘本是亲子关系的润滑剂，一方面有利于维系和加强孩子和父母之间的关系，一方面还有利于父母了解自己的孩子在语言、情绪等方面的特点，这种了解有助于生活中的沟通和问题的解决。另外，绘本也是孩子了解外部世界和了解自己内心世界的一个途径。学龄前和学龄初期儿童的父母通过绘本的讲读和讨论，可以更好地陪伴孩子成长，非常有利于儿童的心理健康。

疫情期间打造“绘本家园”示范馆，绝不可能一蹴而就。

“必须广泛调研，摸清底数，确定方向。”韩茹曾对我说。

刘汉昇和社区副主任刘艳芳向我介绍，从 4 月 28 日开始，韩茹在刘正奎等心理专家的指导和支持下，充分利用“安心”大讲堂平台，开设了“绘本家园”系列讲堂。这项活动由中国宋庆龄基金会、中国心理学会、中国科学院心理研究所和中国科协学会服务中心联合主办，湖北省妇女联合会、中国宋庆龄基金会培训交流中心、接力出版社、禹田文化传媒、化学工业出版社、爱心树童书和麦克米伦世纪童书共同协办，很快受到各地孩子和家长的欢迎和支持。

针对疫情期间家长和孩子的心理特点，韩茹等人从“变化”“应对”“哀伤”“接纳”“希望”“重生”等主题入手，精心筛选了与之对应的 12 个绘本故事，由来自全国不同城市和行业的心理志愿者轮番登场，进行宣教、诠释和心理安抚，短短一个月的时间，线上课程的点击量就达一万多人次。

“‘绘本家园’落地我们社区之前，我们就已经在线上听了‘安心’大讲堂的系列课程，我们同时发现，这些课程也非常符合社区家长和孩子的心理需求。”刘艳芳说。

从 5 月中旬开始，“绘本家园”系列活动由线上转为线下。韩茹一边带领王靖伊、黄鑫、范越、王迎、刘洋等人对武汉市的部分社区进行了纵深调研，寻找“绘本家园”落地的最佳点位，一边利用自身人脉资源，与曾经有过合作关系的后浪出版集团、接力出版社、禹田文化传媒、化学工业出版社等富有爱心的出版类企业加强联系和沟通。

最终，“绘本家园”落地东湖社区，同时拟在百瑞景社区建立第二家“绘本家园”。

“绘本家园”示范馆由中国心理学会联合湖北省妇联、湖北省家庭教育研究会、支付宝公益基金会、青爱工程专项基金等联合设立。韩茹告诉我，“家园”将针对社区中有 0 ～ 12 岁儿童的家庭，提供绘本借阅、绘本讲读、心理援助等服务，将通过长期开展“看见幸福，‘阅’出梦想”亲子阅读活动，引导家长和孩子养成良好的阅读习惯，促进社区儿童的家庭建设，提高家长的胜任力和自我效能感。

经过近半个月的厉兵秣马、冲锋陷阵，韩茹带领的团队在社区工作者的支持下，很快完成了书本筹集、环境设计和创建、家具采购和布置、绘本布置、安全保护措施安装、志愿者队伍培训和运营培训等一系列工作，不久后，各出版社捐赠的绘本也空降东湖社区。

庚子年的国际儿童节，悄然到来。

6 月 1 日，“绘本家园”举行了开馆仪式。湖北省妇联主席李述永出席仪式并讲话，省妇联副主席李燕主持仪式。仪式上，主持人现场连线了刘正奎、后浪出版公司品牌营销总监聂宏旭、禹田文化传媒暖房子绘本馆高级编辑梁佳茜，他们为小朋友们送来了节日祝福，并表示会继续为小朋友们提供小而精、小而专、小而美的绘本读物。中科院心理所的李甦教授为大家带来线上专题讲座“儿童绘本的价值”，重点讲述父母与儿童如何进行绘本共读，从而促进儿童的健康成长。

那天为“绘本家园”揭牌的，是韩茹、李燕和儿童代表。

“我们还建立了‘绘本家园’亲子阅读微信群，群里至少有114人。”刘汉昇对我说，“韩茹老师工作非常认真，我们社区的很多家长和孩子，都知道她了。”

在我和韩茹的接触中，我发现韩茹是一个十分低调的心理专家。当年中科院心理所在汶川、舟曲开展心理援助工作时，韩茹就是骨干成员，特别是在北川心理援助工作站做了大量卓有成效的工作，可我当年创作的《走出“心震”带》中，却没有收录她的任何事迹。我对她开玩笑：“我当年采访心理专家时，你躲哪里去了？”

“我只想做专业内的事，不想露面啊。”韩茹笑了。

她告诉我，疫情期间，她负责接听热线电话，往往是起早贪黑连轴转，深更半夜总是被电话吵醒，有时累得脑子都转不动。她非常明白，自己也处于应激状态，可是，手头的活儿，必须干。

当时，她有个得力的助手，叫邢绮悦。“她很能干。”韩茹说。

2020年1月20日，韩茹回老家常州过年，但没想到疫情已经迅速蔓延。她立即加入“安心”团队，线上协助刘正奎、史占彪开展工作。大年初五，她返回北京，把9岁的女儿留在了常州老家。在北京，她用整整3个月的时间投入在线上工作；在武汉，她有整整两个月的时间在碧桂园隔离疗养区、工作站和项目组度过。也就是说，从1月下旬到6月下旬，她没见到过心爱的女儿。

韩茹同时也是留守儿童研究专家，对留守儿童的心理问题有过深入的调查和研究，她说：“按照留守儿童的定义，父母和子女分离时间在半年以上，孩子就被定义为留守儿童。我的女儿只差一个月，就是留守儿童了。”

说到这里，韩茹哭了。我把茶水递到她手中，同时不断给她递上纸巾。

薄薄的纸巾，一张，一张，又一张，瞬间就被韩茹的泪水浸湿。

6 月底，韩茹的母亲把孩子送到了北京。韩茹万万没想到，5 个月没见女儿，女儿居然蹿高了 8 厘米。

“妈妈，我终于见到你了，我是在做梦吗？”女儿对韩茹说。

韩茹不知道该怎样回应女儿，就在这时，女儿又追问一句：“人家的孩子都和妈妈在一起，你真的是我的妈妈吗？你该不是克隆的妈妈吧？”

“妈妈是真妈妈，不是克隆的。”韩茹认真地回答。她紧紧地搂住女儿，把笑写在脸上，把泪咽进肚里。

“经过武汉的风风雨雨，我回到北京后，反而不适应常态化的生活了。”韩茹对我说，“我人回来了，心其实还在武汉，我努力让自己的心回来，可是……”

我心里突然一阵隐痛。韩茹在武汉倾力打造“绘本家园”，可那些日子，谁能给她的女儿一个“绘本家园”呢？

第十四章

逆渡心河望彼岸

成功与爱心——成爱玲，一个湖北女人的名字。

人生的道路上，命运为成爱玲设置了太多的十字路口，前行—逆转—再逆转—再前行，筚路蓝缕和驿路梨花，交汇成了成爱玲生命的节奏与交响。庚子年的成爱玲再次创造了属于自己的传奇。疫情暴发前，她的身份是职业心理老师和心理咨询师。疫情暴发后，她成了被新冠判了“死刑”的确诊患者。但她步出“鬼门关”后一个华丽转身，成了“安心”行动在基层的引领者之一。神奇的蝶变与无畏的逆行，像成爱玲的独幕剧，也像“心理”人的协奏曲。

年过花甲的成爱玲是湖北通山县人，她是一位过早就失去丈夫的女性，同时也是两个孩子的母亲。

成爱玲更像“安心”行动的一个音符，凝重而绚丽。

从为人师表到“安心”大使

通山不是山，而是偏居湖北省咸宁市一隅的一个农业大县。

“我先是知道了成老师，然后才知道湖北有个通山县。”

向我介绍成爱玲的，是一位曾被成爱玲的“安心”团队线上救助过的抑郁症患者董女士。疫情期间，董女士的父亲感染病毒罹难，为此，她曾一度陷入精神困顿。她说：“是成老师，让我荒原一样的心，复苏了。”

实际上，这片总面积达2680平方千米的土地处处“通”山，著名的太平山、九宫山、太阳山都在这里。通山风光旖旎，山清水秀，相传，壮志未酬的李闯王在这里殒命，神机妙算的刘伯温也曾隐居于此。“成老师如今成我们通山真正的名人了。”通山的居民告诉我。

生于20世纪50年代末的成爱玲，曾当过下乡知青和幼儿园、小学、中学教师。原本活泼开朗的她经历了1995年的一次严重心理创伤之后，一颗火热的心，骤然坠入长达7年的“休眠期”，心理世界一时天寒地冻。那一年，在乡政府工作的丈夫阮家会为了阻止一场群体事件，不幸因公牺牲。多才多艺的阮家会毕业于中央美术学院油画系，是亲戚朋友口中有名的“能干人”。在当年的乡政府领导班子中，阮家会还有一个“绝活”，就是善于做群众的思想工作和心理疏导工作，因为他深谙群众心理。但谁也没有想到，当善意的“思想工作”与情绪过激的“杀人心理”狭路相逢，惨烈的悲剧已经不可避免……

那个悲壮事件，曾轰动通山，轰动咸宁，轰动湖北。

当时，成爱玲只有36岁，儿子刚满12岁，女儿不到3岁，公公婆婆、父亲母亲体弱年迈，一家人都无法承受失亲之痛。

女儿经常问母亲：“爸爸呢？”

成爱玲无言以对。每当老人和孩子不在身边，她会久久凝视着丈夫的照片，泪雨滂沱，天旋地转的心理世界像遍地雪霜的旷野。丈夫离世后的7年里，她始终走不出心灵的困境，在熟人、朋友面前，她总是禁不住泪如雨下。而一旦路遇和丈夫的个头、身影、容貌、语气相近的男士，她心里就莫名地紧张、难受、纠结。为了摆脱这种心理阴影，她全身心地投入到教育教学当中。

可是，偶尔一回头，丈夫总会突然“出现”在她的眼前。

她知道，这是幻觉。她问自己，难道，心理出问题了？

“你还年轻，再嫁个人吧！上有老下有小，你会撑不住的。”好心的同事、朋友劝她。

成爱玲坚决不同意。她无法再接受一个陌生的男人，她暗自发誓，要独自把一双儿女抚养成人，让丈夫瞑目九泉。

让成爱玲感到欣慰的是，那些年，她教过的很多学生以优异的成绩考取了重点大学，可她却依然无法安抚自己那颗千疮百孔的心。为了重新找回自我，同时也为了以崭新的面貌面对学生，2002 年，已经在通山实验小学工作多年的她直奔武汉，攻读华中师范大学发展与教育心理学硕士学位，主攻心理咨询与治疗专业。

成爱玲成为通山第一个中途“改行”攻读心理学的女教师。

当时，儿子已在武汉大学就读，成爱玲把女儿转到华中师大附小学习。她一边深造，一边照看女儿。44 岁的成爱玲既当学生又当娘，每天忙得晕头转向。

“这是真正的负重前行。成老师这样的选择，有几个女人能做到啊！”很多同事这样慨叹。

凭自己的专业技能和学习成绩，成爱玲完全可以留在武汉工作，但是，2005 年，通山一中发生的两个不小的事件改变了她的选择。第一件事：在高一就读的某男生属于超生的孩子，有寄养经历，与亲生母亲关系不和，平时也不好好学习，好惹是生非，并有欺侮女生、从女生背后抠内衣的行为。老师多次找孩子的父亲进行沟通，父亲批评教育孩子时，却被孩子持刀捅死。第二件事：学校某领导的外甥女正在读高三，但孩子奶奶有重男轻女的思想。某天，奶奶训斥孙女：“你能读书就读，不能读就别读了。”孙女当天就服毒身亡。

惨烈、极端……蒙昧、悲催……哗然、轰动……实际上，中学生自杀的事件，在周边区县也时有发生。中学生的心理问题，成为街头巷尾热议的焦点。

2006 年，刚刚硕士毕业的成爱玲听从通山一中的召唤，主动放弃了在武汉从业的机会，毅然返回通山一中，并成立了该校第一个由专职专业心理老师主持的心理工作室，有组织、有针对性地在中学生中开展心理辅导和心理干预，并把心理教育延伸到学习障碍、社交障碍、青春期问题、情感问题、性心理、犯罪心理、人际沟通、教师心理、心智重塑等更多领域。她联系自己从事心理教育教学实践撰写的论文《中学生人际关系是影响心理健康的重要因素》入选《“改革开放与心理学”学术研讨会——湖北省暨武汉心理学会 2008 年学术年会论文集》，她本人还应邀在大会上做了交流发言。

“成老师开展的心理辅导仿佛是灵丹妙药，连续 6 年，校园里的打群架事件没有了，早恋现象也有所减少，学校风气也有了明显好转。”一位教师这样评价道。

成爱玲认为，中学生有必要用五种能力自我评估心理健康状况，这五种能力是：适应能力、社会交往能力、耐受力、康复力和控制力。

2009 年 8 月，成爱玲面向通山一中学生家长和全体同学，发出了《中学生关注自我心理健康倡议书》（以下简称《倡议书》），她在《倡议书》中呼吁：“关注一个人的健康，就是关注一个家庭的健康；关注一个人的健康，就是关注社会的健康。关注学生，关注健康，关注生命，关注社会，我们愿扛起‘心理健康’这杆大旗，一路领跑在前方。”

2017 年，针对青少年心理问题日渐严重、自杀现象日趋低龄化的倾向，成爱玲又面向小学生家长和小学生，发起了《小学生心理健康倡议书》。

“我之所以面向中小学生和其家长发出倡议，是因为少年是祖国的未来。”成爱玲对我说，“当年梁启超先生发出了‘少年强则国强，少年独立则国独立；……少年胜于欧洲，则国胜于欧洲；少年雄于地球，则国雄于地球’的感慨，他的这一名言激励着一代代的中小学生，新时代的中小学生要像对待学业一样认真对待心理健康，因为当今世界，健康的心理是青少年生命安全、身体健康、家庭幸福、学业进步、事业成功的基础，所以只有拥有良好的心理素质，才能迎接未来的挑战。”

这是成爱玲的理念，也是成爱玲的行动。

哲人云：“理念的传递应该是一棵树摇动另一棵树，一朵云推动另一朵云，一个程序激活另一个程序，一个灵魂唤醒另一个灵魂。”成爱玲的呼吁，很快在校内外引起强烈反响，并得到广大学生和家长的响应。

在通山一中第三届“‘5·25’心理健康节”期间，成爱玲组织了“我爱我，让心灵插上翅膀”签名、校园团体辅导、“心随影动”心理电影赏析展等系列活动。有学生在签名簿上写下了这样的话：“让生命给我们带来希望，让生活给我们带来喜悦，让社会给我们带来欢腾！”

成爱玲这一干，就是 8 年。

2012 年，也就是丈夫离世后的第十七个年头，退休后的成爱玲“投亲”武汉，和早已参加工作的儿子生活在一起。她落脚未稳，就迫不及待地“重操旧业”，申请了“艾宁心理咨询工作室”执照，准备面向社会开展心理辅导和心理干预，但是，此举遭到儿女的坚决反对。

儿女的担心不是没有理由。有些心理问题人员存在不同程度的人格障碍、应激障碍、精神分裂等问题，在某种条件下，这样的心理、精神疾病患者在接受心理抚慰时非常容易产生过激情绪反应，极具攻击性，这不能不让儿女联想到父亲当年的悲剧。儿子多次劝她：“妈妈，您好好养老，别干这行了。”

“干，我一定要坚持干！只有让别人安心，我自己才能安心。”成爱玲回应。

“艾宁心理咨询工作室”的牌匾，是成爱玲自己挂上去的。制作广告、上网发布信息、设计有关流程，全都是她亲自上手。

——“艾宁”，就是“爱您”。我完全懂得成爱玲的良苦用心。

通过成爱玲发给我的图片，我了解了“艾宁心理咨询工作室”的设计理念和装修风格：各屋均以传统装修为主，大方，典雅，整洁，清爽，显得窗明几净，温馨可人。而会客厅更是温婉通透：浅黄色的壁纸、天蓝色的沙发、深色的茶几、雪青色的窗帘、精致可爱的墙饰、小巧玲珑的花架和盆花、摆放整齐的图书和资料……小客厅的白墙上，挂着三个配有红色中国结和流苏的中式小挂屏，分别写着三个字：和，家，顺。

成爱玲就在这里开设讲座、接待访客、分析案例、组织培训、拓展业务……反而比上班时更忙了。对于低保户、贫困户、在校大中学生群体的心理求助者，她实行费用减半或免费，一时客户盈门。

后来，儿子调往北京工作，女儿也考取了研究生，家中只剩成爱玲一人。

儿子的心里更加惴惴不安，变着法儿劝阻成爱玲放弃心理援助工作，可成爱玲就是不放弃。后来还是女儿劝起了哥哥：“哥，还是由咱妈自己做主吧，你没见她一提起心理工作，就两眼放光，如果真不让咱妈做了，她一天到晚无所事事，反而不好。”

儿女采取折中之法，与母亲“约法三章”，其中一条是：为了降低危险系数，建议母亲缩小心理援助范围，以对青少年的心理援助为主。

成爱玲欣然接受了这些建议。“我之所以接受下来，主要是避免孩子担心。”成爱玲对我说。

成爱玲的工作室很快声名远播。有一位学生家长对她感叹：“我孩子的心理问题已经 5 年了，我们被折腾得灰头土脸，咨询了很多心理师，都搞不定，经过您的几次辅导，孩子的眼神柔和了，脸蛋也红润了，学习也自觉了……成老师啊，有您，就成！”

好一个“成”，只因她有爱。她不是别的“玲”，她是成爱玲。

厄运，在鬼门关前

成爱玲不可能知道，一双阴损的眼睛正在觊关注她的一举一动，一张冷血的面孔正在对她发出狞笑。

它就是新冠病毒。无情的死神手拎血淋淋的朱笔，正在日渐加厚的名册上朝“成爱玲”三个字打钩……

2019 年 12 月下旬，为了照顾因遭遇车祸进入武汉协和医院治疗的小姑子，成爱玲暂时放下一切业务，每天在家里煲完各种营养汤后，就往医院赶。当时，妹夫也在医院陪护着他的妻子。

那几天，家中—医院，医院—家中的周而复始成为成爱玲“两点一线”的固定“程序”。12 月 27 日早晨，成爱玲突然感到有些乏力，实在不愿意起床，她以为自己滋生了惰性。28 日，身体感觉依然如故。29 日和 30 日，她努力说服自己，强撑身子打扫卫生，并熬了点稀饭。2020 年元旦，正好通山一位朋友的儿子结婚——这种喜事是绝对不能落下的。成爱玲一出门，就打了个寒战，于是，她赶紧戴紧了帽子。一小会儿工夫，她就感到喉咙不舒服，她估计自己是感冒了，可总觉得和平时的感冒有点不一样。

参加完婚礼，也就是元旦当晚，成爱玲和弟弟、弟媳等人共进晚餐。

1 月 2 日，成爱玲感到全身的骨头疼，便到一个初中同学的按摩院做了按摩。3 日，她从通山返回武汉，一进社区医院，惊讶地发现到处都挤满了前来就诊的患者。那天，医生给她开了感冒药，服用后，她发现并不顶事。4 日，成爱玲已浑身疼痛难忍，并伴随发烧、咳嗽、腹泻症状，咳出的痰中还带着血……

1 月 7 日那天，在女儿的劝说和陪同下，成爱玲去了武汉协和医院总部。医院内的景象让她大吃一惊，短短几天没来协和医院，这里已经是人山人海，诊室、过道、楼梯、大厅，到处人头攒动，水泄不通。

难！难！！难！！！排队难，就诊难，取药难，甚至——上厕所也难。

女儿一脸焦虑地问母亲：“您去过华南海鲜市场吗？”

“我去那里干吗？我只是感冒。”成爱玲回应。

检查的结果，阴性——当时医院尚未启动核酸检测项目，没人知道病毒的名字叫新冠。而当时，武汉市几乎所有医院都挤满了有发烧、咳嗽症状的患者。

成爱玲绝望地对医生说：“我，就要死了。”她强烈要求住院，可医院根本没有床位。成爱玲不得不暂时回家，那一刻，她已经没有了翻身的气力。

1 月 8—10 日，连续三天，成爱玲接受了 9 项检查：做 CT、拍片、抽血化验……她疼痛难忍，身体每况愈下……1 月 11—13 日，她连续输液三天，每天输液多达 11 瓶，均不见效。新冠病毒的诡异之处在于，病毒在体内肆虐之时，却往往检查无果；而当有“果”时，生命已危在旦夕。

死！成爱玲不止一次感觉到死神的威胁。她是个不愿轻易谈及死亡的人，可又不得不把濒临死亡的感受、直觉和盘托出。那感觉绝非生不如死，而是死神的敲门声掩盖了治病医病的初心。

当时，时不时传出的死亡信息，已经让武汉笼罩在挥之不去的阴霾之中。

成爱玲既没有去华南海鲜市场，也没有与华南海鲜市场相关人和物接触，经 CT 等各项检查，也没有发现严重问题。既不能确诊，又一床难求，而成爱玲的医保又在通山，为了治疗能进医保，1 月 14 日，举步维艰的她只能直奔通山。

成爱玲在和死神抢时间，抢速度，抢机会，抢命运。

成爱玲并不知道，在所有的瞬息万变里，中国医学界正在争分夺秒地试图揭开病毒的神秘面纱。这也是“抢”，时不我待，举国瞩目。

“是通山人民医院的阮班进医生，让我获得了第二次生命。”成爱玲念念不忘的阮班进医生，同时身兼通山县人大副主任，在通山颇具声望。

成爱玲至今记得阮班进医生当时的果断决策，他向有关医护人员下令:“快！马上给这位病人检查，拍片，复查，会诊……快！医院做好一切防护措施。”

不久，成爱玲的弟弟、弟媳也出现了发烧、咳嗽症状。阮班进再次当机立断:“一个都不能漏，全部拍片检查。”

检查结果是：三人全被确诊为不明病毒感染的肺炎患者。

成爱玲的病情尤为严重，她的肺部已经全部发白，那白，白如死神送来的挽幛。

天塌地陷，如雷轰顶。不该来的噩耗，全来了。

成爱玲成为通山县第一例不明病毒肺炎感染者。弟弟、弟媳成为第二、第三例。根据推断，成爱玲应是 2019 年 12 月底在武汉协和医院感染上了新冠病毒，而弟弟、弟媳的感染，有可能源自元旦那天的晚餐。

通山人民医院迅速向县疾病控制中心做了汇报。成爱玲等三人全部被安排进入 ICU 接受治疗，他们三人所在的“感染楼”的其他病人全部外迁，整栋大楼内的几十个病房里，只剩他们三人。

1 月 15 日，成爱玲的儿子、女儿分别从北京、武汉赶往通山，希望陪伴在母亲的身边。县内外、省内外的朋友，以及远在海外的同学，都纷纷给成爱玲打电话、发视频，试图抚慰她那颗不安的心，每次连线，每个人的心都忐忑地“怦怦”直跳，却都在强颜欢笑。

16 日，不少亲戚、朋友纷纷赶来探视——当时各界尚未意识到病毒超常的危害性和强大的传播力，但通山人民医院仍然采取了紧急防护措施，大家只能通过视频电话，和 ICU 中的成爱玲视频“见面”。

一墙之隔，却是咫尺天涯；咫尺天涯，仅是一墙之隔。

19 日，女儿也被确诊，并出现了幻觉。于是，所有的探视行为都被严格禁止，元旦以来和成爱玲有过接触的所有人员都被筛查、隔离，接受体检……

知觉，渐渐失去；疼痛，渐渐麻木。成爱玲做好了死亡的准备，可所有的“准备”却只是为了等待呼吸和心跳的停止，直至合上双眼。被困在病榻上的她无法留遗嘱，无法交代后事，无法了却在人间的一切不甘。“再见！亲爱的儿子、女儿，希望你们远离疫情，好好活着，有质量地活着；再见！我的工作室，我热爱的心理学事业……”

后来成爱玲才知道，她被确诊后，医院曾下了病危通知，有人曾向她的家人提议：“赶紧准备后事吧，这种病……实在太快，否则来不及……”面对媒体每天、每时播报的不断增长的死亡信息，亲人们不得不默默接受了严酷的现实，大家眼含热泪，开始商量、讨论成爱玲离开人世后的归宿。

大家最终决定，将成爱玲归葬老家，让她和丈夫阮家会在遥远的天堂“团聚”。

“天哪！我们的妈妈，真的要离开我们了吗？”兄妹俩举目望天，悲怆自问，泪如泉涌。

含辛茹苦拉扯他们长大成才的母亲，真的要走了吗？

母亲这一走，还会回来吗？

答案，掌握在新冠病毒黑魆魆的手心里。

兄妹俩更希望，上苍把这样的答案，交到现代医学和母亲的手里。

浴火重生之后

“屋漏偏逢连夜雨”，私人信息的暴露，让成爱玲万箭穿心。

隔离抢救和治疗的敏感、关键时期，网络上赫然出现了成爱玲等三人的信息，包括他们的年龄、性别、身份证号、家庭和单位地址……最让成爱玲揪心的是，有关她的身份介绍中，还有“丧偶”二字。

触目惊心，身心俱焚。成爱玲理解民众的惶恐、戒备、焦虑心理和社会反应，但她无法容忍在她滴血的伤口上撒盐。她想到了投诉，但气若游丝的她已经力不从心。她回头一想，私人信息暴露就暴露吧，丧偶就丧偶吧，自己，也即将要“丧”了。

提起成爱玲三个字，人们谈虎色变。凡是成爱玲居住、生活过的地方，人们退避三舍。

作为职业心理工作者，成爱玲潜意识里突然迸发出一束罕见的火苗，这束火苗像地火平地而起，像天火临空而降，它更像灵魂之火，让她感受到一种奇异的光亮。——对，文明社会，他们三人的信息被肆意暴露、传播，这说明了什么？

疫情给了她灾难，同时也给了她一个严肃、沉重的社会心理课题。

趁着自己尚能够说话，成爱玲立即向医生提出：“我要建立一个线上‘疫情心理援助服务队’，发挥我的心理援助优势，通过切身的体会，给医务人员提供参考，让外界了解病毒感染者的所思所想，向医护人员、患者、患者家属以及心理志愿者提供心理援助。”1 月 21 日，她开始筹备线上心理援助事宜，她把个人电话号码、微信二维码提供给医护人员，希望他们能把信息传递给更多的患者，以帮助他们建立自信、恢复健康。

医院经过研究，表示会全力支持她。

成爱玲采取的方式是发挥新媒体功能，建立“安心”热线，招募心理志愿者，并通过微信群现身说法，在病榻上进行视频直播。

热线，果然铃声不断。

“成老师，我担心被感染，您是怎么发病的？”

“成老师，我好害怕，怎样才能避免感染？”

“成老师，我被疫情吓得整夜失眠，怎么办啊？”

“成老师，我们全家都不敢外出了，人人自危，提心吊胆，愁死了。”

“成老师，我出现幻觉了，脑子反应也慢了许多，怎么办啊？”

……

也有反过来安慰成爱玲的：“成老师，您一定好好的，我希望始终能通过视频看到您的身影，听到您的声音。每一次，看到您的身影，听到您的声音，我就感觉病毒并不可怕，我也就有了信心。”

连成爱玲自己都没想到，求助者会如此之多。在视频中，她微笑，她淡定，她幽默，她和风细雨地给求助者做介绍和解释，可她实在太累了。但是，她发现，在无边的累中，总有一丝生命的光亮，在引她前行。尽管，她唯一的“动”，是捧着手机发送视频。

“放下心理援助工作，安心养病吧！”湖北大学教育学院副院长邓晓红劝她。

“您别牵挂我，只要有一口气，我干一天是一天。”成爱玲说。

几天后，成爱玲由重症监护转为隔离监护治疗，但仍没有完全脱离危险。

突然有一天，成爱玲的病情急转直下，无法说话了。微信群内顿时陷入可怕的沉寂，大家屏息静气，时刻守着手机，他们期待——期待成爱玲重新现身；他们害怕——害怕成爱玲再也不能……

终于，微信群内跳出了一段文字，是成爱玲发布的。

大家顿时如释重负，热泪交流。成老师能够发布文字，说明她还在，还在坚持，还在关心着大家，还在……

那段文字是这样的："我现在已经到了缺氧状态……我感受到了骨头芯里发出的酸痛……我感受到了这种病毒能把我的陈年旧伤全都揭一个老底……"

这是患者提供的第一手资料，这是"患者＋心理工作者"给公众提供的双重信息。

时光，在匆匆流逝；日夜，在交替变换。

也许是这样的灵魂之火让死神望而却步，也许是现代医学让病毒退避三舍，也许还有更多神秘的也许。成爱玲感到：自己生命的大地上，正在迎来惊蛰，她感受到了来自体内的阳光、生机和小草初绽般的气息；她的身体在慢慢复苏，在悄然回归……

2020 年 1 月 23 日上午 10 时，武汉封城。通山的疫情防控，也进入紧急状态。

成爱玲凭着职业的敏感，将"疫情心理援助热线"改为"艾宁心理——武汉疫情心理援助服务队"。除夕之夜，她向全国各地发布了招募心理咨询师的二维码，截至 2020 年 1 月 27 日，也就是大年初三，短短 4 天时间内，就招募到了 500 人。

刘正奎带领的"安心"行动开展线上心理培训业务后，成爱玲积极响应，组织大家线上聆听了所有课程，并进行了网上互动。也正是这次培训，让我认识了成爱玲。作为"安心"行动特邀观察员，我讲的主题是：如何用文学的方式记录心理援助。通过线上互动，我发现了成爱玲的迥异之处。

“有了‘安心’行动，我感觉有了主心骨，我们不再是单打独斗，而是抱团取暖，一起奋斗。”成爱玲对我说。

2 月 29 日，春寒料峭，却是成爱玲生命中的“早春二月”，也是她浴火重生之后的又一个开始。经复查，她的身体各项指标均恢复正常。那天，全家人都在等她。

依据国务院应对新型冠状病毒感染的肺炎疫情联防联控机制《关于科学防治精准施策分区分级做好新冠肺炎疫情防控工作的指导意见》中的风险划定标准，经湖北省疾控中心组织专家评估，截至 2020 年 3 月 3 日 24 时，全省低风险市县有 22 个，中风险市县有 17 个，高风险市县有 37 个。

通山，位列全省低风险区，而通山所在的咸宁市城区和武汉市城区一样，仍然是高风险区。

“千磨万击还坚劲，任尔东西南北风”，成爱玲立即申请了武汉社区管控中心的通行证，决定逆行武汉。

“武汉，可是高风险区啊！你……”亲友们都劝她。

但成爱玲却有新打算，她要让自己的服务队加入“千家机构”，让服务的触角伸向全武汉，伸向雷神山、火神山……

亲友们被感动了，网友们被感动了，团队的兄弟姐妹们被感动了。成爱玲，终于抵达武汉。

她为自己的艾宁心理咨询工作室确定了新的“室训”：观心，理心，静心，养心。心理援助方式开始由“键对键”“频对频”转向“面对面”，或者说，是“键对键”“频对频”“面对面”的“三结合”。

但是，成爱玲的工作室尚未达到加盟“千家机构”的全部要求，为此，她多次找到傅春胜，据理力争：“我有一个‘得天独厚’的‘优势’，那就是以一名康复患者的身份，为他人疗治心灵的伤痕。我是和死神打过交道的人，我的经验和体会，就是最好的‘安心’教材……”

“千家机构”经反复讨论，最终向“艾宁心理——武汉疫情心理援助服务队”张开了热情的臂膀，并在微信群里鼓励她：“格局决定高度，细节决定成败。慢工出细活。我们不只要做好事，更要把事情做好。”

经“千家机构”执行委员会审核，成爱玲的服务队成为“千家机构”武汉服务站之一，同时改名为“艾宁——安心计划志愿者联盟”。

成爱玲充分利用她的人脉资源，开通了“‘千家机构’送‘安心’艾宁心理热线 400–966–1786”，并提供 24 小时服务。在中国心理学会心理危机干预工作委员会副秘书长李慧杰的培训指导下，成爱玲把团队分为 7 个专业组和 11 个接线组，采取线上和线下的形式，面向社会开展“安心”辅导工作。这 7 个专业组的名称和负责人分别是：

大学生回乡返校安心组，由华中师范大学心理学教授贺金波担任组长；

公务员安心组，由湖北省委党校心理学教授邹德菊担任组长；

家庭安心组，由擅长婚姻家庭亲子关系辅导的陈丽梅担任组长；

神经症安心组，由擅长情绪管理和神经症患者咨询的马恩祥担任组长；

老年安心组，由擅长老年心理辅导的成爱玲担任组长；

团体安心组，由擅长团体辅导的专家卓子担任组长；

精神病患者安心组，由精神科专家、医生张庆彬担任组长；

同时，小序科技的曹浩团队负责相关文宣工作。

为了让接线组的心理咨询师们牢记“心理热线伦理守则”，成爱玲将“组长学习交流管理群”改为“遵守伦理守则老师群”。

“从某种程度上讲，成爱玲构建了民间开展心理援助的新模式，在心理战‘疫’中发挥了重要作用，加上她本人的现身说法，对广大求助者而言，有很强的感染力和代入感，这种优势，是其他民间心理援助服务团队无法替代的。”一位心理专家这么评价。

成爱玲认真地对我说：“讲服务，更要讲提升；讲援助，更要讲援助的科学性。”

她虽身在武汉，但时刻不忘密切关注中国科学院心理所、中国心理学会、北京大学、北京师范大学等知名心理机构、院所有关心理援助的最新动态和信息。

2020 年 5 月中旬，由阿里巴巴公益平台支持、北京新阳光慈善基金会等公益组织主办、“大儒心理”等机构承办的“联爱护心——灾难心理健康工作者公益培训”启动，该培训旨在为湖北，乃至全国培养心理急救、心理创伤治疗的专业人员。培训后经选拔，优秀的心理健康专业人员将在新阳光基金的继续资助下，为新冠肺炎病患及其家属、抗疫一线的医护人员、世界各地的留学人员提供 10000 人次心理援助和心理创伤公益咨询服务。

这个培训项目有两个突出特点：一是有一流的师资团队和一流的督导团队，二是咨询师和社工合作，开创了心理创伤治疗的新模式。

这是成爱玲求之不得的培训模式，她立即号召队友们集体报名，并接受专业培训。

“培训的师资有北京大学心理与认知科学学院副院长刘兴华、中国心理学会心理危机干预工作委员会主任委员刘正奎、北京大学第六医院主任医师马弘、华中科技大学同济医学院教授童俊、北京师范大学心理学教师王建平、北京大学学生心理健康教育与咨询中心副主任徐凯文……”对这次培训的师资力量，成爱玲如数家珍。

成爱玲有头脑，善思考，好钻研。在和成爱玲的微信互动中，我见到了她给徐凯文的一份建议：

对于“联爱护心”活动，我的建议是：第一，设计一个有“联爱护心”logo

的臂章或胸章，通过高级危机干预师培训的老师，授予写有姓名（包括身份证号）的“联爱护心”臂章或胸章；第二，以市为单位，举办启动仪式，做好宣传，力争在当地各大报刊登载，让当地群众了解“联爱护心”平台的工作内容和工作人员等信息，让需要帮助的人们能准确找到“联爱护心”平台的志愿者老师和督导老师；第三，推广“联爱护心”品牌，对有条件的工作场馆给予“联爱护心”授牌，3 年活动结束后可以摘牌；第四，组织“联爱护心”的高级危机干预师深入社区，与社区联合开展心理健康服务工作，这也是深入宣传为期 3 年的“联爱护心”服务的最好路径……

徐凯文很快反馈：谢谢你的建议，我会和大家讨论。

与某些心理咨询服务机构不同，“艾宁——安心计划志愿者联盟”的全体成员不为名，不谋利，秉持志愿者的公益性和行事准则，没有领取任何薪酬。

“建设热线的 4000 多元费用，都是成老师自己掏的腰包。”一位心理师对我说。

事实上，“安心”微信群里的群友每次抵达武汉，都是成爱玲自己掏钱接待。

为了支援疫情防控工作，重症期间的成爱玲先后给通山、武汉协和医院捐款 2000 元。

“跟着成老师，就有了方向感。”一位心理志愿者说。

2020 年 5 月，心理援助社团组织“瑞阳心语”为成爱玲授予“优秀热线咨询师”荣誉称号。6 月 5 日，中国心理学会心理服务机构工作委员会、抗击疫情“安心”行动执行委员会联合为艾宁心理咨询工作室颁发了“抗击疫情‘安心’行动‘千家机构’送‘安心’志愿服务机构”荣誉证书，为成爱玲本人颁发了“抗击疫情‘安心’行动‘千家机构’送‘安心’志愿者”荣誉证书。

截至 2020 年 9 月，“艾宁——安心计划志愿者联盟”累计为 1000 多名重症新冠患者和各种类型的求助者提供了心理援助。

成爱玲收到过很多感谢信，其中有一份是教育部华中师范大学心理热线援助平台发给她的，上面有这样的文字：

临难不避，逆行而上；为爱发声，不胜不休。

第十五章

“安心”就在身边

身边的“安心”事儿

无须叩问苍生“谁知我心”，亦无须自问“我心知谁”。

想起一首叫《站台》的老歌，其中有这样的歌词：“哦，孤独的站台；哦，寂寞的等待。我的心，在等待，永远在等待……”

如果是因为孤独，如果是因为寂寞，那么更多的时候，孤独、寂寞的心是无须等待的。与其等待前往远方，不如搭上不期而至的顺风车，向远方靠近。

谈到“安心”行动，很多人总会联想到中国科学院心理研究所，联想到中国心理学会，联想到凡俗生活中似乎难得一见的著名心理专家。似乎是，只有“安心”行动从万米之高处“空降”身边，才能让心灵的沙漠出现绿洲。可话说回来，心灵的绿洲，真的需要“踏破铁鞋”，寻寻觅觅于“灯火阑珊处”吗？

所谓“远在天边，近在眼前”，有时候，天边就在眼前，眼前也在眼前。

实际上，只要你有一颗足够善良、足够智慧、足够真诚的心，你就会发现，其实“安心”就在身边，无论是我，是你，还是他；无论我们的家园在北京、海南、四川、黑龙江、广东、山东，还是在甘肃、山西、新疆、贵州、吉林、浙江……或者，别的任何一个地方，疫情期间的你，只要轻轻回眸……

我们希望“安心”行动是个强大的引擎，能够让每个人都有属于自己的“安心”行动。那么，当灾难来临，你自己的“安心”行动，就可以开始了。

没错，为自己，也为身边的人。有句话叫作“人人为我，我为人人”。

身边并不遥远，因为身边就是身边，身边就是你的左右和前后。

作为《庚子“安心”行动》的作者和“安心”行动的观察者，我的“身边”在天津，但天津的“身边”不止一个我，还有你呢。恰恰也是通过“安心”行动，我发现了“身边”，那么，你在你的“身边”，又发现了什么？

在我的微信朋友圈里，有不少天津心理学界的朋友，我们通过手机的方寸之间，曾聊过不少有关“安心”的话题，而杨海波是我线下见到的第一个天津本地的心理专家。杨海波是天津师范大学心理学部副部长，也是“风雨同心”科普团队的主要负责人之一。多年来，我这个所谓的文人曾几度登上天津师范大学的文学讲堂谈“之乎者也”，但与天津师范大学心理学界的师友们见面很少。

那天，傅春胜、魏悦、尚妍等心理工作者从北京来津和我座谈时，傅春胜突然说：“天津师大的杨海波，你一定得和他聊聊，你们可在同城啊！都是身边人呢。”

于是，我和杨海波在海河之畔的书房见面了。

“疫情期间，我们天津心理学界做了很多‘安心’的工作。”杨海波说。

杨海波告诉我，刘正奎团队组织的“安心”行动开启不久，天津市心理学会就联合天津市各高校心理学专业师生、天津市社会心理服务机构、天津市各大新闻媒体成立了“天津市抗疫情心理学联盟”，并共同启动了“2020天津市抗疫情、安民心，心理支持在行动”公益活动。活动围绕“传播合理认知”“排解不良情绪”“缓解压力症状”“促进心理成长”等四个方面展开。在疫情期间，该活动坚持陪伴公众、关爱公众、引导公众，力求打造天津模式，实现社会稳定，凝聚抗疫精神，培育疫后信心。

这项活动，由天津市心理学会负责专业资源的提供和技术指导，天津市格莱德心理咨询有限公司和天津市易欣向上社会工作服务中心负责实务操作。

天津市青少年科技教育协会通过微信公众号，发布面向科技辅导员的科普文章《科技辅导员如何应对疫情》。

天津师范大学副校长、天津市心理学会理事长白学军，做客天津广播电台《面对疫情，不要“三心二意”》节目，面向市民进行科普，并牵头主编了心理科普类读物。

那些日子，刘正奎、史占彪、傅春胜、吴坎坎、魏悦频频来津，目的地：天津师范大学心理学部。

我突然反应过来，几个月前，作为天津市下沉社区参与疫情防控的干部之一，我在辖区党政机关、学校、企业、公司调研时，见到了这样一些简报或文章：《要高度警惕，但不必恐慌》《战胜疫情，须有“三信”心理》《医护人员及家属更需心理调适》《科学认知疫情　缓解担忧与恐慌》《精准实施心理援助》……这些“安心”工作，到底是谁在做？

我现在知道了，这些文章的作者中，就有我们“身边”的杨海波等心理专家。

天津市医学会、市中西医结合学会组织多名专家，在天津电视台都市频道《健康直播间》栏目为市民科普新型冠状病毒的相关知识，该节目在“西瓜视频”平台上的播放量已超过600万次。

在《天津日报》《今晚报》等主要新闻媒体组织的“安心”访谈栏目中，我看到了这样一些心理机构和心理专家的名字：天津市学生心理健康教育专家委员会委员、南开大学滨海学院心理健康教育中心主任轩希，天津师范大学教育学部杨春，天津市学生心理健康教育发展中心主任、天津师范大学心理学部副部长吴捷，天津市学生心理健康教育专家委员会委员、天津医学高等专科学校心理教研室主任李合群……

我在很多社区都见到了《新型冠状病毒疫情心理防护手册》（以下简称《手册》），《手册》由三部分组成：第一部分为读者介绍疫情之下心理应激的不同程度，以及相应的调节方法；第二部分针对不同年龄段的人群，特别是幼儿、小学生、中学生和大学生，列举出他们在面对疫情时可能出现的心理和行为反应、具体的心理调适方法，以及如何寻求专业人士的帮助；第三部分由专业心理工作者解答常见的心理问题。

杨海波就是这本《手册》的主要编撰者之一。

后来我才知道，由天津市网信办、天津师范大学、天津教育出版社联合组稿并推出的这本《手册》，是由杨海波和天津师范大学心理学部“风雨同心”科普团队的几位骨干成员，用不到一周的时间编撰而成的。

“在我们社区，几乎家家都有这本《手册》。”社区工作者袁岩对我说。

汶川地震以来，杨海波连续11年，每年抽出1～2周时间在四川震后灾区（绵竹）义务开展心理健康咨询服务；2014年，杨海波他们也是第一批到达云南鲁甸“8·3”地震震中区域，开展灾后心理援助工作的志愿者。“安心”行动开启后，杨海波先后执笔起草了《中国心理学会心理服务机构工作委员会发布关于开展新型冠状病毒感染的肺炎疫情防控中的心理服务工作的倡议》和《天津市心理学会关于开展新型冠状病毒感染的肺炎疫情防控心理健康服务的倡议书》，号召心理学工作者在重大社会公共突发事件中发挥责任与担当。此外，他还参与了“‘安心’行动招募令，‘千家机构’送‘安心’”系列活动和“抗击疫情‘安心’行动——抗击新型冠状病毒肺炎疫情心理援助与危机干预”系列活动，并承担其中的部分工作。

杨海波参与的中国互联网新闻中心《爱心战“疫”，百名心理学家免费指导》栏目，观看人数超12万人次。

都是同城的“安心”人，都是同城的“安心”事。

我某天看电视，发现做客某栏目的那位女嘉宾，居然是我身边的文友、心理咨询师李军女士。翻看微信，又看到李军给我发来的一张奖状的照片。奖状是天津法制心理学会颁发给她的，奖状上写道：在2020年抗击新型冠状病毒肺炎疫情期间，李军同志积极做好疫情防控和相关社会心理服务，为抗疫工作做了突出贡献，特此表彰。

李军对我说：“我习惯了当‘安心’的人，做‘安心’的事。”

李军曾在内蒙古下乡十几年，既从文又从医。我曾应邀参加过李军组织的返城老知青文艺活动。她对我说：“曾经，我们这代人上有老下有小，两头无法兼顾，而今我们自己的年龄也大了……”

“大了”后面的潜台词，不言而喻。

李军试图以她自己的方式，让大家“安心”。

或邻居，或同事，或微信朋友圈

其实，有多少个“你”，就有多少个“身边”。关注身边人的时候，身边人一定也在关注你。

在北京，一位文艺界的同行张先生因为家里紧挨新发地市场，加之感染病毒的老伴刚刚出院不久，患了严重的恐惧症。

他在电话中对我说：“经过多年的风风雨雨，我的内心是足够强大的，如今老伴刚刚从死亡线上回来，偏偏家门口的新发地市场又起了祸端，这一波又一波的打击，你说我心里能平静吗？”

我只好安慰了他一番，同时向他提供了“安心”团队的咨询热线，可他说：“我好歹是65岁的人了，给年轻的接线员打电话求助，太伤面子了。”

让张先生从恐惧心理中挣脱出来的，居然是他的邻居——一位地地道道的身边人。

好心的邻居知道张先生平时的生活就是读书和创作，于是从网上给他购买了两部书，一部是加缪的《鼠疫》，而另一部，居然是我的《走出“心震”带》。

张先生当然是读过《鼠疫》的，但并没读过我的《走出“心震”带》，我也没有给他寄过我的作品。我平时极少拿自己的作品示人，总担心有人前嘚瑟、显摆之嫌，尽管疫情期间这本书早已被“安心”团队纳入心理援助的工具书之列。

但就是这种邻里之间的机缘巧合，让张先生偶然地捧起了我的书。

大约一周之后，他突然来电：“秦岭老弟，我走出恐惧了。”

“哈，恭喜您！”

“《走出“心震”带》里有那么多的死亡、麻木和唤醒，让我想开了许多，我得谢谢老弟啊！”

我对他说，首先得感谢的，是他身边的邻居。

身边的邻居了解他的“心”，但邻居可能并没有意识到，自己的举手之劳，“安”了怎样一颗不堪之心。

我向刘正奎提到了一个人——天津市某区政协主席王先生。

由于工作关系，我和王先生或多或少有一些接触。在党政机关干部队伍里，王先生是我接触过的对“安心”工作有着深刻认知、冷静判断、独特见解的领导干部之一。疫情期间，他在广泛调查研究的基础上，思考着一份提案。他告诉我，这份提案的核心，是进一步加强学校心理健康资源储备，从而能够更好地应对公共卫生突发事件。

学校—心理健康—公共卫生突发事件。王先生讲述中的这一组关键词，让我心中一震。这样的关键词像是警示，更像是呼吁。多年来，在和刘正奎团队的交流中，这组关键词曾被频频提起，之所以“频频”，是因为这组关键词很大程度上仍然停留于关键词本身。

地震、泥石流、洪涝、校园欺凌……面对灾难和打击，小小少年郎那一颗颗呼唤的心，无不带血。

在天津，我工作、生活的地方基本上在位于海河之畔的某区。这个区被誉为天津的“城中之城”，是天津市中小学教育资源最丰富、最集中的地方。疫情期间，各校防疫工作在硬件建设上能够做到扎实有效、保障有力，但在软件建设方面，特别是广大学生的心理疏导、心理减压和面对公共安全危机的心理建设方面，仍然面临着最严峻、最现实的挑战和考验。

王先生告诉我：“从疫情期间我区乃至整个天津市的中小学生心理状况看，‘安心’工作迫在眉睫，这个问题如果解决不好，就会对学校和学生个人未来应对诸如疫情等公共卫生突发事件造成非常不利的影响，也不利于广大青少年心理健康教育的深入开展。”

毋庸讳言，王先生的观点是有前瞻性、预见性和现实性的。

那个冬日的午后，阳光煦暖。我和王先生就中小学生的“安心”话题，有过一次深聊。他认为，学生的心理健康问题，不光事关发展大局，更事关我们国家的未来。这次疫情对学生心理的严重冲击，再次为我们敲响了警钟。

王先生从中小学的心理健康教育资源储备类型、心理健康教师队伍建设、心理健康教育资源储备联动等多个方面，分析了目前该区存在的短板和不足。他认为，该区在完善中小学心理健康教育资源储备方面，应构建心理预防与预警网络平台，组建义务宣讲团队和专家指导团队，建立该区心理健康教育实践基地；在加强中小学心理健康教师队伍建设方面，要进一步提高专业心理教师占比，提升专业干预能力，提高全员应对能力；在建立、完善相关联动协调机制方面，首先要成立未成年人应对公共安全危机指导中心，建立学校、家庭、社会三位一体的心理健康教育网络。

王先生的分析和思考，显然是这份即将完成的提案的主要内容。

这样一份提案涉及的问题和对策，显然与中科院心理专家的期待、愿望不谋而合。

“您如何看待王先生即将完成的这份提案？”我问刘正奎。

刘正奎说:“王先生的提案观点鲜明，方法有的放矢，很有现实意义，如果能引起有关部门的重视并付诸实施，不仅能够提升该区中小学心理援助的质量和水平，对于其他省市的教育系统，也具有十分重要的参考价值和借鉴意义。”

刘正奎认为，如果从党政机关到民间都来关注心理援助，“安心”就能真正留在我们身边，未来的“安心”行动，也就会少走很多弯路。

上海的一位大学教授老周和我相知多年，曾多次邀请我给他的研究生讲文学。2019年底，他和妻子去美国讲学，顺便和移居美国的儿子、儿媳团聚。不久后，他因有事提前回国，妻子却因美国疫情泛滥无法购买回国的机票。一开始，孤身一人的老周尚能适应，但进入3月后，“外来输入型病例”这个概念让他头皮发麻。他既盼望妻子回国，又担心妻子在航班上感染病毒。他的心情陷入低谷，情绪越来越糟糕。

有一个周末，他突然被拉进一个微信群里。而群友，居然是他的一大帮表侄、侄女。平时，两代人之间无法逾越那道天然的鸿沟，而今，两代人突然聚到了同一个“屋檐下”。

老周对我说：“其实，都是血浓于水的身边人，可平时，我们都忽略了这些。”

“您的晚辈们，这是在对您采取‘安心’行动啊！”我说。

“哈哈哈哈……”老周爽朗地笑着说，“其实，我一直不敢承认自己孤独，但事实上，除了孤独，还是孤独。”

那天傍晚的黄浦江畔，有三个人在漫步，那是老周和他的两个晚辈。

毫无疑问，邻居在身边、友谊在身边、亲情在身边，是“安心”不可或缺的重要力量，那么，当单位在身边、社区在身边、部门在身边、政府在身边呢？

记得每当我和刘正奎探讨心理援助问题时，他强调最多的一点，就是，“我国开展的心理援助和西方的心理援助模式、手段、机制不同。在我国，各级政府对心理援助工作的重视和主导力量至为关键，特别是在构建心理援助的长效机制方面，更离不开政府和有关部门的大力支持，否则，就很难整合全社会的资源和力量”。

汶川地震以来开展的一系列心理援助工作，也证明了这一点。

都是身边人，都是身边事。如果每个人都从“安心”出发，就是全社会的“安心”行动。

心若在，梦就在

人，在日子里；日子，在人间的烟火里。

庚子年，我是在大年初二接到紧急通知后马上返岗上班的，只是，此岗非彼岗，我们的岗位不在暖气充盈的办公室，而是在某个街头的十字路口。

当时，天津空荡荡的街头，寒风凛冽，时不时被大雪覆盖。我们个个手里攥着体温枪、戴着大口罩、身着防寒服，客客气气地对每一个进出小区的人进行测温、询问、提示、宣教……说是“个个”，其实我所在的岗位，常常只有一个人，最多时也只有两个人，执勤从晚上 8 时开始，必须坚持到第二天早上 8 时。不眠之夜伴随着我们，而夜，连同焦灼、漫长的时光一起，把我们久久合围。

也是巧了，我执勤的两个重点路段，居然叫甘肃路和陕西路。

“谁让你是西北人呢，我们这些‘老天津’，算是陪你守护大西北了。”同事对我开玩笑。

满打满算，我在天津工作已有 24 个年头。生活在天津的人间烟火里，我或多或少也接触过一些天津市民，如今回头一想，近 3 个月夜间执勤的时光里，我近距离接触的天津市民、来津人员的数量，远远超过了 24 年来的总和。

往往在晚上 9 时左右，周边小区遛狗的天津大妈就三三两两地聚到岗亭前。

不一会儿，岗亭前就有七八位大妈，还有她们手里牵着的十几条宠物狗。

大妈们戴着口罩，也有戴着口罩的狗。她们聊当年在黑龙江、新疆、云南、甘肃一带下乡时的蹉跎岁月，聊当年在国有厂子“咱们工人有力量”的自豪感，聊 20 世纪 90 年代初下岗后“嘛都没赶上”，聊老公在世时的酒量、棋艺和人缘，聊在美国、加拿大帮助儿子、儿媳带孙子、孙女时“该经的经了，该见的见了”，聊如今租住在这片老旧楼区的外来务工人员、外卖小哥给她们的生活带来的变化，聊阳台上的仙人掌和多年治不好的脚气，聊自己的医疗和养老保险，聊房价、菜价、猪肉价，聊附近“亲子”宠物医院日渐攀升的宠物药价。聊着聊着，也会对邻家老赵的儿子和儿媳闹离婚的事发表一番评论：“介事闹的……”对丧偶的杨大姐寡居多年拒绝接受新老头表示“白活了”……

有时候，她们会畅所欲言，无所顾忌；有时候，她们会窃窃私语，瞻前顾后；有时候，她们会交头接耳，拉拉扯扯……猛然间，对话双方浑身一激灵，彼此赶紧拉开标准的一米防控距离，可过不了多久，一米慢慢又变成了半米。

聊完了，话锋一转，开始了概括总结和无限感慨。

“倍哏哎！咱遛狗的，平时路上见面，不是躲就是让，如果不躲不让，两家的狗就缠上了，拽都拽不开，可介疫情期间，狗不闹，咱倒热闹了。”

“出门见不到车，见不到人，可不就剩咱遛狗的了嘛。咱不聊，找谁聊？”

“‘宅家’真能把人憋死，老姐俩聊聊，心里一下就痛快了。”

“你说哏不哏哎，平时隔壁邻居的，十年说不过三句话，介疫情来了，一分钟就能说三十句。”

……

面对人间烟火，我必须当一个合格的、忠实的听众，并伴以点头，或者微笑。记得史占彪对我说过，学会倾听，是让对方“安心”的首要一环。

刘正奎告诉我，疫情期间，“聊天”是民众自我“减压”的一种方式，这种方式可能是主观的，也可能是无意识的，但这种有主题或无主题的“聊天”变奏曲，由于渗透着生活和日子的底色，反而能找到调节情绪、排解郁闷、放松心情的突破口。

一个大妈只是一个大妈，两个大妈在一起，彼此就有了“身边”人，就有了“安心”。

那天凌晨3时左右，我正在和某机关干部小张执勤。

天空只有几颗寥落、孤单的星星，四周的楼群一片沉寂，万籁无声。

突然，街头的路灯下，影影绰绰地出现了四个手里拖着陈旧拉杆箱、肩头扛着沉重行李的外来务工人员。我俩立即按照防控程序，把他们请到岗亭，进行登记、测温。他们四人身心疲惫，一脸茫然，汗气从领口往外直冒。其中一个难过地说：“我们从老家鞍山一路走来，上这个车下那个车，进这个城出那个城，登记、测温已经20多次了，出门找活儿，难死了。”

其中一个戴着毡帽的说：“到处搞防控，我们连上厕所都顾不上，能不能帮咱找一个厕所，求求您了！”

“厕所不远，大约300米，您向北直行，拐到鞍山道，再继续往西，便是了。”小张赶紧为他们指路。

“鞍山道？”他们四个面面相觑。其中一个叹了口气说：“我们第一次来天津，没想到这里还有条用我们老家鞍山命名的道路，可这道路，大半夜的，我们摸不到啊。”

“这样吧，你们跟我来。”小张带着他们去了厕所。

小张后来对我说，四个人上完厕所，给他留了一句话，让他感慨万千。

“什么话？”

“他们说，从来没有像疫情期间的出门这样，心里像一个空荡荡的无底洞，但今夜，他们可以在旅馆里安安心心地睡个安稳觉了。”小张说。

我心头一热，因为农民工心中的“安心”，成了“安安心心”。

小张笑着问我：“我这算‘安心’行动吗，以带路上厕所的方式？小事一桩。”

“好像没听说上厕所是大事，可真找不到厕所时，那事，可比天还要大。”我也笑了。

谁说“安心”不在身边，此刻的小张，便是了。

那天，偶遇市直某机关干部翟颖，她是我 14 年前某次培训班的同学。她阳光善良，颇有才气。我们曾有过一起随团远赴欧洲学习交流的经历。她说：“疫情发生以来，我也在一个小区门口执勤，你知道我一有空就干什么？”

“我咋知道啊。”

“我写日记呢，每天一篇。”她说，“我在记录非常时期的所见所闻，庚子年，人们的心理状态，太值得记录了。”

我从她的日记里看到了这样一段文字：一位几乎不怎么出门的老奶奶推车回来，在入口处问我：“你们几个人值班？”我不知奶奶何意，便如实告知。老奶奶听完便把手伸向车篮，说：“给你们一人一个苹果，太辛苦了！我心疼得慌。”某同志赶紧挡住了老奶奶的手……

“老奶奶此举，让我们留住了爱。”翟颖对我说，“执勤的日子里，我从来没有感到孤独，因为我们的身边，是有爱的。”

我没有机会披览翟颖的所有日记，但我相信，她记录的都是身边人、身边事，疫情期间的那些点滴，一定和“安心”有关。

此刻，以“安心”大讲堂、“千家机构”、“自主安心训练营”等心理援助形式为主要载体的“安心”行动仍在紧锣密鼓地“行动”之中。

当你意识到“安心”行动在帮你，那么，你自己的“安心”行动，是否也可以开始了呢？

想起一首叫《从头再来》的歌，其中有这样的歌词：

“心若在，梦就在，天地之间还有真爱……”

2020 年 10 月 10 日初稿于天津观海庐

2020 年 11 月 15 日二稿于天津观海庐

2020 年 12 月 3 日三稿于天津观海庐

2021 年 1 月 26 日四稿于天津观海庐

后　记

终于要"打烊"了，我指庚子年写成的这本书：《庚子"安心"行动》。

庚子就是庚子，但庚子也不只是庚子。"哞——"耳畔似闻一声牛叫，以丑牛为生肖标识的辛丑年即将到来。我还真不想把书写进度拖到辛丑年。"辛丑年的读者拿到您这本书时，谁也不敢断定新冠疫情会悄然消失，但记住庚子就是记住命运。而命运，是不分天干地支的。"一位心理专家对我说。

庚子代表的2020年，实在是惊了心、动了魄的。

这些年，我本来是要集中精力写小说的，万没想到一口气会有《在水一方》《走出"心震"带》《高高的元古堆》等三部长篇报告文学得以出版，其间还在《求是》《人民日报》《中国作家》等报刊上发表了十余篇中短篇报告文学。每一次行动的初衷，本来是为了给小说创作寻找新的观察点，不提防就真的和纪实飙上劲儿了。《庚子"安心"行动》真是不好写的，疫情不光与"心"在发生关系，而且构成了人类生活的奇观异象。常说"身心"，可似乎很少有人把"心"当回事儿，尽管与抑郁、PTSD、焦虑、自杀相关的信息早已铺天盖地。

人，就是这么不可思议，有时就像虚构与非虚构之间的一道影子。

让我抱愧的是，早在2020年2月22日，在天津某疫情防控点执勤的我突然接到中国作协一位老师的电话，说是中国作协将组织由三名作家组成的采访小分队南下被疫情封锁的武汉，我是其中的人选之一。我当即表示加盟赴约，结果由于种种原因，我竟未能成行，只好向那位老师表示歉意。几天后的一个月夜，和刘正奎通过微信聊起新冠之下日益严峻的社会心理问题，方知他带领的团队早在1月28日就启动了颇具影响力的“安心”行动。我俩一拍即合：“干！”

就干了。为了跟踪、感受、记录、思考“安心”行动的全过程，我成为该行动小组的特邀观察员。《庚子“安心”行动》很快被中国作协纳入重点作品扶持项目。项目名单一经《文艺报》公布，当天竟有三家出版社争取《庚子“安心”行动》的出版权，其中一家出版社社长是我的老朋友了，他说：“你写的书，我放心！我保证出精装版。”我只好表达歉意：“名‘花’有主了。”这个“主”，当然指浙江教育出版社。

有关疫情期间的心理危机，有关“安心”团队以武汉为中心、向全国辐射开展心理抗“疫”的理念、技术、方法和成效，我大都写进了书里，这里无须多言。但湖北的心理咨询师张明丽曾给我发来一条微信，我仍然想借用一下。她说：“面对新冠，我确信没有一个人的心是淡定的，没有一个家庭的生活是安宁的，没有一个企业、一所学校、一个社区、一个村庄是平静的。您一定要把疫情期间的种种人‘心’如实呈现出来，一定要把‘安心’行动的全过程呈现出来，否则，这个庚子年，我们都白活了。您懂我的意思吗？”

我不懂也得懂。我唯一要做的，就是在坚持史料性、文学性，特别是科普性的大前提下，让所有的故事通透一些、实在一些。而好与不好，却不是我说了算的。《庚子“安心”行动》以“安心”团队开展的心理援助为主线，既然是主线，那么主线之外仍然有千万条线。一本具有文学属性的书，不可能像总结报告一样兼顾四方，囊括八面。采访和调查期间，我与全国各地十余所大学的50多名心理专家以及900多名心理咨询师、心理志愿者、新冠康复者建了微信群。我倾听他们，感受他们，判断他们，了解他们。多数时候，我和他们线上同悲、同喜甚至同泣，也曾有十几位心理咨询师有意千里迢迢来天津和我线下分享那些喜忧参半的感受。我完全相信，他们当中每一个人的泣血经历，几乎都能写成厚厚的一本书，可是，面对同类型的心理创伤案例，我必须十中取一而舍其九；面对普遍性的“安心”手段和经验，我只能百里挑一而舍其九十九。我的创作理念只有一个：一叶知秋，或者，观秋知叶。

也因此，当捧起这本书的某位心理专家、心理志愿者或经历过心理煎熬的某位普通读者在书中发现了自己的名字，或发现了自己的影子，再或者，发现了感同身受的类似经历，那么，这就是我们之间注定的默契和缘分了。当然，如果你没有从中找到任何相似点，那一定和我有限的视野有关，也包括我迟钝的触角。

由于涉及“心事”，书中涉及特殊案例的某些当事人，经商议不得不“隐姓埋名”使用了化名，他们向我和我的读者交了心，亮了底，却甘做无名之花。如果说字里行间墨香袭人，一定有他们的芬芳。

而我，只能用感谢的方式来表达。感谢刘正奎、史占彪、吴坎坎、韩茹、钱炜、黄鑫、魏悦、刘洋、姜辣、成爱玲等心理专家、心理志愿者、新冠康复患者，以及那些在书中“隐姓埋名”的人，感谢浙江教育出版社的总编辑周俊先生和这本书的责任编辑李剑女士。好像也得感谢自己吧，我的工作调整后，所有的创作只能在琐碎的节假日和一个个不眠之夜中进行。

所有意犹未尽的事儿，我得留着在小说里慢慢说。

2020年12月6日于天津观海庐

图书在版编目（CIP）数据

庚子“安心”行动 / 秦岭著. -- 杭州 ： 浙江教育出版社，2021.10
ISBN 978-7-5722-2413-3

Ⅰ. ①庚… Ⅱ. ①秦… Ⅲ. ①报告文学—中国—当代 Ⅳ. ①I25

中国版本图书馆CIP数据核字(2021)第183417号

责任编辑　李　剑　　责任校对　陈阿倩
美术编辑　韩　波　　责任印务　陈　沁
作者画像　郭天容

庚子“安心”行动

GENGZI “ANXIN” XINGDONG

秦岭　著

出版发行　浙江教育出版社
（杭州市天目山路40号　电话：0571-85170300-80928）
图文制作　杭州林智广告有限公司
印刷装订　浙江海虹彩色印务有限公司
开　　本　710mm×1000mm　1/16
印　　张　20.75
插　　页　6
字　　数　271 000
版　　次　2021年10月第1版
印　　次　2021年10月第1次印刷
标准书号　ISBN 978-7-5722-2413-3
定　　价　68.00元